雪国·古都

川端康成 著

顾晶姝 译

东南大学出版社
SOUTHEAST UNIVERSITY PRESS
·南京·

图书在版编目（CIP）数据

雪国·古都 /（日）川端康成著；顾晶姝译. -- 南京：东南大学出版社，2023.10
ISBN 978-7-5766-0899-1

Ⅰ．①雪… Ⅱ.①川… ②顾… Ⅲ．①中篇小说－小说集－日本－现代 Ⅳ．①I313.45

中国国家版本馆 CIP 数据核字(2023)第 189621 号

责任编辑：顾 娟　责编校对：李成思　封面设计：孙玉芹　责任印制：周荣虎

雪国·古都
Xueguo·Gudu

著　　者：	川端康成
译　　者：	顾晶姝
出版发行：	东南大学出版社
社　　址：	南京四牌楼 2 号（邮编：210096　电话：025-83793330）
出 版 人：	白云飞
经　　销：	全国各地新华书店
印　　刷：	南京人文印务有限公司
开　　本：	700 mm×1000 mm　1/16
印　　张：	15.5
字　　数：	244 千字
版　　次：	2023 年 10 月第 1 版
印　　次：	2023 年 10 月第 1 次印刷
书　　号：	ISBN 978-7-5766-0899-1
定　　价：	49.00 元

*本社图书若有印装质量问题，请直接与营销部调换，电话（传真）：025-83791830。

作者简介

川端康成(1899—1972),日本作家,生于大阪。1968年获诺贝尔文学奖,是日本首位获得该奖项的作家,被誉为"日本文学大师"、"新感觉派"领军人物等。代表作有《伊豆的舞女》《雪国》《千只鹤》《山音》《古都》《睡美人》等。

1959年获西德歌德奖章,1960年获法国艺术文化勋章,1961年被授予日本第21届文化勋章,1968年以《雪国》《古都》《千只鹤》获诺贝尔文学奖。他的写作以敏锐的感受、高超的叙事技巧,继承并发扬了日本"物哀"传统——以哀伤和怜惜体察世间万物。行文富有抒情性,细腻而敏锐的笔端常带哀伤,追求人生升华之美,探索自然界的生命和人类的宿命。他的作品在富有美学意义的同时,也体现了日本人的精神实质,反思了现代文明,提供了"内向"的东方解脱之道。

川端康成的作品风格可以概括为:"感伤""唯美""细腻""空灵""哲思""爱情""宿命感"等。

译者简介

顾晶姝(1987—),上海外国语大学语言研究院博士研究生、江苏省高校"青蓝工程"优秀青年骨干教师。主要研究方向为日语语言学、语言政策与语言规划。在国内外重要学术期刊发表学术论文、专著20余篇(部),主持或参与国家级、省部级等各级各类科研项目10余项,多次参与编写国家语委资政报告。从本科阶段起一直攻读日语语言文学专业,对日语语言文字表达准确。有多年旅日留学经验,熟悉并喜爱日本文化,在东京、京都等地留学期间积累了丰富的人文知识和文学素养。翻译风格清新隽永、细腻柔和,擅长从女性视角洞察日本传统文化的细节之美。担任全国翻译专业资格考试(CATTI)日语笔译中级译审等社会兼职。

作品导读

《雪国》是川端康成的经典中篇小说，也是他的唯美主义代表作。小说的故事情节并不复杂，作者用细腻而哀伤的笔调，看似描绘了一个忧伤虚无、充满纠葛的爱情故事。但从一个更广阔的视角来看，川端康成意识流的写作手法，并非单纯地描绘爱情，而是巧妙地将自然风物、传统民俗和主观意识融合交叠，为读者呈现出一种绚丽而又哀伤的美的享受。

不同于浪漫主义的小说家，在川端康成的笔下，看似"徒劳""虚无"的爱情，仿佛超越了空间和时间的界限，驶向命运隧道的尽头。川端康成在《雪国》的创作中，重视笔端的气韵和精神上的"余情美"，虽然有颓伤的一面，似乎发生的一切都是"美丽的徒劳"，但作品更凸显了一种净化过的神秘、朦胧、内在的物哀与风雅，展现了"哀"与"艳"的融合，一种人性与欲望的冲突力透纸背。正如小说的开头，"穿过县界长长的隧道，便来到了雪国"，仿佛穿过人生这条长长的隧道后，便能触碰到那伫立在茫茫白雪中的远方的不灭的净土。正如日本作家三岛由纪夫所说，"雪国是一本无懈可击的经典文学作品"。

《古都》是川端康成的长篇小说代表作。从1961年10月到1962年1月，在《朝日新闻》上连载了107回。创作期间，川端康成身体羸弱、重病缠身，他在安眠药等外力的支撑下，每日坚持伏案写作，仔细推敲，最终完成了这部作品。完成时他已经近乎神志模糊，甚至丧失了许多关于作品的记忆，但是川端康成心目中美丽的日本却通过《古都》这部经典作品流传了下来。川端康成的小说几乎都会穿插男女爱情，《古都》也不例外。小说以京都的传统行事为背景，描绘春夏秋冬四季流转的自然风物，同时穿插描写了织匠秀男和千重子、苗子之间的感情。与一般小说不同的是，《古都》中故事情节以及人物感情、性格的塑造，并非依靠戏剧性的情节和矛盾冲突来推进，而是将笔触伸向人物内在的精神层次，通过细腻微妙的感情线索，融入祇园祭、赏樱等日本传统文化要素的背景中，最终将日本人的精神风貌与四时的自然风物融为一体，呈现出独特的物哀之美。京都是日本文化的荟萃之地，也是日本人的精神故乡。凡是京都的一景一物，无不在川端康成的笔下熠熠生辉。《古都》正是这样一部唯美细腻又旷世独特的作品。

目录
CONTENTS

雪 国

一 / 002

二 / 007

三 / 010

四 / 021

五 / 026

六 / 035

七 / 041

八 / 049

九 / 061

十 / 071

十一 / 086

古 都

春之花 / 102

尼姑庵与格子门 / 115

和服街 / 130

北山杉 / 145

祇园祭 / 160

秋之色 / 177

松林青青 / 194

深秋的姐妹 / 213

冬之花 / 224

雪国

一

穿过县界长长的隧道，便来到了雪国。夜空的底色已变成银白。火车在信号站①前停了下来。

一位姑娘从斜对面的座位上起身走来，打开了岛村座位前方的车窗。一股席卷着雪的冷空气瞬间灌进车厢。姑娘将上半身尽力探出窗外，几乎填满了整个窗户，仿佛向远方呼唤似的喊道：

"站长先生，站长先生！"

一位男子手拎提灯，踏着雪缓步走来。他的围巾一直缠到了鼻子上，帽子上的毛皮帽耳耷拉在耳朵边。

已经这么冷了啊，岛村心里不禁感慨。他凝视窗外，眼前一片寂寥。山脚下零零星星地散落着几间木板房，像是铁路工人的临时宿舍。雪的银白尚未蔓延至那一带，就已被漆黑的夜色吞噬了。

"站长先生，是我呀！您好啊。"

"哟，这不是叶子姑娘嘛！回家啦？天又冷起来了。"

"听我弟弟说，他到这里来上班了，还得拜托您多多照顾呢。"

"这种地方太冷清，早晚会受不了的。小小年纪，真是不容易啊。"

"他还是个孩子，什么都不懂呢，请站长先生多多指点他，拜托您了啊。"

"没问题。他干活很卖力，往后会更忙的。去年也下了大雪，当时经常发生雪崩，火车一抛锚，困在这里走不了，村里人就得忙着送水送饭。"

"站长先生，您看起来好像穿得很多呢。我弟弟来信时说，他还没穿棉背心呢。"

"我都穿了四件啦！小伙子们遇上大冷天就一个劲儿地喝酒，现在全都感

---

① 铁路线路上设有分路器和信号设备的通信站。一般专为车辆行驶服务，不处理旅客和货物的相关事宜。

冒了，一个个东倒西歪地趴下了。"

站长举起手里的提灯，向宿舍那边晃了晃。

"我弟弟也喝酒了吗？"

"那倒没有。"

"站长先生，您这就回家了吗？"

"嗯，我受了点伤，每天都得看医生。"

"啊，那您真是遭罪了呀。"

站长的和服外还罩着一层外套，在这大冷天里，他似乎想赶快结束闲谈，转过身来说：

"你也多多保重啊。"

"站长先生，我弟弟现在还没来吗？"叶子的目光在雪地里一阵寻找，"站长先生，请您多多照顾我弟弟，拜托您了。"

叶子的话音婉转悦耳，却难掩一丝悲凉。嘹亮的余音在雪夜里久久地回荡着。

火车开动了，她还是没把身子从窗口边挪回来。一直等到火车追上了沿着铁路边走路的站长，她又喊道：

"站长先生，请您转告我弟弟，叫他下次休假时回家一趟！"

"好嘞！"站长大声答应。

叶子关上车窗，用双手捂住冻红的面颊。

这是雪国边境的山。山下停着三辆铲雪车，随时准备应对下雪天的突发情况。隧道南北已经接通了电力控制的雪崩报警线，五千名扫雪工外加两千名消防队青年队员严阵以待。

这位叶子姑娘的弟弟，从今年冬天起就要在这个即将被大雪覆盖的铁路信号站工作。岛村得知这一情况后，对她越发地感兴趣了。

不过，这里所说的"姑娘"的称呼，只是岛村的推测罢了。她身边那位男子究竟是她的什么人，岛村自然无从知晓。虽然从两人的相处来看好似一对夫妻，但这位男子显然是个病人。如果是照顾病人的话，那么无形中就容易忽略男女间的界限。而照顾得越妥帖细致，看起来就越像夫妻。一位女子犹如慈母般地照顾比自己岁数大的男子，远远看去，难免让人联想成夫妻。

岛村的目光锁定在那位女子身上，从她的身姿和举止，推断了"姑娘"

这个称呼。也许是他用过分好奇的目光盯着这个姑娘太久，竟在无意中平添了不少感伤的情绪。

说来已是三个钟头前的事了。岛村感到百无聊赖，随意活动着左手食指，呆呆地盯着看。这根手指使他清楚地感到就要去会见那位女子。但奇怪的是，越是急于想起她鲜活的样子，印象就越发模糊。在模糊的记忆中，只有这根手指上留下的温润触感，把他的思绪带到了远方的女子身边。岛村不由得把手指放到鼻子下面嗅了嗅，然后无意识地用这根手指在窗玻璃上画了一条线。恍恍惚惚中，一只女人的眼睛竟清晰地映入眼帘。他大吃一惊，几乎喊了出来。原来是他的心飞向了远方的缘故。定睛一看，什么也没有，映在车窗玻璃上的不过是对面的女乘客罢了。伴随着窗外夜幕低垂，车厢里的灯亮了起来。如此一来，车窗玻璃就成了一面镜子。然而，由于车里开着暖气，玻璃蒙上了一层雾气，其实在岛村用手指擦拭玻璃之前，那面镜子并不存在。

玻璃上只映出了姑娘的一只眼睛，但反而显得愈发美丽。岛村把脸靠在车窗上，佯装一位思乡的旅人欣赏着窗外的黄昏景色，手掌却不经意地擦掉了车窗玻璃上的雾气。

只见姑娘上身微倾，双眸低垂，全神贯注地凝视着躺在面前的男子。从她用力的肩膀和一眼不眨的严肃目光，能看出她此刻是多么的专注。男子头靠窗边，蜷缩着腿躺在姑娘身旁。这是三等车厢。两人不在岛村的正对面，而是在斜对面的那排座位上，所以在车窗玻璃上只映出了那个侧身躺着的男子的半边脸。

姑娘正好坐在岛村的斜对面，他本是可以直接观察她的。但是两人刚上车时，姑娘那清澈又凛冽的美，使他感到吃惊，不由得心头一颤，垂下了目光。但是就在那一瞬间，他瞥见那位男子蜡黄的手正紧紧攥着姑娘的手，于是便不好意思再直视他们俩了。

镜中的男子，目光望向姑娘胸际，神情安详宁静。孱弱的身体，映衬出两人间融洽和谐的气氛。男子的围巾枕在头下，绕过鼻子，严严实实地盖住嘴巴，然后往上包住脸颊。这就像是一种精心设计过的脸部保暖手法。围巾时而松落，时而滑下来盖住鼻子。然而就在男子眼睛似动未动的瞬间，姑娘总是用轻柔的动作把围巾重新围好。围巾滑落几次，姑娘的动作便重复了几次。就这样，连岛村都看得厌烦了，两人却若无其事不停重复着一样的动作。

同时，男子的外套下摆一直垂到双脚，时不时松开拖到地面，姑娘总能在第一时间洞察，随时为他重新裹好。这一切都太过于自然，自然到几乎让人感觉两人就这样忘记了时间，忘记了距离，慢慢走向虚幻缥缈的远方。正因如此，岛村目睹这悲愁的场景，并未觉得辛酸，倒像在梦中凝望幻影一般。大抵因为这一切都发生在虚幻的镜中吧。

镜中流淌着的黄昏景色，反射的虚像与镜中的实物辉映交叠，宛如电影里的重复曝光一般。出场人物和景物并无任何关联。并且人物是透明的幻象，景物则是暮霭中的朦胧流淌，两者交错消融，描绘出一个超脱人世的充满象征意味的世界。尤其当山野的灯火映照在姑娘的脸庞时，那种无法言喻的美，令岛村心头为之一颤。

远山的后方，晚霞散发着余晖。透过车窗玻璃望去，景物不断退后，直至退向远方。轮廓尚可看到，但已黯然失色。火车继续往前奔驰着，在岛村看来，山野那延绵不绝的样子愈发显得平平无奇，仿佛已经没有什么能够吸引他了。这反倒使他的内心埋藏了一股奔涌的情感。一定是因为那镜中浮现的姑娘的脸庞吧。由于姑娘的脸庞遮挡了一部分暮色，只在她的脸部轮廓周围依稀看到暮色流动，使人产生一种错觉，仿佛姑娘的脸是透明的。可果真是透明的吗？一定是错觉。姑娘的面影后面不停掠过的暮色，仿佛从她的脸上流淌过一般，亦真亦幻，扑朔迷离。

车厢里不太明亮，车窗玻璃不像真的镜子那样清晰，没有反光。岛村看得入了神，渐渐地忘记了镜子的存在，产生了一种错觉，那姑娘好像就是存在于流逝的暮色之中的。

这时，灯火点亮了姑娘的脸庞。镜中影像并没有减弱窗外的灯火，窗外的灯火也没有把镜中的映像抹去。灯火就这样从她的脸上掠过，而没有把她的脸照亮。这是一束冰冷而遥远的光。就在灯火和她的眼眸重叠的一刹那，熹微的光照亮了她的双眸，如同在暮色余晖中飞舞的夜光虫，妖艳而美丽。

叶子自然没留意到有人这样仔细地凝视着自己。她的心都在病人身上。就算把脸转向岛村那边，她也看不到自己映在车窗玻璃上的身影，更不会去注意这个凝视窗外的男子。

至于岛村，这么长时间偷偷观察着叶子姑娘，却没有多想这样做对她有什么不礼貌的。他已经完全沉醉于镜中暮色的虚幻影像中了。

也正因如此，当叶子姑娘叫住站长，跟站长说话时流露出严肃认真的神情时，岛村再次被吸引了，如同阅读着一本有趣而神秘的书。

火车驶过信号站时，窗外已经一片漆黑。因为看不到车窗玻璃外的景色，这面"镜子"带来的吸引力便也荡然无存了。尽管叶子姑娘那张美丽的面庞依然映照在车窗玻璃上，表情还是那么温柔可人，但岛村发现，她的内心似乎充满着一种澄澈的孤冷。于是，当"镜子"再次凝结雾气，他也不想再去伸手擦拭这一团模糊了。

大约半小时过去了，岛村没想到，叶子他们竟然和自己在同一个车站下了车。这使他产生了一种错觉，似乎将要发生一些与自己有关的事情，于是下意识地回头望去。正当此时，站台上一股凛冽的寒气迎面袭来，岛村猛然意识到火车上的那种不雅行为，瞬间感到一阵羞愧，于是头也不回地绕过火车头走了。

男子搭住叶子的肩膀，正要从站台走下铁轨时，站务员从对面扬了扬手，示意他们停下。

转眼间，从黑暗中驶过一列长长的货车，遮住了两人的身影。

二

前来揽客的旅馆掌柜裹着严严实实的防雪外套,包着两只耳朵,蹬着长筒皮靴,好像火灾现场的消防队员。一位女子站在候车室的窗边,身披深蓝色斗篷,裹着头巾,眺望着铁轨那头。

岛村身上残留着火车上带下来的热气,还没领略室外真正的凛冽。但这是他第一次感受雪国的冬天,没想到,一上来先被当地人的打扮给吓住了。

"已经冷到要穿这么多衣服了吗?"

"当然呀,现在已经是真正的冬天了。雪后初霁的头一晚可是冷得够呛。今晚估计要降到零下了呢。"

"已经到零下了吗?"

岛村望了眼屋檐下可爱的冰柱,和旅馆掌柜一起上了汽车。在雪天夜色的笼罩下,家家户户低矮的屋顶,显得越发低矮,仿佛整个村子都寂静地沉到无底的深渊里。

"难怪呢,手无论触到什么东西都觉得冰凉刺骨。"

"去年最冷的时候到了零下二十多摄氏度呢。"

"雪呢?能下多厚?"

"雪呀,一般有七八尺[①]厚,下大了恐怕得有一丈二三尺了吧。"

"那真正的大雪看来还在后头啦。"

"是啊,还在后头。这场雪是前几天下的,只有尺把厚,而且化得差不多了。"

"还会继续化吗?"

"说不定呢,什么时候会再来场大雪的。"

[①] 中日对"尺"和"丈"的度量标准略有不同。日本的度量标准:1丈=10尺,1丈约为3.03米,1尺约为0.303米。中国的度量标准:1丈=10尺,1丈约为3.33米,1尺约为0.333米。

眼下时值十二月上旬。

岛村的感冒总不见好，鼻子总是塞着。这会儿冷空气一下子直通脑门心，清水鼻涕也扑簌扑簌地流下来，好像要把什么脏东西给冲出来一样，流个不停。

"师父家的那位姑娘还在吗？"

"哎，还在，还在。在车站下车时您没看见吗？就是披着深蓝色斗篷的那位。"

"就是她？——回头能叫她来吗？"

"今天晚上？"

"今天晚上。"

"说是师父家的少爷坐末班车回来，她去接车了。"

在暮色之镜中，叶子姑娘照拂的那位病人，原来就是岛村前来会面的女子家中的公子。

得知这一点后，岛村感到仿佛有什么东西掠过心头。但这奇妙的因缘并未让他感到诧异。让他深感诧异的，是他自己知道这件事后的淡定和冷静。

岛村内心不自觉地想着：凭着手指的触感记住的女子，与那位双眸里灯火闪映的女子，她们之间会有什么联系？会发生怎样的事情？岛村仿佛在心里已经看到了这一切，有了答案。这大抵是因为还沉浸在暮色之镜中，尚未清醒过来的缘故吧。流逝的暮色呀，难道就是流逝的时光吗？岛村不禁喃喃自语起来。

对温泉旅馆来说，滑雪季到来前是生意最冷清的时候。岛村从室内温泉上来，已是万籁俱寂，大家都睡下了。走在老旧的长廊上，每踩一步，都震得玻璃门微微晃动，发出沙沙的响声。在长廊尽头账房的拐角处，一位女子伫立在那。她亭亭玉立，衣服下摆铺展在乌亮的地板上，散发出清冷的感觉。

她到底还是当了艺伎啊！岛村看到衣摆，恍然大悟似的在心里说。可是，她丝毫没有迎上来的意思，也没有作出迎客的殷勤笑容。他从远处看她那亭亭玉立的身姿，感受到她肃穆的神色。他赶忙走了过去，默默地站在女子身边。女子脸上的粉黛厚厚一层，刚欲展开笑颜，没想却成了一副哭丧的表情。两人就那样相顾无言，默默朝房间走去。

发生了那样的事，岛村既没有来信，也没有去看望，连寄舞蹈书的事也爽约了。在女子看来，他保准已经把自己忘得一干二净了，还一笑了之。按理说，岛村应该先道歉，或是找些理由来解释一番。女子瞧也没瞧岛村一眼，就径直往前走去。虽说如此，岛村还是觉察到，她不仅没有责怪的意思，反而内心为这样的久别重逢而高兴着呢。这使他越发觉得，此刻再解释些什么已是多余，反倒会打破这浓烈的情感。岛村完全沉浸在甜美的喜悦之中，就这样，两人走到了楼梯口。

"它可最记得你呢。"他突然把左拳举到女子面前，然后伸出食指。

"真的吗？"女子一把攥住他的食指，再也没有松开，手挽手登上楼。

在被炉前，她才松开手，脸一下子红到了脖根。她想掩饰过去，又慌忙去拉住岛村的手：

"你刚才是说，它还记得我？"

"不是，是这只手。"他把右手从女子的掌心里抽出来，放进被炉里，然后伸出左拳。

"嗯，我知道呢。"

她含着笑掰开他的拳头，把自己的脸贴了上去。

"你是说它还记得我吗？"

"啊，好凉啊！我还是第一次摸到这么冰凉的头发。"

"东京还没下雪吗？"

"那时候你说的话，看来是骗我的。要不然，年终岁末的，谁会跑到这样冷的地方来呀？"

三

"那时候"——说的是已经过了雪崩危险期,到处一片新绿盎然,进入登山季的那段时间。

现在还正当季的木通①的新芽,再过不了几日就吃不到了。

岛村终日无所事事,仿佛对一切都失去了兴趣。他常常独自在山路上漫步,以唤起对事物、对自身的觉知。在县界的山上待了七天后,那天晚上,岛村一人来到温泉浴场,派人去喊艺伎。但是女佣告诉他,那天刚好是新铁路竣工的庆典,村里兼作戏棚的蚕房都被征用变成了宴会场地,异常热闹。本来就只有十二三位艺伎,根本人手不够,哪还可能喊得过来呢?倒是师父家的姑娘,她即便去宴会帮忙,也顶多表演两三个节目,说不定她结束了之后可以过来吧。岛村再一仔细打听,女佣又解释说,教三味线②和舞蹈的师父家的那位姑娘,虽然不是正式的艺伎,但是一些大型宴会有时会请她帮忙。这里没有未出道的小姑娘③,都是一些有资历的艺伎,她们大多不太愿意跳舞了,所以这位姑娘就派上大用场了,非常抢手。她倒很少一个人出现在旅馆客人的宴席上,不过说起来,她也不是完全的外行。

岛村听着这话感觉半信半疑,就没太抱有希望。谁料,过了大概一个钟头,女佣真的把那位女子领来了。岛村眼前一亮,赶紧正了正坐姿。女佣起身准备离开,女子却拉住她的袖子,又让她坐下。

女子给他的印象是干干净净、清清爽爽的。甚至令人不禁会想,她的脚

---

① 木通,学名五叶木通,又名山通草、野木瓜、通草等。木通科的一种灌木,多见于山地灌木丛、林缘等,其木质茎一般作为中药使用。

② 原文为"三味線"(しゃみせん),是日本传统拨弦乐器,与中国的三弦相近。由细长的琴杆和方形的音箱两部分组成。三味线一般用丝做弦,也有用尼龙材料做弦的,是艺伎跳舞时常用的伴奏乐器。

③ 原文为"半玉"(はんぎょく),指的是还未出道的艺伎,日本有些地区也称"舞子"(まいこ)。

趾缝里大概也是干净的吧。岛村有些怀疑自己：莫不是最近看多了初夏群山，眼神出了问题？

　　从女子的衣着看，虽有几分酷似艺伎的打扮，可是衣服下摆并没有铺在地上，而且只是穿了一件合身且柔软的单衣。浑身上下唯有腰带很不相称，显得价格不菲。这样的一身打扮，让她看上去更惹人怜惜了。

　　当两人聊起山里的事，女佣趁机起身走开了。女子显然对山这一带的事并不熟悉，就连从这个村子可以望见的几座山的名字，也说不太全。岛村觉得索然无味，提不起喝酒的兴致。女子见状，开始坦诚地谈起了自己的身世。她也出生在这片雪国，在东京做艺伎还未正式出道时被人赎身了出来，本打算将来做个舞蹈老师安身立命。可怎知刚过一年半，恩主便与世长辞了。从那以后直到今日，恐怕才是她的真正身世吧。可是关于这一段，她倒也不急着一下子说出来。她说自己芳龄十九，要是果真如此的话，那么她比实际年龄成熟，看上去起码有二十一二岁了。岛村这才稍稍有些放松下来，开始聊起歌舞伎之类的话题，没想到，女子比他更了解演员的艺术风格和个人动态。女子越聊越投入，也许正渴望着这样一位倾诉对象，坦率的言谈开始流露出花街柳巷女子的天性，与人亲近了起来。她似乎能够洞察男人的心理。即便如此，岛村一开始仍把她当作大家闺秀看待。一个星期没有与人交谈了，他的内心竟涌现出暖暖的温情来，对这位女子产生了友情的感觉。甚至从山上带来的感伤也浸染到了女子身上。

　　翌日下午，女子把洗浴用品放在走廊上，顺便到岛村的房间里玩。

　　她正要坐下，岛村突然叫她帮忙找个艺伎来。

　　"你是说，叫我帮忙？"

　　"这还用问吗？"

　　"真讨厌！我可做梦都没想到你会拜托我做这样的事。"她愤然起身走到窗前，眺望着县界重峦叠嶂的山脉。不一会儿，她脸颊绯红了起来。

　　"我们这里可没有那种人。"

　　"骗人。"

　　"这是真的嘛！"说着，她突然灵巧地转过身子，坐到窗台上，"这可绝对不能强迫的呀，一切得看艺伎的意愿。我们这个旅馆一概不插手客人的这种事情呢。不信你找个人直接问问就知道了嘛。"

"你就帮我个忙嘛，找找看。"

"我为什么一定要帮你干这种事呢？"

"因为我把你当作朋友嘛。就因为当你是朋友，才没问你呢。"

"这就叫朋友吗？"女子被激出一句充满孩子气的话，随即又埋怨道，"你可真行，居然让我办这种事。"

"又不是什么大事。在山上身体好起来了，可脑子还是迷迷糊糊。就是现在和你说话，心情也还不是那么痛快。"

女子垂下眼帘，突然默不作声了。这样一来，岛村也无所顾忌了，干脆露出男人死缠烂打的本性来。她温柔可人，惹人怜爱，大概顺从男人已经成了一种习惯。浓密的睫毛，低垂的双眸，让她显得更加娇艳柔媚。岛村望着她，只见她的脸微微摇了摇，又泛起了一抹红晕。

"那你自己去找个中意的吧。"

"我这不是在问你嘛。我初来乍到，哪知道谁漂亮。"

"哪种算漂亮呢？"

"年轻就行。年轻姑娘嘛，不管什么样的都不会出大差错。不要那种絮絮叨叨的，令人讨厌。懵懵懂懂的也没关系，只要人清爽一点。等我想聊天的时候，就去找你。"

"我可不会再来了。"

"瞎说什么傻话！"

"哼，不来了，还来干吗呢。"

"我就是想跟你做很纯洁的朋友，才没跟你开口啊。"

"才不信呢，我都听腻了你的说辞。"

"要是真发生那种事，明天也许就不想再见到你了，跟你聊天也不会那么自然了。我从山上来到这个村子里，遇到你倍感亲切，能聊上几句话，所以不想破坏这份纯洁的友谊。说到底，我只是个游客啊。"

"这么说来，倒也是这样的。"

"就是啊。假如我物色一个你不喜欢的，以后你见到我也会感到心里不舒服的，你会讨厌我的。若是你帮我选呢，就没有这个问题了对吧？"

"但是我才不管呢！"她愤然丢下一句，但是掉转脸又说，"这倒也是。"

"若是真有那事才扫兴呢，感情也不会维持很久的。"

"的确是那么回事。我是在港市出生的,这里是温泉村。"令人出乎意料的是,女子突然开始用坦诚的口吻说道,"客人们大多是到这儿来旅行的。虽然我还小,但听过很多形形色色的故事。那些人心里很喜欢你,当面又不说,总让你难以放下。即使分别之后,也还是放不下。有时候对方想起你了,会给你捎封信。大体都是这类人。"

女子从窗台上站起来,这回轻轻地坐到窗前的榻榻米上。看她的神色,好像是沉浸在遥远的往事中。忽然她又从往事中抽离,回到了现实,坐到了岛村身边。

女子的声音听上去真诚质朴,流露出真情实感。这让岛村心生一丝愧疚,不该就这样轻易欺骗了她。

但是,说谎其实并非他的本意。不管怎么说,这位女子是个大家闺秀。即使他有那种想法,也不会和这位女子开口的。这么点事,他本可以毫不费力地轻易了结。因为她过于纯洁无瑕啊,方才初见,岛村就决定保护这份美好。

况且,当时岛村还没决定夏季到哪儿去避暑,才想着带上家人来这个温泉浴场。幸好她是个正派的姑娘,如果她能来,正好让她给夫人做个向导。说不定还可以让她教些舞蹈,打发打发时间。他确实像这样仔仔细细思索过。尽管他对她的情感停留在朋友的界限内,但还是多多少少跨过了这友谊的浅滩。

当然,还有一个原因,那便是岛村心里存在的那面暮色之镜。他之所以不想和眼前这位身世不明的女子产生过多的联结,或许正是因为这种非现实的虚幻想法。如同那个傍晚,车窗玻璃上映射出的女子的面庞一般。

他对西洋舞的兴趣也是如此。岛村生长在东京繁华的闹市区,从小就谙熟歌舞伎,学生时代又接触了传统舞和戏剧。他天生有一种钻研精神,一旦涉猎,就非要学个透彻。他饱读古书文献,遍访名家大师,结识了不少日本舞的新秀,甚至还撰写起研究和评论文章来。在他看来,日本舞已经陷入发展困境,为此他感到深深的担忧和不满。于是,他觉悟到,只有投身到实践中去,除此以外,别无他途。而当日本舞的年轻舞者邀请他时,他却改行搞起了西洋舞,想方设法收集西洋舞的相关书籍和照片,甚至还千辛万苦地从国外搞到了宣传海报和节目单之类的东西。这绝不是仅仅出于对异国文化的好奇。岛村获得的巨大喜悦，来自无法目睹西洋人跳舞而产生的这种神秘感。他向来不看日本人跳西洋舞，这便是他沉醉于这种"神秘感"的最佳证明。可以说，通过西洋书籍杂志来欣赏西洋舞，是最轻松的事了。这虽说属于纸上谈兵，无异于空想，但也正因如此，可以任由自己的想象驰骋，仿佛天堂的诗一般自由美好。此举名曰"研究"，并非欣赏舞蹈家们的灵动舞姿，实则是通过文字和图片，插上自由想象的翅翼，在虚幻之境里天马行空。他偶尔也会写一写介绍西洋舞的文章，勉强算是个文人墨客。这让没有职业的岛村在自嘲的同时，也感到些许心灵的慰藉。

他这一番关于日本舞的谈话，促使女子对他越发感觉亲近了。应该说，他那些尘封已久的知识储备，又久违地派上了用场。或许不知不觉中，岛村已将对西洋舞的感觉，移情到了女子的身上。

岛村此番话语一出，便立马懊恼不已。这样带着旅愁伤感的话语，会不会触发了她的伤心事呢？抑或就像是对她的欺骗。

"要是这样说定了，下次我带家人来，也能和你一起玩得尽兴了。"

"嗯。我已经非常明白了。"女子将声音压低，莞尔一笑，带着几分艺伎的口吻打趣地说，"我也很喜欢那样，平平淡淡才能持久嘛。"

"所以，你就帮我叫一个来吧。"

"现在？"

"嗯。"

"真是没有您这样的！大白天的怎么好开口？"

"我可不想要人家挑剩下的。"

"瞧您说的！您以为这温泉浴场是挣那种钱的地方吗？看看村里的情况，您还不明白吗？"女子以严肃认真的语气反复强调，这里并没有干那种行当的女人。岛村对此表示怀疑，女子便越发一本正经起来，且退让一步说："至于怎么做，是艺伎的个人自由。不过，要是不跟主家[①]打招呼就擅自外宿，那得由艺伎本人负责。要是发生什么事，主家可没有一点责任了。但要是事先打过招呼，那就是主家的责任，他得负责到底。区别就在这里。"

"这'责任'是指什么呢？"

[①] 原文为"抱主"（かかえぬし），指专门管理艺伎的人。

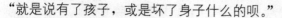

"就是说有了孩子,或是坏了身子什么的呗。"

岛村意识到自己的问题有些愚蠢,不禁苦笑起来,他心想:在这个村里,或许还真发生过那种事呢。

游手好闲的岛村,自然想要去寻找保护色,所以他对旅行途中每个地方的风土人情,都有一种本能的敏感。从山上下来后,他马上从乡野朴实的景致中领略到一种闲适安逸的氛围。向旅馆的人一打听便知,这里果然是雪国最宜居的村庄之一。据说几年前还没通铁路的时候,主要是农家来这里泡温泉疗养。有艺伎的家庭,挂着餐馆或红豆汤店的褪色门帘。看到那种被煤烟熏黑的移门,人们便会怀疑,这里居然会有客人上门。日用杂货铺和零食杂货铺也大多只雇一个人,这些雇主除了经营店铺外,还要到地里干农活。大概因为她是师父家的姑娘,没有从业执照,只是偶尔去宴会上帮个忙,其他艺伎们自然也没有意见了。

"一共有多少人呢?"

"您问艺伎吗?有十二三人吧。"

"什么样的比较好呢?"岛村说着,起身去按电铃。

"那我回去啦?"

"你可不能回去!"

"讨厌,我不愿意。"女子仿佛要摆脱屈辱似的说,"我走了。没关系,我不在意这些。我还会再来的。"

可是一看到女佣,她又若无其事地重新坐正身子。女佣问要找哪一位,问了好几遍,她也不肯提名字。

过了一会儿,一个十七八岁的艺伎走了进来。岛村看到她的瞬间,顿觉自己已没有了刚才的那种想法。只见这位艺伎两只胳膊黝黑,浑身瘦骨嶙峋,脸上稚气未脱,一副老实相。岛村尽量掩饰住失望的情绪,朝艺伎那边望去,其实是被她背后窗外那一片新绿的群山吸引了。他连话也懒得说了,看着这女子实在就像是山村艺伎。看岛村沉默不语,女子似乎明白了似的起身准备离开。但这样一来,场面一度更加尴尬了。大约又过了一个钟头,正当岛村愁着怎么打发走这位艺伎,忽然想起正好有张电汇单送到了邮局,便借口邮局关门前要赶过去,这才和艺伎一起离开了房间。

然而,当岛村走到旅馆门口,忽然抬头看了眼后山,满山的新叶散发着清新怡人的味道。他一下子就被吸引住了，随即自顾自地朝山上奔去。

究竟有什么好笑的呢？他一个人想起什么，独自笑个不停。

走着走着，他感到有些累了，便转身撩起浴衣后襟，一溜烟地跑下山去。只见他脚下飞起两只黄蝴蝶。

蝴蝶旋转摇曳，翩跹飞舞，忽而飞得比县界的山还高。快速扑腾的黄色薄翼，逐渐变成了一团白色，然后越来越淡，越来越淡，飞向远处了。

"您怎么啦？"女子站在杉树林荫下，"笑得这么开心。"

"不找了。"岛村想起刚才的事情又莫名笑起来，"不找了！"

"是吗？"

女子突然转过身子，往杉树林深处走去。岛村默不作声地跟在后头。

两人来到了一个神社。神社门口有一只布满青苔的石狮。女子在旁边一块平坦的岩石上坐了下来。

"这里可是最凉快的。即使盛夏，这里也有阵阵凉风。"

"这里的艺伎都那样吗？"

"都差不多吧。在年纪稍长的里面，倒是有一个长得好看的。"她低下头冷冷地答道。阳光透过杉树的叶片，在她的脖颈上洒下一块淡淡的青荫。

岛村抬头望向杉树的树梢。

"算了，已经够了。体力就这样耗尽了，想来也真奇怪啊。"

这棵杉树耸立着，亭亭如华盖。如果岛村不用双手撑着背后的岩石，向后仰着身子看，是看不见树梢的。树干笔直挺拔，暗绿色的叶子遮天蔽日，四周显得无比静谧。岛村靠着的这株树干是其中最古老的。不知为何，只有北侧的树枝一直枯到了顶，残存的枝干像是一个尖尖的叉戟倒刺向树干，也如同神明的武器，看着让人生畏。

"也许是我误会了。从山上下来第一次见到你，让我以为这里的艺伎都很漂亮呢。"岛村带笑地说。

他这时才发觉，这七天在山林里养精蓄锐，为何突然想要宣泄一下，只是因为一开始就邂逅了这位清纯的佳人。

女子一直望着远处余晖映照下的河流。气氛开始变得有些局促。

"哎呀，差点忘啦，这是您的烟吧。"女子故作轻松地说。

"刚才我回房间时，看到您已经不在了，正想着是怎么回事，就见您一个人往山上急匆匆地走上去。我是从窗口看见的。您真可爱，把烟都给忘了吧。这不我给您送来啦。"

于是，她从袖袋里掏出香烟，用火柴给他点上了。

"我很对不起刚才那孩子。"

"没事的。什么时候让她走，这都得看客人的方便嘛。"

溪中有好多石头，溪水一淌过，就会发出圆润而甜美的声音。透过杉树之间的罅隙，可以望见对面重峦叠嶂的阴影。

"除非找个能配得上你的，不然日后见到你，我是会感到很遗憾的。"

"这跟我又没关系。你可真是爱逞能呀。"女子带着嘲讽的语气说。不过，两人之间此时已萌生出一种与喊艺伎之前不一样的感觉。

岛村意识到，自己其实一开始就心仪眼前的这位女子，而非要拐弯抹角各种绕弯子。想到这里，他不禁自我厌恶起来。同时，他越发觉得这位女子是多么的美丽。她出现在杉树林里，不断呼唤着自己，那身姿散发出清纯干净的美，超凡脱俗。

那纤细挺拔的鼻梁，虽然略显单薄，但在下方那张精致的樱桃小嘴，就像水蛭一样柔滑弹润，即使沉默无言，也仿佛在诉说着什么一般，灵动可爱。如果有皱纹或者唇色不好看，就会看起来不那么洁净。但是她的嘴唇是湿润而有光泽的。她的眼角既不上扬也不下垂，像是故意画的笔直的眼线，看上去有那么一点不自然。但是她那微微下弯的浓密又短的眉毛，与她的双眼搭配在一起，就显得标致好看了。脸型轮廓一般，鼻梁高挺，脸圆圆的，皮肤白皙，就像白色瓷器抹上了一点淡淡的红晕。脖颈纤细，没有一丝赘肉。用美人或其他词藻形容她，都不如用纯洁干净更为恰当。

作为一个当过舞伎的女子，她算是丰满的。

"瞧，什么时候飞来的，这么多蚋虫。"女子抖了抖衣服下摆，站起身来。

如果继续在这静谧的地方待下去，两人会变得更加不自在。

当天晚上约十点，女子在走廊上大喊着岛村的名字，便一头栽进他的房间里。随即顺势趴倒在桌上，醉醺醺地用手在桌上一阵乱抓后，竟咕嘟咕嘟地喝起水来。

她说，今年冬天在滑雪场结识了一帮男的，他们傍晚翻山越岭到了这里，之后邀她去旅馆。他们叫来艺伎，闹腾了一场，还灌了她很多酒。

女子摇摇晃晃，自顾自地咕哝了一通。

"不行，我还是走吧。他们正找我呢，别以为我出了什么事呢。回头我再来。"说完踉跄地走了出去。

大约过了一个钟头，走廊上又传来凌乱的脚步声，像是有人东倒西歪、踉踉跄跄朝这里急走过来。

"岛村先生——岛村先生——"女子高声喊道。

"啊，找不到了，岛村先生——"

这声音无疑是女子在用纯洁的心灵呼唤自己的男人。岛村全然没有料到。可是她的尖声已传遍了整个旅馆。岛村有点不知所措，刚想站起身，女子就用指头戳破了移门的那层纸，抓住窗格，顺势跌进他的怀里。

"啊，你在这儿呀。"

女子紧紧贴着他坐下，侬偎在他身上。

"我没醉呢。嗯，谁说我醉啦？难受，我只觉得难受。我还清醒着呢。啊，好想喝水。掺威士忌喝真是吃不消。喝了上头，头痛得厉害。那帮人买的酒，该不会是劣质酒吧。我不知道。"说着她不停地用掌心搓揉自己的脸庞。

窗外骤然响起雨声。

他稍微松开手，女子就软塌塌地要倒下来。她的发髻差点被他的脸颊压散了。他紧紧搂住她的脖颈，并顺势将手探入她的怀中。

女子没有答应他的要求，两臂像门闩一样，交叉护住身体。然而，她已经喝得酩酊大醉，用不上任何力气了。

"这是什么玩意，畜生！畜生！太累了，这是什么玩意儿啊！"说完，她突然猛地咬住自己的胳膊肘。

岛村吓了一大跳，赶紧将她的胳膊肘拉开，只见上面留下了深深的牙印。

然而，她已经不再挣扎，任由他摆布了。她摊开他的掌心，乱写起自己喜欢的人的名字。一连写了二三十个戏剧演员和电影演员的名字，然后把"岛村"二字连续写了无数遍。

岛村掌心那团难得的丰腴，渐渐地热起来了。

"啊，放心了，这下我放心了哦。"他温柔地说，甚至有一种母性的感觉。

女子忽然又感到一阵剧烈的痛苦，挣扎着站起来，却一头倒向了房间的另一个角落。

"不行,不行。我得回去,回去!"

"你能走得了吗?下着大雨呢。"

"光着脚也要回去,爬着也要回去!"

"那太危险了!你要回去的话,我来送你。"

旅馆依山而建,有一段陡坡。

"松一松衣带吧,躺一躺,醒醒酒好吗?"

"那可不行的。这样就好,我习惯了。"说着,她端端正正地坐起来,感觉闷得很,喘不上气。她推开窗子,想吐又吐不出来。她强撑着精神扭动身子,想要挣扎着起来,嘴里一直念叨着,"我要回去,我要回去"。就这样,不知不觉已经过了深夜两点了。

"你睡吧。快点睡嘛。"

"那你怎么办?"

"我就这样,等酒醒了我就回去,趁天亮以前回去。"女子膝行过去,拉住岛村。

"别管我了,我叫你睡嘛。"

于是岛村钻进被窝。女子趴在桌上喝了几口水。

"起来。喂,你起来嘛。"

"你到底要我干吗?"

"你还是躺下吧。"

"你到底在说什么?"岛村爬了起来,一把将女子拖了过去。

女子左右躲闪,不肯把脸伸过去,却突然又把嘴唇探了上去。

之后,她又开始像说胡话一样梦呓起来。

"不行,不行呀!您说好我们只是朋友的,不是吗?"这句话反反复复说了很多遍。

岛村被她那真诚的语气打动了。他锁紧双眉,脸色凝重,拼命压抑着自己的情绪。他已经感到索然无味了,却在想,是否还要遵守那个许诺。

"我没什么值得可惜的。绝对没什么可惜的。但是,我真的不是那种女人,我真的不是。你自己也说过的,不是吗?你说我们要是那样的话,一定不会长久的。"

她醉得几乎断片了。

"这可不能怪我，是你不好嘛。你输了。是你意志太薄弱了，不是我。"她絮絮叨叨地说道。好像为了抑制心头的喜悦，咬住了自己的袖子。

她好像有些失魂落魄，突然安静了一会儿。突然，她又像想起来似的尖声说道：

"你在笑吧。你在笑我，是不是？"

"没有啊。"

"你心里在偷偷笑我吧。现在就是不笑，以后也一定会笑的。"女子伏下身子，抽泣了起来。

然而，她很快停止抽泣，紧紧偎依着他，温柔地将自己的身世娓娓道来。她似乎完全把醉酒后的难受忘了，也只字不提刚才的事。

"哎呀呀，只顾着说话，没注意时间。"这回她脸上泛起一阵红晕，微笑着说道。

她说过，得在天亮之前赶回去的。

"天还黑着呢，附近的人都起得早。"她说着，好几次起身，推开窗子看了看。

"还不见行人呢。今早下雨，没人下地干活。"

蒙蒙山雨中，对面的山峦以及山麓上的房屋屋顶都渐渐清晰了起来。女子仍然不舍离去。但她还是赶在旅馆的人起床前梳好了头发，生怕岛村送到大门口会被人发现，匆匆忙忙地独自跑走了。当天，岛村也回了东京。

四

"那时候你说那样的话,铁定是骗我的。不然谁会在年终岁末的时候,跑到这样苦寒的地方来呢?后来我也没嘲笑你嘛。"

女子陡然抬起头。贴在岛村掌心的眼睑和鼻子两侧飞起的红晕透过浓浓的白粉显现出来。那让人想起了雪国之夜的寒冷,但是,她乌黑亮丽的秀发却透出阵阵暖意。

她的脸上泛起一阵阵炫目的微笑。她想起"那时候"了吗?岛村的话仿佛逐渐染红了她的身体。女子垂下头,和服后领敞开着,可以望到她的脊背也变得绯红,仿佛随时就要从中剥出一枚湿润鲜活的胴体。在她的发色衬托下,这种感觉更加明显了。她的刘海稀疏,不过发根倒是有些粗,像男人的头发似的,没有一丝细软的茸毛,好似黑色金属矿石一般,散发着油亮光泽。

岛村头一次触摸到这么冰凉的头发,吃了一惊。他心想,或许不是出于天气寒冷的缘故,而是女子的头发本就如此呢。他不由得仔细打量起来。这时,女子却在被炉支架上开始扳起手指,好像一直在数着什么,数个不停。

"你在数什么?"女子仿佛没听到岛村的问题,继续默默扳着手指数了好一阵子。

"那是五月二十三日呢。"

"原来如此,你是在数日子啊。七八月连着两个月都是大月嘛。"

"哦,第一百九十九天。正好是第一百九十九天。"

"但是,五月二十三日,你怎么记得这么清楚?"

"只要翻翻日记,马上就知道了。"

"日记?你记日记吗?"

"嗯。翻翻自己写过的日记很有乐趣的。不论发生什么都如实记录,自己一个人读着,有时也会觉得难为情呢。"

"你是从什么时候开始的?"

"去东京当舞伎前不久。那时候手头紧，没什么可以支配的钱，买不起日记本，只好花两三分钱买那种杂记本，然后自己用尺子打上小格子。也许是铅笔削得很尖，画出来的线整齐美观。所以从本子上端到下端，密密麻麻地写满了小字。等自己买得起日记本后就不行了，反而用东西没那么仔细了。话说练字，本来是用旧报纸的，现在就直接在成卷的信纸上写了。"

"你还一直坚持写吗？"

"嗯。十六岁的和今年的最有意思了。每次从酒宴上回来，换上睡衣就开始写。不是一般会回来得很晚嘛，写着写着就睡着了，现在有些地方还能看出那时候中断书写的痕迹呢。"

"真的吗？"

"不过也不是每天都记，也有间断的时候。在我们这种乡野山村，所谓的'宴会'，也就是那么回事。今年买到的是每一页上都印着日期的，买得不好，失算啦，因为一写往往就写长了。"

令岛村很受触动的倒不是日记，而是她从十五六岁起，就把读过的小说一一做了笔记，因此杂记本已经有十多本了。

"你把感想都写下来了吗？"

"感想什么的我可写不了，只是大概记一记标题、作者、书中人物的名字，以及他们之间的人物关系什么的。"

"光记这些，有什么意思呢？"

"没什么意思呢。"

"就是徒劳嘛。"

"是啊。"女子毫不介意，乐观地答道，然后意味深长地一直望着岛村。

岛村不知为什么，很想再强调一声"完全就是徒劳嘛"。但是此时，他已经被女子完全吸引了，雪夜的静谧沁人心脾。

他明明不想这么说，也不确定这对她到底是不是徒劳，却脱口而出这"徒劳"二字。这倒映衬得她更加纯真纯粹了。

女子口中的小说，听起来和日常所用到的"文学"毫不相关。看来这村子里的人们之间，也只是交换看看妇女杂志而已，其他并没有什么阅读分享，各看各的罢了。没有选择，也不求甚解，只要在旅馆的客厅等处发现小说或杂志，借来就翻阅一通。女子凭记忆说出了几个新作家的名字，有不少是岛村也不知道的。从她的口气来看,好像是谈论外国文学这样遥远的话题似的,像一个无欲无求又哀伤的乞丐。岛村想,这就与他借助洋书上的图片和文字,幻想那遥远的西洋舞的样子并无二致吧。

她又饶有兴致地开始聊起还没看过的电影和戏剧,仿佛好几个月没有出现这样的倾听者一般。一百九十九天以前,她也是这样热烈地聊着,然后情不自禁地倒在了岛村的怀里。此时此刻,她又因自己热衷的话题,身体再次变得热烈起来。

但是,她对城市事物的这种憧憬,如今也已隐藏在淳朴的绝望之中,变成一种天真的梦想。与其说这是失败者的那种带有高傲的不平,更不如说是一种单纯的徒劳。女子没有表现出落寞的样子,但是岛村看到了她不可言喻的哀伤。如果继续沉浸在这样的氛围里,岛村甚至感觉,这样下去,连活着都成了一种徒劳。他被一种巨大的哀伤裹挟着。然而,面前这位女子因为山气的熏陶,脸色红润,显得如此鲜活。

不管怎样,岛村对女子重新审视,产生了完全不同的认知。如今她已变成了艺伎,他反而更难启齿了。

那个时候,她喝得烂醉如泥,浑身麻木,拼命咬住胳膊肘,叫唤道:

"这是什么玩意,畜生!畜生!太累了,这是什么玩意儿啊!"

她脚跟站不稳,摇晃两下便栽倒在地上。

"绝对没什么可惜的。但是,我真的不是那种女人,我真的不是。"岛村想起这句话,变得犹豫不决了。女子似乎察觉到了他的心思,条件反射似的站起来。

"是零点的上行列车。"她说道。这时正好传来火车的汽笛声。然后她猛地拉开移门,推开玻璃窗,一屁股坐在窗台上,身体倚着窗栏。

一股冷空气席卷进房间。火车的汽笛声越来越远,越来越远,最后只留下夜风的声音。

"喂,你不冷吗?傻瓜。"岛村也站起来,走过去,没有风。

只听那冰封雪冻的地壳深处响起的冰裂声,俨然一幅严寒的夜景图。抬头望去,没有月亮。只有那星河璀璨,美得让人惊讶。那些星星仿佛就要以不真实的速度坠落下来。星群愈近,夜空愈远,夜色愈浓。县界的群山已经失去了轮廓,变成厚重的黑色,低垂在星空的边际。所有这一切,清冷、静谧、和谐。

女子发现岛村走近，便将上身趴到窗栏上。这不是怯懦的姿态，在这夜色的背景下，反而显得坚定又倔强。岛村暗自想，不会又要重演了吧。

然而，漆黑一团的山峦，不知为什么看上去却是白雪的颜色。这样一来，重叠的山峦显得透明且孤寂。天空和山脉失去了和谐。

岛村抓着女子的脖子。"天这么冷，要感冒的"，他一边说着，一边使劲把她往后拽。女子一把抱住窗栏，哑着嗓子说：

"我要回去了。"

"你走吧。"

"让我就这样再坐一会儿。"

"那我要去洗澡了。"

"不要走，你在这儿陪我。"

"帮我把窗关上。"

"就让我再这样坐一会儿。"

村庄半隐在神社的杉林后边，乘汽车不到十分钟，便可到达火车站。站内的灯火噼啪作响，就像快要被这寒峭摧毁。

女子的脸颊、窗玻璃、自己的棉袍袖子，凡是手的所触之处都是那样的冰冷。

连脚下的榻榻米也是冷冰冰的。岛村想要去泡个澡。

"请等一下，我也去。"女子这回温柔地跟了上去。

女子正要把他脱下的散乱的衣裳收拾到篮子里去时，一个住店的男客人走了进来，他发现女子把脸藏在岛村怀里，就说：

"啊，对不起。"

"没事的，请进。我们正要到那边的浴池去。"岛村连忙说，然后赤身抱起篮子走进了旁边的浴场。女子自然是扮成夫妻的样子，跟了进去。岛村没有说话，直接跳进了浴池。他安心了下来，忍不住想放声大笑，又急忙把嘴巴凑到温泉口，胡乱地漱起口来。

回到房间，女子横躺着，头微微抬起来，用小拇指撩了一下鬓发，只说了一声："好伤感啊。"

女子像是半睁着黑色的眼眸。可是，凑近一看，原来是她的睫毛。

这个神经质的女子，原来竟彻夜未眠。

在一阵系腰带的窸窣声中，岛村被吵醒了。

"这么早把你吵醒了，真抱歉。天还没亮呢。那个，请你看看我好吗？"说着女子关上了电灯。

"能看见我的脸吗？看不见吗？"

"看不见哦，天还没亮呢，不是吗？"

"骗人。你好好看看，怎么样？"女子说着，把窗子全打开了。

"不行吗？看见了吧，我要回去了。"

黎明时分竟这么冷，岛村有点意外。他从枕边抬头望去，天空还在一片夜色笼罩中，可是山峦已经微微发白了。

"啊，没事的，现在是农闲，一大早不会有人走过的。不过，不知道会不会有人上山呢。"女子自言自语小声咕哝着，拖着系了半截的腰带来回走动。

"刚才五点钟的那趟下行火车好像没有下客。旅馆里的人起床还早着呢。"

女子系好腰带，时而起身，时而坐下，望着窗外踱来踱去，好像夜间动物害怕黎明，焦灼地来回转悠似的。这使她充满了妖媚的野性。

这时，房间里已经大亮了，女子红润的面庞也清晰了起来。这醉人而鲜艳的红，看得岛村出了神。

"瞧你的脸蛋，都冻得通红啦，这么冷。"

"不是冻的，是卸去了白粉呢。我一钻进被窝，感到从头到脚都暖烘烘的。"说着，她面对着枕旁的梳妆台照了照镜子。

"天终于还是亮了。我得回去了呢。"

岛村朝她望去，突然缩了缩脖子。镜子里白茫茫的雪，在闪烁着。在镜中的雪里现出女子红润的脸颊。这是一种无法言喻的清纯、洁净的美。

也许是太阳升起来了，镜中的雪好似静静燃烧着的火苗，耀眼夺目。女子乌黑亮丽的长发，闪耀着紫色的光亮，飘荡在雪色里。

五

  大概为了避免积雪，旅馆的墙根临时挖了一条小沟，将浴池溢出的热水引出，在大门口汇成了一个浅浅的水潭。一条壮硕的黑色秋田狗，蹲在那里的一块踏石上，久久地舔着热水。从库房搬出来的客用滑雪板，成排地晾晒在太阳下，散发出轻微的霉味。这种霉味也被蒸汽冲淡了。杉树枝头的积雪掉落在公共浴池的房顶上，遇到热气便融化了。

  再过一阵，从岁末到年初，那条道路即将被暴雪封住，失去踪影。要去赴宴，就得套上雪衣雪裤，穿上长筒胶靴，披上斗篷，蒙上头巾。到那个时候，积雪的厚度可达一丈。岛村现在正沿着坡道下山。然而，他从路旁高高地晾晒着的尿布下，看到了县界的群山，那积雪熠熠生辉。青绿色的葱还没有被积雪完全掩埋。

  村里的孩子正在田间地头滑雪。

  一走进村里的街道，就听到从屋檐滴落下来的雨滴声，静悄悄的。屋檐边垂下来的小冰柱闪着可爱的亮光。

  一个从浴池回来的女人，用湿手巾擦拭着额头，迎着炫目刺眼的阳光，仰头望着在屋顶扫雪的男子说：

  "那个，请你顺便帮我们扫一扫屋顶，好吗？"

  她大概是趁着滑雪季节的客流还没蜂拥而至时，现赶来帮工的女佣。隔壁是一家老旧的茶馆，玻璃窗上的彩绘早已褪色，屋顶也歪斜了。

  一般人家的屋顶，都盖着一条条细密的木板，上面铺着石子。那些圆圆的石子，只有向阳的一面在雪中露出黑乎乎的表面纹理。与其说那是潮湿泛出的颜色，倒不如说那是久经风雪剥蚀而露出的墨黑。一排排低矮的房屋，就像那家家户户屋顶上的一颗颗石子，静静地伏在大地上。这正是北国的样子啊。

  孩童们将小水沟里结的冰疙瘩拾起来，掷向路边，嬉戏打闹。摔得四处飞散的冰块，折射出一阵阵闪光，让孩子们感到有趣。在日光下，那冰的厚度厚到令人难以置信。岛村一直呆望着。

一个十三四岁的少女独自靠在石墙上，正在打着毛线。雪衣雪裤下，还踩着一双高齿木屐，却没有穿足袋①。冻红的脚板上长着冻疮。旁边的木柴堆上坐着一个只有三岁的小女孩，心不在焉地拿着毛线团。从小女孩这头牵到大女孩那头的一根灰色旧毛线，发出暖暖的光。

从相隔七八间房子距离的一家滑雪板工厂传来刨木头的声音。另一边的屋檐下，有五六个艺伎在站着说话。那个今早才从旅馆女佣那里打听到的叫驹子的女子也在这里。果然，女子也看到了岛村。她表情凝固了，肯定一会儿就会脸红吧。"但愿她能假装不认识我。"岛村还没来得及这么想，驹子已经都脸红到了脖子根。她本可以背过脸去，却窘迫地垂着眼睛。当岛村走近时，她慢慢地把脸转了过来。

岛村感到自己的脸颊好像快烧起来了，正要疾步走过去，驹子却立刻追了上来。

"真难为情啊。您怎么从这里走过了？"

"要说难为情，我才难为情呢！你们浩浩荡荡的一堆人，吓得我都不敢走过去。你们经常这样吗？"

"是啊，午饭后常常是这样的。"

"你这样红着脸，急匆匆地追上来，不是更难为情吗？"

"没事。"

驹子干脆地说道，脸又红了起来。她就这样停下了脚步，倚着路旁的柿子树。

"我想请你到我家来坐坐，才跑过来的呢。"

"你家就在这里吗？"

"是啊。"

"你要是答应让我看看日记，那我就去坐坐。"

"我要把那些东西烧掉了再死。"

---

① 原文为"足袋"（たび），指的是专门搭配和服、木屐穿着的白色袜子，大脚趾处一般为分趾设计。

"但是你家里有病人吧?"

"啊,你了解得这么清楚呀。"

"昨晚你不也到车站去接车了吗,披着一件深蓝色斗篷,对吧?我也是乘那趟火车来的,就坐在离病人很近的地方哦。那位姑娘侍候病人特别认真、特别体贴。那就是他的妻子吧?她是从这里去接的,还是从东京来的?简直像母亲一样,看得我大受感动。"

"这件事您昨晚为什么不告诉我?为什么一句都不提呢?"驹子说着,变了脸色。

"那是他的妻子吧?"

然而,驹子没有正面回答这个问题,又问道:

"为什么昨晚不跟我说?你这个人真奇怪!"

岛村不喜欢这般尖锐的女子。但是,驹子这般尖锐的原因,并不在岛村或她本人身上,也许这本身就是驹子性格的一种表现吧。总之,岛村被她反复追问,就如同被触到了要害。今早看到映射了山上积雪的镜中的驹子时,岛村自然想起那位在火车的暮色之镜里的姑娘了。但是,他却为何没把这件事告诉她呢?

"有病人也没事,反正不会有人到我房间里来。"驹子说着,走到了低矮的石墙后面。

右边的田地上覆盖着白雪,左边邻居家门前种着一排柿子树。房子前面像个花圃。正中央有个小荷花池,池中的冰块被捞到池边,红鲤在池里游来游去。房子也像柿子树干一样枯朽不堪了。屋顶上的积雪斑驳残落,木板已经被腐蚀得破破烂烂,屋檐也坑坑洼洼,高低不平。

一进土间①,顿觉静得让人脊背发冷。伸手不见五指的黢黑中,岛村被驹子带着爬上了梯子。这是名副其实的梯子。顶上的房间也是名副其实的房顶。

"这里原本是养蚕的蚕房。吓了一跳吧?"

"醉醺醺地回来,爬这种梯子,不会摔下来吗?"

"会啊,真的摔过。不过,我要是喝醉了,通常就在楼下的被炉里,就那

---

① 原文为"土間"(どま),是日本传统家屋或仓库的一种内部构造。多指房屋入口处不铺地板的泥地,是连接室外和室内的过渡地带。

样睡着了。"驹子说着，把手伸进被炉里试了试，然后站起来取火去了。

岛村环视了一圈这奇特的房子。南面只开了一扇低矮的窗，细木格子的纸却像是新糊上去的，透光性极好。墙壁被用心地糊上了和纸，感觉好像走进了一个旧纸箱的内部。头顶的屋脊全露在外面，朝着窗子压下来。整个房子被一种幽暗的寂寞笼罩着。每当想到墙壁那头会是什么，就顿觉整个房子像是悬在空中，心里不踏实。虽然墙壁和榻榻米都破旧不堪，却是干干净净的。

岛村不禁想：驹子那蚕一般透明的胴体，也栖息在这儿啊。

被炉上的被子和雪裤一样，是斜纹棉布做的。老式抽屉柜虽然陈旧，但木材却是上好的直木纹桐木，这是驹子在东京生活过的证明吧。梳妆台有些粗糙，和抽屉柜很不相称。朱漆的针线盒还散发着奢华的光泽。墙壁上的一层层木板，或许是书架吧。平纹细布的窗帘垂落下来。

昨晚赴宴的衣裳还挂在墙上，露出了衬衣①的红里子。

驹子拿着火铲，灵巧地登上了梯子。

"虽是病人房间里拿出来的东西，但据说火是干净的。"驹子说着，俯下刚梳好的头发，去拨弄被炉里的炭灰。病人患的是肠结核，回到家乡已是来等死的，她告诉岛村。

说是家乡，其实这位公子并不是这里出生的。这里是他母亲的老家。他母亲原本在港市做艺伎，后来留在那里做舞蹈老师了。还不到五十岁时，就因为中了风，回到这个温泉地来疗养。他从幼时起就喜欢机械类的东西，好不容易进了一家钟表店，在港市留下来了。但是没多久就去了东京，在那里上夜校。也许是太过劳累，超过了身体的负荷，积劳成疾了。今年才二十六岁。

驹子一口气说了这么多，但是陪他回来的那位姑娘到底是谁，她又为何会住在这个人家里，对于这些，驹子连半个字也没有吐露。

在这间像是悬浮在半空的房子里，驹子虽然只说了草草几句，但她的声音却向四面八方扩散开。岛村心里惴惴不安。

---

① 原文为"襦袢"（じゅばん），是一种穿在和服内的打底衬衣。和服多为丝质，非常纤弱且难以清洁，穿上襦袢就可以避免身体与和服直接接触，以防和服污损。

他正要走出房门，一件微微发白的东西突然进入眼帘。回头一看，原来是一个桐木做的，放三味线的琴盒，看起来要比实际的琴盒大，而且长。简直难以想象，她竟背着这个赴宴。思忖之间，那扇熏得发黑的隔门开了。

"小驹姐姐，我可以从这上面跨过去吗？"

那是多么清澈的声音，近乎悲凉，近乎唯美，像是从哪里传来的回声。

岛村记得这个声音。正是那一夜从火车车窗里探出身去呼唤站长先生的，那位叶子姑娘的声音。

"行啊。"驹子应了一声。穿着雪裤的叶子轻盈地从三味线的琴盒上跨了过去。她手里提着一个玻璃夜壶。

无论从她昨晚同站长谈话时那种熟稔的口气，还是从她身上穿着雪裤的样子，叶子显然就是当地的姑娘。那颜色艳丽的腰带在雪裤上露出了一半，衬得那红褐色和黑色相间的宽条纹非常显眼，平纹细布质地的和服长袖也显得越发明艳。两条裤腿在膝盖往上一点才分开，看起来有些臃肿，然而木棉本身的质地挺括有型，给人一种安心舒适的感觉。

但是，叶子只扫了岛村这里一眼，就一声不响地从土间走出去了。

岛村走到外面，依然感觉叶子的眼神在他的额前燃烧着。那眼神似遥远的灯火，冷冰冰的。为何会这样？他想起昨晚火车的车窗玻璃映照出的叶子的脸庞。那野山的灯火在她的脸上流淌过，远处的灯火和她的双眸重叠交织，点亮了暖暖的微光。岛村被这种美深深震撼。他的脑海里不禁浮现出在镜中群山的白色积雪映衬下的，驹子的那张绯红脸庞。

不觉地，岛村加快了脚步。尽管他的脚白皙微胖，但爱好登山的岛村，一边眺望着远山一边走着，心情不由得变得茫然起来，脚步也不知不觉加快了。经常容易忽然陷入茫然迷思的岛村，竟然分不清了，那傍晚的镜中和朝雪的镜中，究竟是幻象，还是真实。终究是真实的，只属于那遥远彼岸的真实。

就连刚刚离开的驹子的房间，也好像已经属于那遥远彼岸了。对于这种茫然的状态，连岛村自己也暗自诧异。他刚走上山坡，便看到一位女按摩师走了过来。岛村好像抓住了什么东西似的喊道：

"按摩师傅，能给我按一按吗？"

"哦，现在几点钟啦？"女按摩师胳肢窝里夹着一根竹杖，右手从腰带缝里拿出一块带盖子的怀表，左手指尖在表盘上摸了一下，说，"已经过两点三十五分了。三点半我必须去趟车站，稍微晚点可能也没事。"

"你能知道表上的钟点啊?"

"嗯，因为玻璃表面取下来了。"

"然后就能摸出表盘上的数字?"

"虽然摸不出来……"说着，她再次拿出那只银色怀表。那是一只女士用起来稍显大的怀表。她打开盖子，一边用手摸索着，一边给岛村看："这里是十二点，这里是六点，中间是三点……然后就这样推算，虽然不能做到一分不差，但不会误差太多。"

"是吗?你这样走在坡道上，不会滑倒吗?"

"要是下雨，我女儿会来接我。晚上都给村子里的人按摩，不会来这儿的。旅馆女佣常开玩笑，说我家那位不放我出来。"

"孩子已经大了吗?"

"是的，大女儿已经十三岁了。"说着，她走进屋里，默默地按摩了一阵子，然后歪着头听着远处宴会上传来的三味线的琴声。

"是谁呢?"

"只听三味线的声音，你就能知道是哪个艺伎弹的?"

"有的能听出来，有的听不出来。先生，您的生活条件一定很好，您的身子很松快啊。"

"没有僵硬的地方吧?"

"也有一点，只有脖子有点僵硬了。您体形真匀称，胖瘦正好。您应该不喝酒吧?"

"你怎么都知道?"

"我认识三位客人，都是跟先生您差不多的体形。"

"我这是最大众的体形了吧。"

"怎么说呢，不喝酒的话就少了真正的乐趣，喝酒能解千愁啊。"

"你家那位先生喝吗?"

"喝呀，太爱喝了。"

"也不知这么拙劣的三味线，是谁弹的。"

"嗯。"

"你也会弹吧?"

"也弹。我从九岁一直学到二十岁。有了家里那位以后,已经十五年没弹了。"

岛村觉得盲女比实际年龄看上去年轻。他继续说道:

"从小时候就开始练,确实功底不一样呢。"

"我的手虽然做的都是给人按摩的活,可是耳朵在听着呢。听那些艺伎弹三味线,真让人着急啊。或许就像自己当年弹的那样。"

说完,她又仔细听了一阵。

"像是井筒屋的阿文弹的。弹得最好的和弹得最差的,最容易听出来啦。"

"也有弹得好的?"

"那个叫驹子的姑娘,年纪轻轻,最近弹得可好了。"

"哦?"

"唉,虽说弹得好,但也就限于我们这个山村小地方。先生您也认识她?"

"不,不认识。不过,昨晚她师父的儿子回来,我们坐的同一趟火车。"

"是吗?是养好病才回来的吧?"

"看样子还不大好。"

"啊?听说那位少爷一直在东京看病,这个夏天驹子姑娘只好出来当艺伎,听说是为了给他赚医药费。不知到底发生了什么呢。"

"你是说那位驹子?"

"是啊。能尽力还是要尽的,已经订婚了嘛。只是以后的话,就难说了。"

"你说订了婚,这是真的吗?"

"是真的。听说已经订婚了。我不太清楚,不过人家都是这么传的。"

在温泉旅馆听女按摩师谈艺伎的身世,那是太稀松平常了。正因为平常,反而让人出乎意料。驹子为了未婚夫当起了艺伎,其实这也是平平无奇之事。但岛村总觉得难以相信。也许那是因为与他的道德观念相悖吧。

他本想再仔细打听这件事的细节,可是女按摩师却戛然而止了。

驹子是那位公子的未婚妻,叶子是那位公子的新恋人,而那位公子眼看命不久矣。于是,岛村的脑海里再次浮现出"徒劳"两字来。驹子信守婚约也好,做艺伎让他疗养也好,这一切的一切,不是徒劳又是什么呢?

要是再见到驹子,就毫不留情地扔给她"徒劳"二字。然而,这也促使岛村觉得，驹子的存在是那么的纯粹、纯真。

这种虚伪的麻木，是危险的，是近乎丧失了廉耻的。岛村反复思忖着。女按摩师回去以后，他辗转反侧，心头充斥着一股寒意，这才发现窗户还打开着。

山谷里的天黑得早，暮色降临带来阵阵寒意。余晖映照下，白雪覆盖的远山好像近在咫尺。

远山忽高、忽低，时近、时远。不一会儿，山峦的襞褶显现出不同层次的影子。只有山巅还残留着淡淡的余晖，山顶的积雪之上晚霞溢彩。

在村子的河边，在滑雪场，在神社，各处可见的杉林，醒目地浮现出一片片荫翳。

岛村正被虚空的情绪裹挟着，感到消极。这时驹子走了进来，像一道明媚而温暖的光。

驹子说，旅馆在举行迎接滑雪客人的筹备会，她是被叫去参加后面的宴会的。她刚把脚伸进被炉，突然开始来回抚摸起岛村的脸颊。

"今晚你的脸怎么这么白。好奇怪啊。"

然后，她捏着他脸上松松软软的肉，仿佛要揉碎它似的。

"你可真是傻瓜！"

她已经是微醺的状态了。散席后，她一进来就嚷道："不管了，真的不管了。头痛，头痛！啊，难受，真难受！"说着，她瘫倒在梳妆台前，露出一副甚至有些滑稽的醉态。

"我要喝水，给我水！"

驹子的双手捂着脸，也顾不上头发散乱，就这样躺倒下来。不一会儿，她又坐起来，用面霜卸掉了脸上的白粉，露出两片红彤彤的脸颊。驹子竟兀自笑了起来，笑个不停。说来也是有趣，她醒酒的速度快得出奇。她感到有点冷似的，肩膀打着寒战。

然后，她轻声细语地开始讲起，八月因为神经衰弱而虚度了光阴的事情。

"我真是担心，万一疯了怎么办。我一直在苦思冥想，然而不知道自己在想什么，连我自己也不明白。真可怕啊。我一点也没有睡意，根本睡不着，只有出去参加宴会时才能精神好一些。我经常失眠多梦，茶饭不思。大热天的时候，我就在榻榻米上，把针戳进去，拔出来，戳进去，再拔出来。一直不停地重复。"

"你是几月出来当艺伎的?"

"六月。本来说不定我现在已经到浜松去了。"

"去嫁人?"

驹子点了点头。她说，浜松那里有个男的总是死缠烂打地想要同她结婚，可是她怎么也对他没有感觉，喜欢不起来，苦恼得很。

"既然不喜欢，又为何苦恼呢?"

"也不能这么说啊。"

"结婚这种事情，那么有吸引力?"

"真讨厌。也不是这样说的。反正我这个人就喜欢生活充实忙碌，各种安排满满当当的，不然心里不踏实。"

"哦。"

"你这个人可真随便。"

"话说，你同那个浜松的男人是不是有什么关系?"

"真有，就犯不着苦恼了。"驹子毅然决然地答道。

"但是，他也放话了，只要我还在这个地方一天，就不许我跟别人结婚。不然他一定会不顾一切搞破坏。"

"浜松离这里这么远，你没必要担心吧?"

驹子陷入了一阵沉默，像是在感受自己身体的温度一样，自顾自躺了下来。突然无意中说道:

"那时我还以为自己怀孕了呢。嘻嘻，现在想起来多可笑啊! 嘻嘻嘻。"她抿嘴笑着，身子一下子蜷起来，像孩子一样双手紧紧抓住岛村的衣领。

她紧闭的睫毛，看起来好像半睁着的黑色眼眸。

六

翌日清晨,岛村眼睛一睁,发现驹子正面朝火盆坐着。她一手支在火盆上,一手在旧杂志上随意涂鸦起来。

"那个,我回不去啦。女佣来添过火了,真让人害臊,吓得我赶紧起来,发现太阳都晒到移门上啦。大概是昨晚喝醉了以后稀里糊涂睡着了。"

"几点了?"

"已经八点了。"

"要不去泡个温泉吧?"岛村起身。

"不,在走廊上会碰到人的。"她这会儿俨然变成了一个成熟冷静的淑女。岛村泡完温泉回来的时候,她随即在头上披上手帕,勤快地打扫起房间。

连桌子腿、火盆边这样的地方都被她擦拭到了。她拨灰的动作也十分娴熟。

岛村就这样双腿伸在被炉里,随意地躺着抽烟。他的烟灰一掉落,驹子就悄悄地用手绢擦拭干净,并给他拿来了烟灰缸。岛村开怀大笑。驹子也跟着笑了起来。

"你要是成了家,估计你丈夫得成天挨你的骂。"

"有什么好骂的。我把洗好的衣物都叠得整整齐齐,人家都笑话我了,但我这大概是天生如此。"

"人家都说,只要看看衣柜,就知道这家女主人的性格了。"

满屋的阳光,两人吃着早餐,感到暖融融的。

"真是好天气啊。要是能早点回去练琴该多好。这样风和日丽的好天气,弹出来的音色都不一样。"

驹子抬起头,望着澄澈的晴空。

风吹起积雪,就像给重重叠叠的远处群山蒙上了一层柔和的乳白色。

岛村想起女按摩师说的话,于是提议在这里练也行。驹子听后立即起身,打电话叫家里人把换洗衣服，连同长歌①的谱子一起捎过来。

应该是给白天看到的那家拨去的电话吧，岛村想着，脑海里又浮现出叶子的眼睛。

"是那位姑娘给你送来吗？"

"也许是吧。"

"听说你和那家公子有婚约？"

"哎呀，你什么时候知道的？"

"昨天。"

"你真是个怪人。昨天听说就听说了，为什么不跟我说呢？"然而，驹子脸上洋溢着清澈的微笑，和昨天白天的态度大不相同。

"除非是瞧不起你，否则很难开口。"

"你心里才不是那样想的。你们东京人，就爱骗人。讨厌！"

"瞧，我现在说了，你倒转移话题了。"

"谁转移话题了。那么说来，你真的信了吗？"

"信了。"

"又骗人。你明明不会信的。"

"怎么说呢，其实我有点不能接受。可是有人说，你是为了给那位公子攒医药费，所以才去当艺伎的。"

"真讨厌，说得就像新派剧。什么我们有婚约，全是胡说。有好多人都在这么传。我并不是为了谁才去当艺伎的，但是能做的总要尽力去做啊。"

"你这话我一点也听不明白。"

"我明说吧，师父也许想过要让公子和我在一起。可是只是她的想法而已，从没说出口过。师父有这种心思，我和公子都隐隐约约感觉到了。但是我们两人真的什么想法也没有。就是这样而已。"

"真是青梅竹马呢。"

"嗯。不过，我们各自过好各自的生活。我被卖到东京的时候，只有他一个人来为我饯行。在我最早的那本日记的一开始就记了这件事。"

"要是你们两个一起在那个港市待下去，现在说不定已经在一起了呢。"

---

① 原文为"長唄"（ながうた），日本三味线音乐的一种类型。流行于江户时期，也称江户长歌。

"我觉得不会的。"

"是吗?"

"你还是不要操心别人的事了。他剩下的日子也不多了。"

"可是,在外面过夜,总是不太好吧。"

"你啊,你这样说真的很不好。我想怎么做是我自己的事,一个快死的人怎么拦得住呢?"

岛村无言以对。

然而,驹子依旧一句也不提叶子。这又是什么原因呢?

再说叶子吧,在火车上的时候,她像年轻母亲那样忘我地照料着那个男子,将他护送回来。然而今早又给与他有着说不清道不明的关系的驹子送换洗衣服。她心里到底怎么想的呢?

岛村一如往常,又陷入了一阵沉思。

"小驹姐姐,小驹姐姐。"叶子优美的声音从远处传来。那声音低沉舒缓,清澈通透。

"在的,辛苦了。"驹子站起来走到隔壁三叠①大的房间里。

"是叶子来啦?哎呀,全都拿来了,这么重的,真是不好意思。"

叶子没说什么就回去了。

驹子用手指挑拨起第三根琴弦,换上了新弦,然后调好了音调。此时,岛村已听出它的音色十分清雅。但当他打开放在被炉上鼓鼓囊囊的包袱一看,除了普通的旧乐谱,还有大约二十册杵屋弥七②的《文化三味线谱》。岛村感到诧异,拿起一本问道:

"你就用这些乐谱练习吗?"

"因为这里没有师父。没办法啊。"

"你家里不是有师父吗?"

"中风了呢。"

"就算中风了,动动嘴也是可以的嘛。"

---

① 日式榻榻米房间计算面积的单位。一叠即为一个榻榻米大小,约为1.62平方米。
② 杵屋弥七(1890—1942),日本长歌三味线家。1922年作成三味线乐谱,次年创设三味线学校。

"讲话也讲不利索了。要是舞蹈的话，还可以用尚能动的左手给你纠正动作，可三味线听起来就太吵了。"

"就看这个能看懂吗？"

"当然知道。"

"外行倒也罢了，一个艺伎在这人迹罕至的山沟里还能这样执着于练习，乐谱店的老板知道了也会感到欣慰吧。"

"当舞伎时主要是跳舞，后来去东京学的也是舞蹈。三味线只能记得一点点了。主要是忘了也没人教我，只能靠乐谱啦。"

"唱歌呢？"

"不行，唱歌不行。跳舞的时候听熟了好几首，还凑合能唱。其他的新曲是从广播里学来的，或者在哪里听到过，唱得怎么样就不好说了。而且还有我自己独特的唱法混杂其中，一定很奇怪吧。而且面对熟悉的人，我反而不好意思开口唱。要不是熟人的话，我还能放开嗓子随便唱唱。"说着，她有点害羞，摆正了身姿，端正了架势，紧紧地看向岛村，好像就在期待着他点歌。

岛村一下子被她的气场镇住了。

他在东京闹市区长大，自幼熟稔歌舞伎和日本舞，听熟了一些长歌的歌词，早就背下来了。他没有专门学过。说起长歌，立即想到的是舞者表演的舞台，而不是艺伎表演的宴会。

"真是的，这位客人怎么这样不自然。"驹子轻咬下嘴唇，把三味线架在膝上，全神贯注地打开练习谱，简直像换了个人似的。

"今年秋天就是看着乐谱练习的。"

是《劝进帐》[①]。

突然，岛村感到从头到脚泛起一阵凉意，脸颊也起了鸡皮疙瘩。他那空洞的脑海里全是三味线的声音。这乐曲令他大为惊讶，或者不如说，他是完全被征服了。他在虔诚之念和悔恨之意中不能自拔。他感到已经失去所有力气，就任由自己漂浮在驹子演奏的美妙音乐中。

[①] 《劝进帐》是歌舞伎十八番中的一出戏，改编自能剧《安宅》。由三世并木五瓶创作，四世杵屋六三郎作曲。1840年在江户的河原崎初次上演。"劝进帐"一词，是指为建立或修缮寺院、神社、佛像等进行集资募捐所用的化缘簿，也叫"劝进状"。讲述了源义经与哥哥源赖朝不和，弁庆等人跟随义经逃往奥州，途中历经艰险，经过一番苦斗终于得以通关的故事。

这样一个十九二十岁的乡村艺伎，照理是弹不出这样一手好琴的。明明只是宴席，却像在舞台上表演一样。岛村试着说服自己，这大概是因为自己对山的伤感情绪罢了。驹子时而故意只念念歌词，时而说这里慢那里麻烦而跳过。可是她渐渐地进入了佳境，完全投入了进去，声音逐渐高亢起来。拨子的声音越发响亮，到底要飘荡到什么地方去呢？岛村有点惊呆了。于是像给自己壮胆似的，用胳膊当成手枕，躺了下来。

一曲《劝进帐》弹罢，岛村松了一口气，心想：唉，她是不是喜欢上我了？这种想法让他觉得自己很可悲。

"这样的好天气连音色都不一样了。"驹子只说了这一句，仰头望向雪后初霁的晴空。空气不一样了。没有剧场的墙壁，没有听众，没有城市的尘埃。只有声音穿透冬日澄澈的早晨，有力地推向远处，响彻群山。

也许驹子没有意识到，自己正在进行着孤独的练习。她一直以大自然的峡谷作为她的听众。久而久之，她的指尖越来越熟练，弹拨的动作中充满了力量。这种孤独完胜了哀愁，蕴含着一种野性的意志力。虽说有点基础，但这么复杂的曲子完全靠自己练习，甚至离开乐谱也能顺利演奏下来，这无疑需要坚强的意志和不懈的努力。

在岛村看来，驹子的生活方式是虚无缥缈、徒劳无功的，是对未来憧憬的哀叹。不过，这种生活对驹子自身是有价值的，所以她才能弹拨出如此凛然有力的琴声。

岛村靠耳朵听不出那灵巧双手来回弹拨的技巧变化，只能听出音弦背后蕴含的情感。但对驹子来说，他是最合适的听众了。

第三曲开始弹奏了，是《都鸟》①。这首曲子明艳温柔，岛村脸上的表情变得舒缓而平和，刚才泛起的鸡皮疙瘩消失了。他呆呆地凝视着驹子，心里不由得对她升腾起一种亲切感。

鼻梁挺拔而玲珑，虽略显单薄，但双颊的绯红显得朝气蓬勃，仿佛在窃窃私语：我在这儿呢。美丽又红润的双唇微微闭上，阳光在上面晶莹跳跃，好像闪烁着光泽。那樱桃小口随着唱歌自然张开，又立刻合上，一张一合间尽显俏皮可爱，就如同她的身体绽放的魅力一般。眉毛带着一些弧度，微微

---

① 二世杵屋胜三郎作曲的长歌。描绘了春夏时节隅田川的景色，以及男女之间的美好情感。

下弯,眼尾既不飞起,也不垂下,那双眸子像是有意画得那样笔直,眼光灵动闪烁,像个稚气的小女孩。她未施粉黛,但是都市的艺伎生活却给她留下惨白的肤色,山峦则重新为她染上了一层新色。她娇嫩得好像初绽的百合或新剥的洋葱,连脖颈也微微泛起了淡红,洁净无瑕,清纯动人。

此刻她正经地端坐着,与平日里很不一样,看上去宛如一位少女。

最后,她说再弹奏一曲正在练习的曲子,于是一边看谱一边弹起了《新曲浦岛》[①]。曲毕,她默默地把拨子夹在琴弦下面,换了个舒服的坐姿。

突然那一刻,她变得风情万种,千娇百媚。

岛村没有说话。驹子也无心去听岛村的评价,只是怡然自得地沉浸其中。

"这里的艺伎弹三味线,你光凭琴声,能猜出是谁弹的?"

"当然能,也就不到二十个人嘛。弹都都逸[②]时就更明显了,这曲子最能体现个人风格。"

然后,她再次拿起三味线,挪了挪跪坐着的右腿,把琴架在右腿上。她把腰身扭向左边,向右倾斜着身子,望着三味线说:"小时候就是这样练习的。"

"黑、发、的……"她一边稚气地唱着,一边铮铮地弹奏起来。

"你学的第一首曲子是《黑发》?"

"不是哦。"驹子像小时候一样摇了摇头。

[①] 根据浦岛太郎的传说改编的舞蹈剧,由坪内逍遥创作。长歌版的序曲部分,由杵屋勘五郎和杵屋寒玉作曲。

[②] "都都逸"是江户末期由初代都都逸坊扇歌(1804—1852)集大成的口语定型诗歌。和着三味线一起演奏,构成一种俗曲形式,由七七七五格律组成,大多描写恋爱感情。

七

打这以后，再出现留宿的情况时，驹子也不再坚持在天亮之前赶回去了。

"小驹姐姐。"从走廊远处传来一阵尾音上扬的呼唤声。是旅馆里三岁的小女孩。驹子把小女孩抱进被炉里，专心陪小女孩一直玩到将近正午，才带着小女孩去洗澡。

洗完澡，她一边给小女孩梳着发髻，一边说：

"这孩子一看见艺伎，就会提高声音喊'小驹姐姐'。听说无论是照片还是图片，只要有梳传统发髻的，就喊'小驹姐姐'。我喜欢孩子，所以我懂她的想法。我说：'小君，来驹子姐姐家玩好不好？'"驹子说罢，站起身走到走廊上，又悠闲地坐在藤椅上。

"东京人可都是急性子呢。看，已经开始滑雪啦。"

这个房间的位置是在高处的一角，朝南可以看到山脚下的滑雪场。

岛村也从被炉里回转过身来看了看，只见斜坡上的积雪还有些斑驳，五六个身穿黑色滑雪服的人一直在山脚下的田地里滑着。那边的梯田田埂还没完全被雪覆盖，而且也没什么坡度，实在是无趣。

"看着像学生呢。今天是星期天吧？这样的滑法有什么好玩的吗？"

"不过，看他们滑雪的姿势都不错呢。"驹子自言自语说道。

"据说在滑雪场上艺伎要是向客人打招呼，客人就会吓一跳，说：'哦，是你呀！'因为滑雪时皮肤总是晒得黑黝黝的，都认不出来了。而晚上见到时一般都是化了妆的。"

"也是因为穿着滑雪服吧？"

"是穿雪裤。啊，讨厌，真是太讨厌了。在宴会上才见面，他们就会说，'那么明天在滑雪场上见吧'。要不今年就不滑了吧。我要走啦。再见。来，小君，我们走吧。今晚要下雪呢，下雪的前一夜最冷了。"

岛村坐在驹子刚坐过的藤椅上，望着驹子牵着小君的手，沿着滑雪场尽头的坡道走回去。

云彩出来了,背阴的山和朝阳的山重叠在一起,那远山或阴或阳,不断切换,让人感到微微的寒意。不一会儿,滑雪场也忽然阴了下来。岛村朝窗下望去,只见枯萎了的菊花篱笆上,挂着像果冻一样的霜柱。屋顶的雪融化了,从导水管滴落下来,声音不绝于耳。

那天夜里没有下雪。落了一场冰雹后,又下起雨来了。

返程前一夜,圆月当空,空气凛冽。岛村再次叫来了驹子,快到十一点的时候,驹子却执意要出去散步。她带着几分粗暴,把岛村从被炉里拖起来,硬拽到外面。

道路已经结了冰。整个村子在寒冷的夜空下,静静地进入了梦乡。驹子撩起和服下摆,塞进腰带里。月色皎洁得如湛蓝色冰川中的一把刀刃。

"我们走到车站吧。"

"你疯了吧,来回有一里①地呢。"

"你就要回东京了,不是吗?我要去车站看看。"

岛村从肩膀到大腿都冻僵了。

回到房间,驹子一下子变得无精打采,把两只胳膊埋进被炉里,与平日很不一样,没有跟岛村一起泡温泉。

被炉上的被子原封不动,也就是说,盖被搭在它的上面,褥垫一直铺到被炉边上。只铺了一床睡铺。驹子在被炉边烤火。只见她低垂着头,一言不发。

"怎么啦?"

"我要回去了。"

"说什么傻话。"

"好了,你睡吧。我就想这样。"

"怎么突然想回去了?"

"不回了,天亮之前我就在这里。"

"无聊。别闹别扭了。"

---

① 表示距离的单位,"里"的概念中日相差较大。在日本的度量标准中,一里约为3.93千米。在中国的度量标准中,一里约为0.5千米。

"谁闹别扭了？我才不闹别扭呢。"

"那是怎么回事？"

"唉，人家难受着呢。"

"什么呀，原来是这样。一点都没关系的。"岛村笑了，"我又不会把你怎么样。"

"讨厌。"

"你也真傻，乱跑一气。"

"我回去了。"

"不回也行的。"

"心里难受。唉，你还是回东京去吧。我心里难受。"驹子悄悄地把脸伏在被炉上。

所谓"难受"，是害怕和旅人的关系越陷越深的胆怯，还是不得不压抑自己情绪的苦闷？她对自己的感情已经到了这个地步了吗？岛村陷入一阵沉思。

"你赶紧回东京吧。"

"其实，我在想要不然明天就回去。"

"哟，为什么要回去呢？"驹子像突然醒过来似的扬起脸。

"无论我在这里待到什么时候，我也帮不上你什么，没有我能做的事呀。"

她呆呆地望着岛村，忽然带着激昂的语调说：

"就是这点不好，你这个人，就是这点不好！"驹子焦急地站起来，搂住岛村的脖子开始晃起来。

"你这样说是不对的。你起来，我叫你起来。"说着，她自己却躺了下来，就像发了狂似的不能自已。

过了一会儿，她睁开温柔而湿润的眼睛。

"真的，你明天就回去吧。"她平静地说完，捡起掉落在地的发丝。

岛村决定第二天下午三点动身，正在换衣服的时候，旅馆掌柜悄悄地把驹子叫到走廊上。只听到驹子回答说："是啊，请你帮我算十一个钟头好了。"大概是掌柜认为算十六七个小时太长了。

看了账单才明白，早晨五点以前走的，就算到五点。第二天十二点以前走的，就算到十二点。都是这样按照时间计算的。

驹子在大衣外面围了一条白围巾，一直把岛村送到车站。

岛村为了打发时间，去买了些木天蓼①果实的酱菜和朴蕈②罐头一类的土特产，离发车还有二十分钟，便走到站前地势稍高的广场上散步。他一边眺望着周围的景色，一边想：这真是被雪山包围的小地方呢。驹子浓密的黑发太过乌黑，在阴暗山谷的寂静中更显凄凉了。

远处那条溪流的山腰处，不知怎的，有个地方投射下了一束浅浅的阳光。

"自从我来了以后，雪不是融化得差不多了吗？"

"但是只要连着下两天雪，马上就积上六尺厚。如果连着下，那边电线杆的灯怕是也要埋在雪里了。我要是一边走路一边想你的话，脖子会被电线勒住而受伤呢。"

"会积到那么厚吗？"

"这个前面的镇子里有个中学。听说下大雪的时候，学生们一大早就裸着身子从宿舍二楼的窗口跳到雪地里。身体一下子被雪淹没，完全看不见了。然后只能像游泳似的在雪中划着走。看，那边也有一辆扫雪车呢。"

"我倒是想来赏雪的，可正月的旅馆人很多吧？火车也会遇到雪崩而发生掩埋事故吧？"

"你可真奢侈。你一直过得这么奢侈吗？"驹子望着岛村，"为什么你不留胡子呢？"

"嗯，我也想留的。"岛村抚摩着刚剃过胡须的青色胡茬。他想着，自己嘴角有一道恰到好处的皱纹，使得本来柔和的面部更加有味道了。驹子对自己有兴趣，是不是正因为这一点？

"这么说来，你一卸了妆，洗去脸上的脂粉，就像我刚刚剃过胡子一样。"

"乌鸦叫得真烦人。也不知道是哪里传来的。好冷啊！"

驹子望向天空，双臂交叉环绕在胸前。

"去候车室烤烤火吧。"

这时候，只见从小街拐到火车站的大路上，急匆匆地跑过来一个人。是穿着雪裤的叶子。

---

① 木天蓼，猕猴桃科植物，产在日本的一种水果，个头比正常猕猴桃要小很多，为1.5—3厘米大小。

② 一种蘑菇，颜色一般为茶色，秋冬季节生长在山毛榉等枯树上。

雪 国

"啊，小驹姐姐，行男哥他……小驹姐姐！"叶子上气不接下气，好像要躲避可怕的东西而拼命抓住母亲的孩童。叶子紧紧抓住驹子的双肩，"快回去！情况不太好。快！"

驹子好像忍着肩头的疼痛，紧闭着眼睛，脸色一下子变得惨白。让人想不到的是，她坚定地摇了摇头说：

"我正在送客人，我不能回去。"

岛村吃惊地说：

"还送什么呀，都这种时候了。"

"不行。我不知道你还来不来。"

"会来的，会来的。"

叶子就像什么也没听到似的，焦急地拉住驹子说：

"刚才呢，我给旅馆打电话，说你到了车站，我就飞奔过来了。行男哥在找你呢。"说完便开始拉驹子。驹子听着，就那样一动不动地忍着。突然，把她的手甩开，说：

"不要！"

就在这时，驹子踉踉跄跄朝前面冲了两三步，突然开始想呕吐，但什么也没吐出来。她的眼眶湿润了，脸颊上泛起一阵鸡皮疙瘩。

叶子一动不动愣在原地，哑口无言地看着驹子。但是，那表情太认真了，不知是在愤怒，还是大吃一惊，又或者是悲从中来。她的脸像戴了一副假面，显得单纯无比。

她还是那副表情，转过脸来，冷不防地抓住岛村的手。

"那个，对不起，请你叫她回去吧。叫她回去吧！"叶子紧张而高亢的声音尖叫着，缠着岛村不放。

"好，我叫她回去。"岛村大声说道。

"快回去啊！你这个傻瓜！"

"和你有什么关系？"驹子冲着岛村说道。她一边伸出手把叶子从岛村身边推开。

岛村正想用手指指向站前的那辆汽车，可是发现自己的手被叶子抓得已经失去知觉了。

"就那辆车，我马上让她乘车回去。你先暂且回去，好吗？在这里推推搡搡，人家瞧见多不好呀！"

叶子连连点头。

"快点呀，快点呀！"她说着转身往回跑，那速度快得令人诧异。为何这位姑娘的表情总是那么认真呢？岛村目送着叶子渐远的背影，心中不禁掠过一阵疑问。

叶子悲戚而优美的声音，仿佛是从哪里的雪山发出的阵阵回音。岛村的耳边至今萦绕着她的声音。

"你去哪里？"驹子看见岛村要去找汽车司机，一把将他拽回来。

"不，我不要回去！"

岛村突然对驹子产生了一种生理上的厌恶。

"我不知道你们三个人之间到底发生了什么，但是那位公子眼看着快要死了，不是吗？所以他想见见你，才让人来叫你的，对不对？你乖乖回去吧，不然会后悔一辈子的。或许我们还在这样说着话，他就咽气了。那可怎么办？你别逞强了，一切过去的事情就让它过去。"

"不，你误会了。"

"你被卖到东京的时候，不是只有他一个人为你送行吗？你最早的日记本开头不就是记他的吗？难道有什么理由不去送他最后一程？去把你记在他生命的最后一页吧。"

"不，我不能眼看着一个人死。"

听起来这句话既冰冷无情，又好似充满了热烈感情。岛村感到迷惑不解。

"日记什么的，我已经不记了。我要把它们全烧掉。"驹子小声嘟囔着，脸上又莫名地泛起一阵红晕。

"啊，你真是一个诚实的人。如果是诚实的人的话，不妨把我的日记全都给你。你不会笑话我吧。我觉得你是个诚实的人。"

岛村被这份莫名的真情打动了。是的，他也觉得，确实没有人比自己更诚实的了。于是，他不再说让驹子回去之类的话。驹子也沉默不语。

旅馆掌柜从派驻车站的接客处走出来，通知开始检票了。

只有四五个身着暗色冬装的本地人，默默地上了车。

"我不进站台了。再见。"驹子站在候车室的窗边。窗玻璃紧闭着。从火车里望去，她好像一个奇怪的水果，被独自遗忘在偏远山村的水果店那熏黑的玻璃箱里。

火车开动了。候车室的窗玻璃忽然明亮起来，驹子的脸在亮光中一会儿浮现，一会儿消失，就像那个雪天清晨映在镜中的那张绯红的脸。对岛村来说，那是梦境和现实分界处的颜色。

火车从北面爬上县界的山，穿过长长的隧道。冬日午后熹微的阳光，仿佛被地底下的黑暗吞噬，又仿佛老火车在隧道里褪下了一层明亮的外壳，在重峦叠嶂间，向暮色苍茫的峡谷驶去。山的这一侧还没下雪。

沿着河流行驶，不一会儿，便至旷野。大自然鬼斧神工般在山顶雕刻出一道柔和的斜线，一直延伸到山脚的月色朦胧处。这是原野尽头唯一的景色。在淡淡的晚霞映照下，整座山呈现出轮廓分明的深宝蓝色。月亮还未完全显现白色的光亮，所以少了几分冬夜寒峭的感觉。天空中一只飞鸟也没有。山麓的原野一望无垠，远远地向左右自由延伸，快到河边的地方，耸立着一座好像是水电站的白色建筑物。那是透过冬日车窗能够望见的唯一景物，在萧萧暮色中孑然而立。

车窗因为暖气的缘故，蒙上了一层雾气。随着外面流动的原野渐渐暗了下来，在车窗玻璃上又半透明地映现出乘客的影像。这就是在夕阳映照下的镜中幻景。好像不是东海道线的火车，那旧得褪了色的老式客车，只挂着三四节车厢。应该是别的地方的火车，连灯光也是昏暗的。

岛村仿佛置身在某种非现实的交通工具上，时间和距离都消失了。他陷入恍惚的状态，任凭火车搬运着自己的身体疾驰。单调的车轮声，像是女人的絮叨。

这话语断断续续，简短精练，却是女子用力活过的证明。他听着心里难过起来，也因此更加无法忘怀。对渐渐远去的岛村来说，也只是平添几许旅愁罢了。那已经是遥远的声音了。

此刻，行男不知道是不是已经咽气了。驹子为什么如此顽固，不肯回去呢？会不会已经错过了和行男的最后一面？

火车上乘客少得让人发慌。

一位五十多岁的老年男子和一个面色红润的姑娘面对面坐着，两人聊得颇有兴致。姑娘浑圆的肩膀上披着一条黑色的围巾，红扑扑的脸颊像是生了火一样，气色极好。她上身微倾，专心倾听，并愉快地对答着。从两人的样子看起来，像是出远门的。

可是，火车开到有纺织厂烟囱的火车站时，老年男子急忙从行李架上取下柳条箱，一边从窗户往站台上扔，一边对姑娘说："走啦，有缘还会再见的。"说罢，下车走了。

岛村感动得眼睛都湿润了，就连他自己也觉得惊讶。此情此景，他更确信这位老年男子是在同女子告别后踏上了回家的路。

他做梦也没想到，他们两个只是偶然同车邂逅罢了。那位男子大概是个游商。

八

离开东京老家时,妻子对岛村嘱咐:现在正是飞蛾产卵的季节,西服不要挂在衣架或墙壁上。到这里一看,果然发现旅馆房间屋檐下的装饰灯上落着六七只黄褐色的大飞蛾。隔壁三叠大的房间衣架上也停着一只,身子很小,躯干却很壮实。

窗户上依然装着夏天防虫用的金属纱窗。那纱窗上还有一只飞蛾,贴在上面一动也不动,伸出了那像小羽毛似的黄褐色触角。但是,它的翅膀是透明的淡绿色,有女人的手指那么长。对面县界连绵的群山,在夕阳余晖的映照下,披上了秋天的色彩,这一点淡绿反而给人一种死亡的气息。飞蛾只有前面的翅膀与后面的翅膀重叠的部分是深绿色的。一刮秋风,它的翅膀就像薄纸一样被吹了起来。

岛村想着:这只飞蛾是不是还活着呢?于是站起身走了过去。他从纱窗内侧用手指弹了弹,只见飞蛾一动不动。他再用拳头使劲敲打,它就像离开树的叶子一样飘然落下,落到一半又翩翩飞舞起来。

定睛一看,对面杉树林那边,不计其数的蜻蜓在飞舞着,像蒲公英的绒毛。

山脚下的河流,仿佛是从杉树的树梢上流下来的。

丘陵上盛放着酷似白色胡枝子的花朵,一片银光闪闪。岛村不知疲倦地眺望着。

从室内温泉出来,只见一位俄罗斯女人坐在大门口,好像在叫卖。她为何来到这穷乡僻壤的地方呢?岛村走近一看,都是些非常普通的日本化妆品和发饰之类的。

她看上去约莫四十出头的样子,脸上布满皱纹,脏兮兮的,但脖颈露出的部分却是白皙丰腴的。

"你是从哪里来的?"岛村问道。

"从哪里来？我，从哪儿来的呢？"俄罗斯女人不知怎样回答，一边收拾货摊，一边思忖着。

她的裙子像是用不干净的布卷起来的，已经不像洋装了，而像是在身上缠着一块不干净的布。她就像一个地道的日本人，背着一个大包袱①回去了。不过，脚上还穿着皮靴。

一起目送俄罗斯女人的还有旅馆老板娘。在老板娘的邀请下，岛村也去了账房。只见一位身材魁梧的女子背对着他坐在炉边。女子撩起衣服下摆站了起来。她穿着一身黑色礼服。

原来就是在滑雪场的宣传照片上看到过的那个艺伎。她身穿宴会服装，下面套了一条雪裤，同驹子并肩坐在滑雪板上的样子，岛村还历历在目。她是个身材丰腴、从容大方的中年女子。

旅馆老板把火筷放在炉子上，烤着大大的长椭圆形的豆沙馅馒头。

"这个东西，来一个怎么样？是人家的贺礼。尝一口试试看？"

"刚才那个人已经洗手不干了？"

"是啊。"

"她是位不错的艺伎啊！"

"她合约到期了，特来辞别的。曾经也是挺受欢迎的人。"

岛村一边对着热乎乎的豆沙馅馒头吹气，一边尝试咬了一口。那外皮略有些硬，吃起来有些发酸，有一股陈旧的味道。

窗外，夕阳照在熟透的红柿子上，光线似乎一直照到吊钩②的竹筒上。

"那么长，是狗尾巴草吧？"岛村惊讶地看了看坡道。一个老妇人背着一捆草走过去，草捆足足是她身高的两倍，是长穗子。

"那是茅草。"

"茅草？是茅草吗？"

"在铁道省③举办温泉展览会的时候，他们造了一个不知是休息室还是茶

---

① 原文为"風呂敷包"（ふろしきづつみ），最早用来包洗澡工具，后用来包一般的随身行李。
② 原文为"自在鍵"（じざいかぎ），一种炊具，套上竹筒挂在屋梁上，下端的钩子可以挂上铁壶、锅釜等。
③ 铁道省旧时为日本政府机关，1920年成立，主要掌管铁道行政和国有铁道的经营等事务。1943年因设立运输通信省而废止。

室的地方，屋顶就是用这儿的茅草葺的。听说东京来的人把那个茶室整个原封不动地买了下来。"

"是茅草啊。"岛村又独自嘟囔着。

"山上都绽开着茅草花呢，我还以为是胡枝子花。"

岛村下了火车，首先看到的便是山上这白色花朵。从陡峭的山腰到山顶附近，遍地盛开着这种花。洁白的一片透着银闪闪的光，就像倾洒在山上的秋日暖阳。啊，岛村被深深地感染了，将这满山的白花当作了胡枝子花。

不过，现在从近处看这些蓬勃的茅草，与那时远眺群山时看到的感伤的花，完全是不同的感受。背着大捆茅草的女人们，身子全部被遮盖住了。草捆划过坡道两侧的石崖时，发出沙沙的响声。那穗子十分结实。

回去之后，在隔壁那间点着十支烛灯的昏暗房间里，那只身躯庞大的飞蛾，把卵产在黑色衣架上，然后飞走了。檐前的飞蛾飞过去撞击着装饰灯，发出啪嗒啪嗒的声响。

啁啾的秋虫从白昼就开始啼叫。

驹子过了一会儿才来。

在走廊上，她就那样站着，直直地望着岛村。

"你来干什么？你到这种地方来干什么？"

"我来看你了。"

"不可能吧。东京人就是爱撒谎，讨厌！"说罢，她一边坐下来，一边用轻柔的声音说：

"我这次不会再给你送行了。真是说不出的滋味。"

"好啊。这次我悄悄地走。"

"真是的，我只是说我不去火车站嘛。"

"那个人怎么样啦？"

"当然是死了。"

"是在你到火车站送我的时候？"

"但这是两码事。我只是没想到送行竟会是那么难受的事。"

"嗯。"

"你二月十四日干什么啦？骗人。我等了好久了哦。以后你说什么我都不会相信了。"

雪 国

二月十四日是"赶鸟节"①。这是雪国独有的儿童传统节日。村里的孩子们每年在节日的十天前穿上高筒草鞋，把雪踩结实，切成两尺左右厚度的雪板，摞在一起，建成一座正方形的雪之宫殿。大小丈八见方，高一丈有余。十四日晚上，孩子们把从家家户户收集来的稻草绳堆在雪之宫殿前，令其熊熊地焚烧起来。这个村子是二月一日过年，所以稻草绳家家户户都有。随后，孩子们爬到雪之宫殿的顶上，挤挤挨挨地唱起赶鸟歌。然后，孩子们走进雪之宫殿，点上灯火，在那儿一直待到天亮。待到十五日天亮之时，孩子们再次爬上雪之宫殿，唱起赶鸟歌。

那正是积雪最厚的时候，岛村和驹子约好一起来看赶鸟节。

"我二月份回老家，休息了几日。我想着你一定会来，所以十四日匆匆赶回来了。早知道你没来，我还不如多照顾几天病人再来的。"

"谁病了？"

"师父去了港市，结果得了肺炎。我正好在老家，接到了电报，就去照顾病人了。"

"好些了吗？"

"没有。"

"对不起。"岛村像在为自己的失约而道歉，又像在为师父的死而哀悼。

"唉。"驹子突然温柔地摇了摇头，用手帕在桌子上拂了几下。

"好多虫子啊。"

从矮桌到榻榻米上落满了小虫子。几只小飞蛾围着电灯绕来绕去。

纱窗外面更是数不清有多少种类的蛾子，星星点点地落在上面，在透明澄澈的月光下浮现出来。

"胃疼，胃好疼啊。"驹子把两手紧紧插进腰带，朝着岛村的膝盖上靠过去。

她的后衣领敞开，露出雪白的脖颈，一群比蚊子还小的飞虫落在上面。有的虫子眼看着就要死去，在那儿一动不动。

她比去年丰腴了，脖根也显得粗了一些。她已经二十一岁了啊，岛村不

---

① 日本旧历正月十四日夜里到正月十五日清晨，在当地农村举行的祭典。孩子们唱"赶鸟歌"，驱赶妨碍农作物生长的鸟兽，祈求丰收吉祥。

禁想着。

一阵温热的湿气传到他的膝上。

"'小驹,去山茶花厅看看吧。'账房有人嬉笑着告诉我。真讨厌。刚去火车站把姐姐送上火车,回来本想着好好睡一觉,可她们说这里有人叫我。我已经很困了,本来真不想来了。昨晚是姐姐的欢送会,我们为姐姐饯行,所以喝多了。怪不得她们在账房那儿一直笑我,来的原来是你。又是一年过去了。你是一年才来一次吗?"

"那种豆沙馅馒头,我也吃过了呢。"

"是吗?"驹子直起身子。刚才伏在岛村膝上的地方留下了一片红晕。她忽然又显得那么稚气。

驹子说,她一直把那个中年艺伎送到了下一个火车站的地方。

"真没意思。以前无论办什么事大家都一条心。可如今个人主义渐渐蔓延开来,大家各干各的,意见总是无法统一。这里也变化很大,性格合不来的人越来越多了。菊勇姐姐一走,我就孤单了。因为过去什么事都是她作为主心骨。她最受欢迎,每次获得的报酬都超过六百支线香①。在我们这里最受重视了。"

"那么那位菊勇到了期限,回到老家之后,是结婚呢?还是继续做老本行?"岛村问道。

"姐姐也是个可怜人。之前是因为婚事吹了才来这儿的。"驹子没有继续说下去,把后面的话咽了回去。她稍做犹豫,望着沐浴在月光下的梯田,然后继续说道:

"那坡道半路上有间新盖的房子,你知道吧?"

"你是说那间叫菊村的小饭馆?"

"嗯,是的。姐姐本来就是要嫁到那家去的,后来她改变了心意,忽然吹了,引起了不小的骚动。人家好容易特地为她盖了房子,临要出嫁了,她却反悔,把人家给甩了。大家都以为她又喜欢上别人了,而且打算和那人结婚。但谁知,她是被骗了。一个人一旦陷进去了,就会变成那样吗?听说对方跑

---

① 此处指艺伎从客人那里获得的报酬。通常以一炷香燃尽的时间为单位,计算艺伎应获得的报酬。下文的"线香钱"也是同一意思。

了。但她又不能再找原来的人把那家店要回来。实在太没面子了，也不好意思再待下去，只好到别的地方另起炉灶。想来也真可怜呢。我虽然知道得不多，可她确实经历过很多人啊。"

"男人吧。跟她好过的有五个吗？"

"是啊。"驹子抿嘴笑了笑，突然转过头去。

"姐姐也太懦弱了。真的太弱了。"

"那也没办法啊。"

"可不是嘛。就算被喜欢，又怎么样呢。"驹子说着低下头，用发簪搔了搔头，"今天送姐姐走，心里好难受。"

"那么那间特意为她新盖的店怎么办？"

"现在由那人的原配妻子管理。"

"由原配妻子管理？真有意思。"

"可不是嘛。开张的事情都安排妥当了。也只好这样了，别无他法呀。原配妻子带着她所有的孩子搬来了。"

"那家里怎么办？"

"听说家里就留了一个老婆婆。虽说是农户出身，可她家老头子却喜欢这行当。可真有意思。"

"大概是个浪荡公子。得有一把年纪了吧？"

"还年轻呢。才三十二三岁。"

"哦？那么，比起原配妻子，倒是小妾的年纪比较大？"

"同年的，都是二十七岁。"

"'菊村'取的是'菊勇'的'菊'字吧。原配妻子竟然接受了这个店名。"

"大概因为招牌已经挂出来了，也不好再改了吧。"

岛村把衣领拢了拢。驹子站起身，走过去一边关上窗户，一边说：

"姐姐也认识你，今天还跟我说，她知道你来了。"

"她来辞行，我是在账房的时候正好看到的。"

"你们说了什么？"

"什么也没说。"

"你能明白我的心情吗？"驹子把刚才关上的移门再次拉开，一屁股坐在窗沿上。

过了一会儿，岛村说："这里的星星跟东京完全不一样，好像漂浮在宇宙里似的。"

"今晚的月亮太亮了，不然不会是那个样子。今年的雪下得特别大。"

"火车好像经常停运呢。"

"是啊，真是叫人害怕。连汽车也比往年晚一个月，到五月才通车呢。滑雪场里有个小卖部吧，二楼都已经因为雪崩被冲塌了，一楼的人还不知道。他们听到奇怪的声音，以为是老鼠进了厨房呢。跑去一看，发现根本没有老鼠，到了二楼才看见满地都是雪。挡雨板什么的都被雪冲走了呢。虽说是表层雪崩，可广播里却大肆报道，吓得滑雪客都不敢来了。我打算今年不再滑雪了，所以去年年末我连滑雪板都送人了。但是我还是滑了两三次的。你看我变了吗？"

"师父去世之后，你是怎么过的？"

"别人的事，你就别管了。一到二月我就来这里等你。"

"既然已经回到港市了，给我写个信不就行了吗？"

"才不呢。我才不干这种卑微的事。那种被你太太看见也无所谓的信，我才不写呢。那样做多卑微啊！我用不着因为顾忌着谁而撒谎呀！"

驹子连珠炮似的一句接一句反驳着，语气激烈。岛村低下了头。

"你别坐在那虫子扎堆的地方呀，把灯关上就好了。"

皓月当空，驹子那耳朵凹凸处的轮廓也变得清晰可见。月光照射下，榻榻米泛起一片冷冰冰的青色。

驹子的嘴唇宛如水蛭一样，顺滑柔美。

"哎呀，我还是回去吧。"

"你真是一点都没变啊。"岛村仰起头，凑近过去仔细端详着她那点缀着高鼻梁的圆圆的脸庞，好像觉得哪里不对劲似的。

"大家都在说，我跟十七岁来这里的时候比，没有什么变化。至于生活，还是老样子啊。"

她还是保留着北国少女的那种红彤彤的脸庞。月光倾洒在艺伎特有的皮肤上，发出贝壳一般的光泽。

"不过，我住的地方变了，你知道的吧？"

"你是说师父去世以后？你应该已经不住在那间蚕房里了，这回你的家成了真正的置屋①呢。"

"真正的置屋？是啊。店里卖些零食和香烟什么的。依然只有我一个人。这回真的是受雇于人了。夜深了，我就点上蜡烛看书。"

岛村双手交叉抱在胸前，笑了。

"因为人家装了电表，用电灯太浪费，所以不好意思。"驹子解释道。

"可能是吧。"

"不过，那家人待我真是太好了，以至于我都怀疑，我这是受雇于人吗？孩子一哭，老板娘就把他背到外面去，怕吵到我。真的没什么不满足的，除了睡觉的床铺总是不平整，有点不称心。回去晚的时候，他们就给我铺好了。要么是褥子摞得不整齐，要么就是床单铺歪了。一看到那个样子，心里难免觉得别扭。可是自己又不好重新再铺一遍，只怕辜负了别人的好心。"

"你要是成了家，恐怕要有的受了。"

"人家都在说。这是天生的啊。家里如果有四个小孩，到处乱扔东西，那可真够呛了。我整天跟在后面收拾。虽然明知收拾好了还是会弄乱的，但总是心里过不去，没办法忽视。只要条件允许，我还是想要整洁的生活环境。"

"是啊。"

"你理解我的感受吗？"

"当然理解。"

"既然理解，那你说说看。来，你说说看啊。"驹子突然追问起来。

"你瞧，说不出来了吧。净骗人！你这个人呀，生活奢侈，大手大脚。你怎么可能理解我？"

然后，她又放低声音说："好难过啊。我真是个傻瓜。你明天就请回吧。"

"你这样追问我，我怎能说得清楚呢？"

"有什么说不清楚的？你这个人就是这点不好。"驹子因感到绝望而声音哽咽了。她默默地闭上了眼睛，心想：岛村会把自己挂在心上吧？于是她做出一副好像懂了一样的表情，说道：

"一年一次也好，你要来哦。我在这里的时候，请你务必一年来一次啊。"

"期限是四年。"她说。

---

① 指艺伎和游女住的地方。

"回老家的时候,做梦也没想到还会出来做买卖呢。连滑雪板都是送了人才走的。要说能够做到的,就只有戒烟了。"

"是呀,以前你抽得可是很厉害的。"

"嗯。宴会上客人给我烟,我都悄悄放在袖袋里。回去以后,能抖落出好几支。"

"四年可真是好漫长啊。"

"很快就会过去的。"

"好温暖啊。"岛村把倚过来的驹子抱了起来。

"我天生就是这么温暖的嘛。"

"嗯,这里早晚已经开始转凉了吧?"

"我来这里已经五年了。起初觉得心里很没底,心想自己怎么住在这种地方啊。火车开通之前,真的特别荒凉呢。从你第一次到这里来,已经过了三年了。"

三年不到的光阴,自己来了三次,每次驹子的境况都有变化。岛村不禁思忖着。

几只纺织娘突然鸣叫起来。

"讨厌。"驹子说着,推开了岛村,站起身来。

一阵北风吹来,纱窗上的飞蛾一齐飞了起来。

岛村明知她那双看似半睁着的黑眸,其实是合上了的浓密睫毛。但是他还是情不自禁地凑近了细细端详起来。

"戒烟以后我胖了。"

腹部的脂肪变得肥厚了。

一瞬间,两人分手后难以捉摸的感情,又回到了原来的亲密状态。

驹子轻轻地把手按在胸前。

"一边变大了。"

"傻瓜。是那个人的毛病吧。净是一边。"

"哎呀,真讨厌!胡说!真是讨厌鬼!"驹子突然表情变了。岛村想起来了,正是这样子。

"以后告诉他,两边要平均点。"

"平均点?告诉他要平均点吗?"驹子温柔地把脸贴上去。

这个房间在二楼，但是能听到癞蛤蟆绕着屋子外面的围墙鸣叫着。好像不是一只，而是两只，甚至三只。一直叫个不停。

从室内温泉出来后，驹子敞开心扉，用平静的语气诉说起自己的身世来。

她甚至讲起，在这里接受第一次检查的时候，她以为跟未出道的小姑娘那时一样，只脱了上半身，结果被人家取笑了。说着说着，她竟啜泣起来。她还如实回答了岛村的询问。

"我是非常准的，那个每月都正好提前两天。"

"可是，那个来的时候出去赴宴，不会感到不方便？"

"嗯，你连这种事都知道？"

每天到有名的温泉洗澡可以暖暖身子，而且为了赴宴往返旧温泉和新温泉之间还得走一里地。再加上在山沟里很少熬夜，所以驹子身体健壮。不过，她还是长着一副艺伎常见的窄骨盆，骨架横里窄、纵里厚。尽管如此，她之所以能把岛村从大老远吸引到这儿来，是因为在她身上有一种吸引岛村的、让人心生怜悯的东西。

"像我这样的人，还能不能生孩子？"驹子认真地问道。她是想说，眼下只跟一个人交往，不就像夫妻一样了吗？

原来驹子身边有这样一个男人，岛村竟才知道。说是从她十七岁那年开始，已经跟了他五年。岛村之前就觉得有点惊讶，后来才明白驹子为什么这样无知，并且对人毫不戒备。

在她还是未出道的小姑娘时，就有人替她赎身把她解救出来。那人去世后，她回到了港市。哪知刚回去就发生了这样的事。驹子说她从开始到现在一直讨厌那个人，同他总是有隔阂。

"能维持五年，应该是很不错的了。"

"曾经有两次差点要分手呢。一次是在这里当艺伎，另一次是从师父家搬到现在这个家的时候。可是我的意志太薄弱了，真的太薄弱了。"

驹子说，那人就住在港市。因为把她安顿在港市不方便，趁师父来这个村子时就顺便拜托把她带来了。人倒很亲切和蔼，可她从没想过要把自己托付给他。真是太可悲了。由于年龄相差很大，他只是偶尔来一趟。

"怎样才能分手呢？我常常想，干脆做些越界的事算了。我真的曾经这样想过啊。"

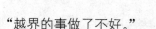

"越界的事做了不好。"

"越界的事我也做不来，还是天生的啊，我做不来。我是很爱惜自己的身体的。要是我愿意，可以把四年期限缩短到两年，可我不想勉强去做，还是身体要紧。如果勉强做了，也许能赚到许多线香钱。期限无所谓的，只要不让主家亏钱就行。每月的本金、利息、税金，加上伙食费，全部一算就明白了。够花就行，我不勉强自己超过限度地去做。碰上麻烦的宴会，让我不舒服的，我就赶紧回来。只要不是熟客点名叫我，太晚了，旅馆也不会给我打电话的。自己要是奢侈无度，大手大脚，那就没个底了。只要赚到的足够生活，那就可以了。本金我已经还了一半以上。这还不到一年呢。不过，零花钱什么的，每月倒是也得花个三十元。"

驹子说，每月能赚一百元的话就足够用了。上月赚得最少的人是三百支线香，合六十元。驹子赴宴九十多次，是最多的。每赴宴一次，自己就可以得到一支。因此对主家来说，虽吃点儿亏，但很快就会赚回来的。在这个温泉浴场里，没有一个人因为债务累累而延长期限。

翌日清晨，驹子依然起得很早。

"我正梦见要去打扫插花师父的那间房子，就醒了过来。"

她把梳妆台挪到窗边，镜中映现出铺满红叶的群山。镜中的秋阳，也是一片灿烂。

糖果店的女孩把驹子的换洗衣服拿来了。

"小驹姐姐。"

隔门后面传来了呼喊声，却不是叶子那清澈而充斥着悲伤的声音。

"那位姑娘怎么样啦？"

驹子悄悄瞥了岛村一眼：

"她经常去扫墓。你瞧，滑雪场底下有块荞麦地吧，开着白色的花。它的左边有个坟墓，看见了吧？"

驹子回去之后，岛村也到村里去散步。

白墙边的屋檐下，一个女孩穿着全新的红色法兰绒雪裤在拍球，全然一幅秋天的景致。

村里有许多古色古香的家宅,仿佛是从前大名①出巡的年代修建的。屋檐很深。二楼的移窗只有一尺高,且是细长条状的。檐前垂挂着一张茅草编的帘子。

土坡上围着一道细叶茅草篱笆。细叶茅草的花开得正盛,枝头上缀满了浅黄色的花朵。细长的叶子像喷泉一样,一株株向外舒展着。

在路旁向阳的地方,铺上草席打红豆的正是叶子。

红豆好似一颗颗阳光,从干枯的豆秆中跳了出来。

可能是因为叶子头上包着毛巾,没看见岛村。她叉开双膝,穿着雪裤,一边打红豆,一边唱歌。歌声清澈通透,夹杂着悲伤,好像马上就能引起回声似的。

  蝴蝶哟,蜻蜓哟,还有蟋蟀哟,
  在那山上不知疲倦地唱哟,
  金琵琶哟,金钟儿哟,还有那纺织娘哟。

---

① "大名"是日本古时封建制度中对领主的称呼,由"名主"一词转变而来。名主就是某些土地或庄园的领主。其中土地较多、较大的就是"大名主",简称"大名"。

九

还有一首民歌是这样唱的:"夕阳晚风中的大乌鸦啊,飞离了那杉林。"但从这个窗口俯视下去,只见杉林前面今天也仍然飞着一群蜻蜓。黄昏将近,它们有些慌张地加快了飞的速度。

岛村在出发之前,在车站小卖部里买到了一本附近山脉的新版登山指南。随手一翻,发现上面写道:从这房间远眺县界的群山,其中一座山的顶上有一条穿过美丽池沼的小路。各种高山植物的花朵在这片湿地争奇斗艳,竞相开放。到了夏天,红蜻蜓漫天飘舞,有时停落在人们的帽子上、手上,有时甚至停落在眼镜框上!这种悠然自在的翩翩起舞,和城市里受尽苛待的蜻蜓相比,简直是天差地别。

但是,眼前的这群蜻蜓,像被什么紧紧追赶着,像急着抢在夜色降临之前尽情舞蹈,不让杉林的幽黑抹去它们的舞姿。

在夕阳余晖的映照下,这座山清晰地呈现出山巅上枫叶正红的景色。

"人啊,都是脆弱的。如果从高处摔下来,就会粉身碎骨。可是,如果是熊之类的,哪怕从更高的岩石山上摔下来,也不会受伤。"岛村想起了今早驹子讲过的这些话。当时她一边指着那座山,一边说岩石场又有人摔下来,不幸遇难了。

如果有一层像熊一样又硬又厚的毛皮,人的感官必定也不一样了。然而,人都是喜欢自己那身润滑细腻的皮肤的。岛村眺望着沐浴在夕阳下的山恋,不禁有点感伤。他陷入了一阵沉思,开始对人的皮肤产生了浓浓的眷恋。

"蝴蝶哟,蜻蜓哟,还有蟋蟀哟……"不知是哪位艺伎,在提早吃晚饭的时候,一边弹拨着三弦琴,一边唱起这首歌来。从琴声可听得出很不熟练。

登山指南书上仅仅简单记载着登山的路线、日程、旅馆、费用等项目,反而让人的思绪自由驰骋起来,产生无限遐想。岛村想起,第一次认识驹子,正是从积满残雪、抽出嫩芽的山上,走到这个温泉村来的时候。现在,又到了秋天的登山季节，他凝望着留下自己足迹的山峦，心不由得被牢牢抓住了。游手好闲的岛村，此番闲来无事又不辞劳苦地登山，可以被认为是一种典型的徒劳。正因为如此，其中也萌生了一种虚幻的魅力。

尽管和驹子的距离远了，岛村还是十分牵挂她。但虽如此，一旦来到她的身边，也许是完全安心的缘故，抑或是与她的肉体过分亲近的缘故，总觉得对肌肤的依恋和对山峦的憧憬这种相思之情，如同一个梦境。大概也是因为昨晚驹子在这里过夜刚刚回去的缘故。不过，在寂静中独自一人呆坐着时，他也感觉驹子会不请自来，便自顾自地期待着。此刻除了耐心等待别无他法。他听着徒步旅行的女学生青春活泼的嬉戏打闹声，想着干脆趁此睡一觉，于是便早早躺下了。

不久，似乎下了一场阵雨。

翌日清晨，岛村睁开眼睛，发现驹子端端正正地坐在桌前看书。她穿着普通的绸子短和服外褂。

"你醒啦？"她静静地说道，看向岛村。

"怎么啦？"

"你睡醒啦？"

她不知不觉地自己悄悄过来，在这里过夜的吧？岛村心里想。他扫视了一眼自己的睡铺，拿起枕边的手表一看，才六点半。

"这么早啊。"

"女佣已经来添过火了哦。"

铁壶冒出热气，一幅早晨的光景。

"快起床！"驹子站起身来，在他的枕边坐下，像极了一个家庭主妇。岛村伸了个懒腰，顺势抓住她放在自己膝上的手，抚弄着小手指上弹琴留下的茧子①，说道：

"好困啊，天才刚亮呢，不是吗？"

"一个人睡得好吗？"

"嗯。"

"你啊，还是没有把胡子留起来。"

---

① 原文为"撥胼胝"（ばちだこ），专指弹三味线或琵琶的人手指上拨弦的部位产生的茧子。

"对了，对了。上次走的时候你说过让我留胡子的。"

"反正你总是忘记。算了吧。你总是剃得干干净净，留下一片青痕。"

"你也是啊，平时卸下脸上的胭脂粉黛，不也是像刚刮过脸一样吗？"

"你的脸又胖了，是不是？你皮肤白，再加上没有胡子，睡着的时候就看着有点怪怪的。脸是圆乎乎的。"

"显得很柔和，不是很好吗？"

"看着靠不住呢。"

"讨厌，这么说来，你一直在盯着我看吗？"

"嗯。"驹子微笑着点了点头，突然又像一团火苗被点着了一般，开始从微笑变成大笑，不知不觉间，连握住岛村的手指也更加用力了，"我躲在壁橱里，女佣一点都没发觉呢。"

"什么时候？什么时候躲进去的？"

"就是刚才呀，女佣来添火的时候嘛。"她大概脑海中想起来那个场景，笑个不停，脸又一下子红到耳朵根。为了掩饰这些心思，她扯起被子一角，一边扇一边说：

"快起床。我叫你快点起床嘛！"

"太冷了。"岛村抱着被子说：

"旅馆的人都起来了吗？"

"这倒不知道呢，我是从后面绕上来的。"

"从后面？"

"就是从杉树林那边爬上来的啊。"

"那里也有路吗？"

"没有真正的路，但是近呀。"

岛村惊讶地看着驹子。

"我到这里来的事谁也不知道。厨房里虽然有声音，不过大门还没开呢。"

"你又早起了。"

"昨晚失眠了。"

"那你知道下过一场阵雨吗？"

"是吗？怪不得那边的山白竹都被打湿了，原来是因为昨晚下了阵雨啊。我要走了，你再睡一觉吧，请好好休息。"

"好，我起来了。"岛村就这样握着她的手，猛地起身下了床。走到窗户旁边，俯视她刚才来的地方。只见灌木丛茂密生长，无限蔓延，一直到那片郁郁葱葱的山白竹林。那地方是连接着杉树林的山丘的半山腰，从窗户往正下方看，地里种满了萝卜、番薯、葱、芋头等，虽然是极其普通的蔬菜，但因为吸收了早上的阳光，每一片叶子颜色各异，有一种初见的新鲜感。

通向浴池的走廊上，掌柜正在向池子里的红鲤鱼投喂饵食。

"看样子天气冷了，吃得也少了。"掌柜对岛村一边说，一边凝望着那些浮在水面上的饵食。都是些捏碎了的干蚕蛹。

驹子坐在那儿，一副清清爽爽的模样。她对方才从浴室回来的岛村说：

"在这样清静的地方，要是做些针线活多好啊。"

房间刚刚打扫过，秋日里的朝阳倾洒在微微发旧的榻榻米上。

"你会做针线活啊？"

"真是瞧不起人。兄弟姐妹中我最能吃苦了。这么回忆起来，我长大成人的阶段正好是家境困难的时候。"驹子自言自语地说道，突然声音又提高了，显得有些兴奋。

"女佣看到我一定非常惊讶，如果问我：'小驹，你是什么时候来的？'我总不能两次、三次一直这样躲在壁橱里呀。真伤脑筋呢。我还是走吧。实在太忙了。因为睡不着，我打算洗个头。早晨不早点洗的话，要等头发干了才能去盘头师傅那儿，就赶不上午宴了。虽然这里也有宴会，但到了昨天晚上才通知我，我已经答应了别人，所以来不了了。今天是星期六，特别忙，不能来玩了。"

驹子一面说了这样的一番话，一面却没有要起身离开的意思。

她决定不洗头了。她把岛村带到后院。走廊下面放着打湿的木屐和足袋，她刚才大概就是从那里悄悄地溜进来的吧。

看样子没办法从她刚才拨开的那片山白竹间穿过去了，于是只好沿着田间地头，跟随水流声的方向走下去。河岸形成一道陡峭的悬崖。从栗子树上传来了孩子们的声音。有几颗栗子像刺毛球一样落在他们脚边的草丛里。驹子用木屐碾碎外壳，把栗子果实从里面剥离出来。全是小栗子。

对岸陡峭的半山腰的茅草花穗，开满了一整面山坡，随风摇曳，发出炫目的银白色。虽说是炫目的白色，却又像是一种透明虚幻之物，在秋空中飘荡。

"到那边走走吧？也许可以看到你未婚夫的坟呢。"

驹子立刻挺直身子，直直地盯着岛村，一把将手里的栗子朝他的脸上扔去：

"你把我当傻瓜是吧！"

岛村来不及躲闪，栗子咚咚地砸在他的额头上，痛极了。

"跟你有什么关系，你为什么要去看那个坟呢？"

"怎么啦，突然这么严肃。"

"因为那对我来说，本来就是一件严肃认真的事。我不像你这样，可以游戏人生。"

"谁游戏人生啦？"岛村无力地嘟囔着。

"那么，为什么你一定要说是我的未婚夫呢？跟你讲过不是未婚夫，这之前不是已经讲得很清楚了吗？你忘记了？"

岛村其实未曾忘记。

"师父也许想过要让公子和我在一起。可是那只是她的想法而已，从没说出口过。师父有这种心思，我和公子都隐隐约约感觉到了。但是我们两人真的什么想法也没有。我们各自过好各自的生活。我被卖到东京的时候，只有他一个人来为我饯行。"

他记得驹子说过的这番话。

明知那个男人生命垂危了，她却到岛村那里过夜。

"我想怎么做是我自己的事，一个快死的人怎么拦得住呢？"她曾经这样说过，好像要委身于岛村似的。

就在驹子送岛村去车站的时候，叶子赶来告诉她，病人快不行了，要接她回去。但是驹子却斩钉截铁不肯回去。最后一面恐怕也没有见到。正因为曾经发生的种种还是那么鲜明，岛村无法把那个叫行男的男人从记忆中抹去。

驹子总是对行男的话题避而不谈。即使不是已有婚约这样的关系，为了给他攒医疗费而不惜在这里当艺伎，也确实称得上一件"严肃认真的事情"了。

岛村虽然被驹子扔过来的栗子砸得很疼，可并没有半点生气的样子。驹子一瞬间感觉有些诧异，一下子软瘫瘫地朝岛村倚了过去。

"嗯。你真是个诚实的人。你好像有什么难过的事?"

"孩子们在树上看着呢。"

"实在搞不懂你们东京人啊,真复杂。周围吵吵闹闹的,所以没有心思了吧。"

"什么都没心思了。"

"哪天就连对生命也没心思了吧。走,到坟上去看看吧。"

"嗯。"

"你看你,根本就不想去上什么坟,不是吗?"

"是你自己有点拘束吧。"

"我一次都没去过,是有点拘束呢。说真的,一次都没去过。现在师父也一起埋在那里,我真觉得对不起师父。可事到如今更不能去了。这种事真叫人言不由衷啊。"

"你这个人比我复杂多了呢。"

"为什么?既然对活着的人无法把想说的事情说清楚,至少死了以后还是要弄明白啊。"

两人穿过杉树林,周围寂静得连冰水滴落的声音都能听见。然后再沿着铁路走过滑雪场下方,马上就到了坟地。在田埂稍高的一角,只立着十来座旧石碑和地藏菩萨。每座坟都是光秃秃的,十分寒酸,连一朵花也没有。

然而,叶子的上半身突然浮现出来,就在那地藏菩萨后面低矮的树荫里。刹那间,她像戴着一副假面,神色凝重,用尖锐的目光朝这边扫了一眼。岛村冷不防地向她行了个礼,就愣在了原地。

"叶子,你来得好早啊。我去找盘发师……"驹子刚开口说话,便刮来一阵漆黑的旋风,就像要把他们刮跑。驹子和岛村身体不由自主蜷缩起来。

正在这时,一列货物列车轰隆隆地从他们身旁疾驰而过。

"姐姐!"从火车隆隆的巨响中传来一阵呼喊声。只见黑色货物列车的车门口,一位少年正挥动着帽子。

"佐一郎,佐一郎!"叶子喊道。

正是大雪天在信号站前呼喊站长的那个声音。像是在向远方遥不可及的船只呼喊,声音优美而哀伤。

货物列车驶过去了。瞬间就像摘下了遮眼布,那景色一下子扑入眼帘。

铁路那边的荞麦花鲜艳热烈，在红色的枝干上绽开着，显得格外幽静。

驹子和岛村因为意外遇到了叶子，所以几乎没有留意到火车疾驰而来。这下子仿佛什么都被这辆货物列车给刮跑了。

而后，比起车轮轧过铁轨的声音，似乎叶子的声音留下了更长的余韵。这似乎是荡漾着纯洁爱情的回声。

叶子目送着火车远去。

"我弟弟就乘这趟车，我好想去车站看看啊。"

"可是，火车不会在站台上等你的呀。"驹子笑了。

"是啊。"

"我呢，是不会去给行男上坟的哦。"

叶子点了点头，迟疑了片刻，在坟前蹲了下来，双手合十。

驹子依旧一动不动地站在原地。

岛村移开视线，看了看地藏菩萨。地藏菩萨有三面尊容，脸是长的，双手合十放在胸前，身体左右还各有两只手。

"我要去盘发了。"驹子对叶子说完，便沿着田埂向村子走去。

在当地方言里，有一种看上去像稻草屏风一样的东西，叫作"八手"。就是从一棵树的树干到另一棵树的树干，拴上好几层竹子和木棒，当作晒竿一样，把稻子挂在上面。岛村他们经过路边的时候，也看到有这种当地百姓做的"八手"。

穿着雪裤的姑娘，轻轻扭动腰身，就把一束稻捆抛了上去。一个男子爬到高处，轻巧地接住，将稻捆捋了捋，分开挂到晒竿上。他重复着这熟练而利索的动作。

驹子把"八手"上垂下来的稻穗托在掌心上，掂了几下，好像在端详着一件贵重物品。

"稻子结得这么好，光是摸一摸心里也舒服呢。跟去年完全不同了呀。"说着，她眯起眼睛，好像在用心感受着稻穗。头顶上空，一群麻雀乱哄哄地低飞而过。

路边的墙上残留着一张旧布告，上面写着："插秧工薪资标准。男工日薪九十分，管饭。女工日薪六折。"

叶子的屋前也有这种"八手"。她的家修建在街道旁稍稍凹下去的田地里。院子的左手边，沿着邻居的白墙种着一排柿子树，"八手"就高高地挂在上面。在田地和院子的交界地带，也就是与柿子树上的"八手"成直角处，也挂有一个"八手"。在稻穗的一端有一个入口，可以从底下钻进去。就像是用稻穗搭起来的稻棚子，而并非草席。田地里枯萎了的大丽花和蔷薇的面前，芋头在伸展着繁茂的叶子。养着红鲤鱼的荷花池被"八手"遮住，已经看不见了。

驹子去年住过的那间蚕房的窗户也被遮住了。

叶子有些生气似的低下头，从稻穗的入口回去了。

"这个房子里只有她一个人住吗？"岛村目送着叶子前倾的背影，问道。

"也不是吧。"驹子冷冷地说。

"啊，讨厌！我不去盘头发了。就是你说些有的没的，妨碍了人家上坟。"

"是你不愿在坟头见人家吧。不是你自己固执己见吗？"

"你根本不了解我的心情啊。回头有空，我再去洗头。也许会晚一点，但是一定要去的。"

凌晨三点钟了。

忽然响起一阵剧烈的推开移门的声音。岛村惊醒过来。驹子突然扑通一声倒在他身上，上气不接下气，说：

"我说我要来的，这不就来了嘛。对吧，我说过要来，我这就来了。"她剧烈地喘着气，连腹部都像波浪一样地起伏着。

"看你，喝得这么醉。"

"嗯，我说我来，这不就来了嘛。"

"哦，是来啦。"

"来这里的路，黑得伸手不见五指，什么都看不见，看不见。唉，好苦啊！"

"亏你醉成这样还能爬那段坡路。"

"不知道，谁知道呢。"驹子"嗯"的一声，重重地翻了个身，把岛村压得喘不过气。岛村想爬起来，可因为是突然被弄醒，摇晃了两下，又倒了下去。他发现自己的头枕在了一团热乎乎的东西上，不禁吃了一惊。

"简直像一团火，真是傻瓜！"

"是吗，是火枕哦，会把你烧伤的哦！"

"还真是。"岛村闭着眼睛,那阵热气一下子腾到脑门里。这让他真实感觉到,自己是活着的。随着驹子的剧烈呼吸,岛村感受到了所谓的现实。就像是一种令人怀念的悔恨,只是那样平静地等待着复仇。

"我说我要来的,这不就来了嘛。"驹子一个劲儿地重复着相同的话,"既然来过了,我就回去了。我去洗头啦。"

不一会儿,驹子爬了起来,咕咚咕咚地喝起水来。

"你这样子,怎么回得去呢?"

"我要回去。有人等我一起呢。洗浴用品哪儿去啦?"

岛村站起来打开电灯。驹子用双手捂住脸,伏在榻榻米上。

"真讨厌!"

她穿着纹样华丽的带元禄袖的平纹细布夹衣,外面披着一件黑领边的睡衣,系着一条窄窄的腰带,因此连汗衫①的领子也看不见了,赤着脚,看得出因为喝醉连脚底板都泛红了。她像要藏起来似的把自己的身子蜷缩起来。这副模样显得特别可爱。

她好像把洗浴用品随手扔进来的,香皂、梳子散落一地。

"你帮我剪。剪刀也带来了。"

"剪什么?"

"这个呀!"驹子把手伸到发髻后面指了指。

"本来在家我就想把头绳剪掉的,可手不听使唤,所以才顺路到你这里,让你帮我剪。"

岛村拨开她的头发,把头绳一根根剪断。每剪一处,驹子就把她的长发散落下来。她慢慢平静了下来。

"现在大概几点了?"

"已经三点了。"

"哎呀,都这么晚了?你可别剪掉我自己的头发哟!"

"扎了这么多头绳呀。"

他抓起一大把假发卷,从发根散出一股热气。

---

① 这里指的是和服的内衬"襦袢"(じゅばん),一般穿在外衣和内衣之间,为了防止和服沾上汗和污垢等。

"已经三点了吗？大概从宴会回来以后倒头就睡了吧？我和朋友约好了，所以她们才来邀请我的。她们一定在想我去哪儿了。"

"她们在等你吗？"

"我们进公共浴室啦。一共三个人。本来有六场宴会，结果只赶了四场。下周开始进入枫叶季节，又要忙得够呛了。谢谢你。"驹子一边梳理散开了的头发，一边仰起脸来，露出迷人的笑容。

"不管了，嘻嘻，多好玩啊！"

说罢，她无可奈何地拾起一束假发。

"让朋友久等的话会过意不去的。我得走啦。回去的时候就不再到你这里了。"

"看得见路吗？"

"看得见。"

但是，她话音未落，就不小心踩到了衣服下摆，打了个趔趄。

岛村在想，她每天在早上七点和凌晨三点这样特殊的时间段，雷打不动，要抽空过来两次。这让岛村感受到一种非同寻常的情感。

十

　　旅馆掌柜像装饰新年门松一样,正在客栈门口装饰着枫枝。这是一种欢迎赏枫游客的特殊装饰。
　　那个正用傲慢的口气指点江山的男子,是旅馆临时雇来的掌柜。他充满自嘲地说,自己像"候鸟"一样到处奔波讨生活。这个男子正是那群"候鸟"中的一员。他们在从枫叶翠绿一直到枫叶红透的时节,都会来这附近山上的温泉浴场干活,冬天则去热海、长冈等伊豆温泉浴场谋生。他们不固定干活的场所,每年不一定在同一个旅馆。男子仗着自己在伊豆的豪华温泉浴场做过工,到处卖弄这些所谓的经验,背地里却把这一带的接客方式贬损得一文不值。他搓着手,近乎乞讨似的拉客时的模样,完全看不出半点真诚。
　　"先生,您见过木通果吧?想吃的话,我给您摘几个尝尝。"他对散步回来的岛村说道,然后把木通果连同蔓藤系在挂满枫叶的枫枝上。
　　枫枝大概是从山上砍的,长度有屋檐那么高。大门口也因为枫枝那鲜艳的色彩,顿时变得熠熠生辉起来。那一片片的枫叶大到令人惊讶。
　　岛村把玩着凉凉的木通果,无意中朝账房的方向望去,只见叶子正坐在炉子旁边。
　　老板娘正在用铜壶温酒。叶子坐在她对面,每次被问到什么,她就痛痛快快地点头。她既没有穿雪裤,也没有穿短和服,穿的是一身像刚洗过的绸子和服。
　　"她是来帮忙的?"岛村装作不经意地问掌柜。
　　"啊,是啊,多亏她来帮忙。我们太缺人手了,没办法。"
　　"哦,跟你一样。"
　　"是啊。但是她是个乡下姑娘,很特别。"
　　叶子看起来总在厨房里帮忙,还从没到宴会上陪过客。客人一多,厨房里女佣的声音也大起来,却听不到叶子那优美动听的声音。给岛村打扫房间的那个女佣说，叶子睡觉前会在浴池里唱歌，尽管她有这样的怪癖，但是岛村一次也没听到过。

然而，一想起叶子也在这家旅馆里，不知为何，对于唤驹子过来这件事情，岛村心里总觉得有些不自然。尽管知道驹子对他的情感是真实的，但在他的心里总飘荡着一种空虚感，使得他把驹子的感情看作美好的徒劳。然而，驹子渴望活下去的生命力，反而像赤裸的肌肤，碰触到了他。他不仅为驹子感到哀伤，也为自己感到哀伤。他觉得叶子的双眼中似乎有一束光，好像可以看透这一切。他也被这个女子深深吸引了。

就算岛村没有唤她，驹子也是常常过来的。

有一次，岛村去溪流深处观赏枫叶，正好从驹子家门前走过。当时，她听见车声，心想又是岛村来了，便跑到外面去看。岛村却连头也不回。他真是个薄情郎！她心想。她只要被唤到旅馆，就必去岛村的房间，一次不落。每每去浴场的时候，也会顺道走过来。如果是宴会，就提前一个钟头来，一直在他那里玩到女佣来催她。甚至她还从宴会上偷偷溜出来，对着梳妆镜补妆。

"我要去干活，我要做生意。噢，做生意，做生意。"说罢，她起身走了。

不知为什么，她回去的时候，总爱把琴拨子的袋子、短和服这些随身带来的东西落在他的房间里。

"昨晚回来，没烧热水。在厨房里窸窸窣窣地摸了半天，用早餐剩下的黄酱汤泡了一碗饭，就着梅干吃，冰凉冰凉的。今天早上也没人来叫我，醒来一看已经十点半了。本来是想七点起来的，却起不来了。"

她把这样一些琐事，比如，从哪家旅馆转到哪家旅馆、宴会上的情况等，都事无巨细地跟他报告了一遍。

"我还会来的。"她一边喝水，一边站起来说，"也可能再也不来了。因为三个人要陪三十个人，忙得不可开交，出不来呢。"

然而，没过多久，她又来了。

"好累啊！三十个客人的宴会，只有我们三个人陪着。她们两人正好又是一个年长的，一个年幼的，可把我一个人累得够呛呢。那些客人也太抠门了，一定是旅行团之类的。三十个人的话，起码要有六个人陪才行啊。我现在去，喝几杯灭灭他们的威风。"

每天都这样的话，那会变成什么样子呢？就连驹子也不免感到恨不得能把自己的身体、自己的心都藏起来。但那种不可言喻的孤独，反而显得她越发风情万种了。

"走廊里有声音，多难为情啊！就算走的时候脚步很轻，别人也会听到的呀。我只要一从厨房经过，别人就笑话我，说：'小驹，又到山茶花厅去啦？'我还真想不到，在这种事情上我会这么顾忌别人。"

"小地方，事情传得快，觉得不方便吧？"

"人家可都知道了。"

"那可不行啊。"

"是啊。只要有一点点负面评价，在我们这种小地方那可就完了。"驹子抬头笑眯眯地说。

"唉，算了，没关系的，我们这样的到哪里都可以吃得上饭。"

这种充满真诚自信的语气，让继承父母财产而终日游手好闲的岛村感到非常意外。

"我是说真的，在哪里工作还不是一样的。没什么好瞻前顾后的呢。"

虽说是不经意讲出口的那种语气，岛村还是从她的言语间听出了她的心思。

"那样就足够了。因为只有女人才能真心实意地去爱一个人啊。"驹子脸上泛起红晕，低下了头。

这样一低头，后领和脖颈间就自然有了间隙。岛村看到，那雪白的皮肤像扇面一样展现在眼前。那抹上了厚厚一层脂粉的肌肤，看起来像棉绒，又像什么动物，让人不禁感到一种悲伤蔓延开来。

"如今这世道啊。"岛村嘟囔了一句，却又觉得这话是那么的空洞凉薄，不禁有点寒心。

然而，驹子却天真地说：

"什么时候都一样啊！"

过了一会儿，她扬起脸来，茫然地加了一句："你不知道吗？"

她那贴身的红色汗衫看不见了。

雪 国

岛村正在翻译保罗·瓦莱里①和阿兰②的作品，还有俄国舞蹈盛行时期法国文人的舞蹈理论，并打算自费出版一小部分精装本。这些书对于今天的日本舞蹈界恐怕毫无裨益。但或许正因如此才让他感到安心。通过自己的工作来嘲笑自己，恐怕也是一种撒娇的乐趣吧，抑或由此可以抵达他那充满哀伤的虚幻世界。因此，岛村没有必要急着出来旅行。

他深入细致地观察着昆虫闷死的情形。

随着秋日渐凉，他房间的榻榻米上每天都有昆虫死去。硬翅的昆虫一旦翻身，就再也没办法重新飞起来了。蜜蜂倒是还可以艰难地走个几步，但是再摔倒几次就爬不起来了。季节流转带来生命的更迭，这些看似自然的死亡，静悄悄的，可是走近一看，可见它们抽搐的腿脚、挣扎的触须，那是面临死亡的痛苦。作为这些微小昆虫的葬身之所，这八叠大的榻榻米，未免显得太过空旷了。

岛村正准备伸出两根手指捏起那些昆虫尸骸，将它们丢弃时，偶尔也会想起留在家中的孩子们。

平时落在纱窗上的飞蛾，以为它们还贴在上面，其实已经死了。有的如枯叶般飘散，也有的从墙壁上掉落下来。岛村将它们的小小残骸捧在手上，心里不禁泛起一阵感慨：它们为何这般美好呢？

防虫的纱窗拆除下来了。虫鸣声零零落落，无比孤寂。

县界的群山，那红锈色愈加浓重，在夕阳余晖的映照下，犹如冰凉的矿石，泛出暗红的光泽。旅馆里前来赏枫的客人蜂拥而至。

"今晚我不能过来了哟，大概本地人要举行宴会。"当晚驹子顺路经过岛村的房间时告诉他。不久，大厅里响起了太鼓声，女人的尖叫声也夹杂其中。一片嘈杂声里，意外地从近处传来一个清澈通透的声音。

"打扰一下，不好意思，请问里面有人吗？"是叶子的声音。

---

① 保罗·瓦莱里（Paul Valéry，1871—1945），法国诗人、随笔作家、评论家。代表作有《旧诗稿》《年轻的命运女神》《幻美集》等。作为法国现代最杰出的诗人之一，他不仅以《海滨墓园》等不朽的诗篇赢得了永恒的声誉，而且在文艺批评和诗歌理论领域同样卓有建树，著有《文艺杂谈》论文集。涉及舞蹈主题的代表作有《灵魂与舞蹈》等。

② 阿兰（Alain，1868—1951），法国哲学家、思想家、文学家。他的作品文字犀利、形象鲜明。代表作有《思想与年龄》《艺术体系》《巴尔扎克》《斯丹达尔》《神们》《幸福散论》等。

"这个，是小驹姐姐叫我送过来的。"

叶子就那样站着，像邮递员一样伸出手，将信笺递了过来，然后又慌忙地弯腿跪坐下来。岛村打开这张折叠的信笺，就在这时，叶子已经不见踪影。岛村一句话也没来得及说。

"今晚闹得正欢，我喝酒了。"只见餐巾纸上写着这样几个歪歪扭扭的字。

但是，还不到十分钟，驹子拖着碎乱的脚步，踉踉跄跄地走了过来。

"刚才那孩子有没有送什么过来？"

"送来了。"

"是吗？"她心情愉悦，眯缝着一只眼睛说，

"啊，真痛快。我说去拿酒，就这样偷偷溜了出来。被掌柜发现了，骂了我一顿。酒真不错呢，即使挨骂，我也心甘情愿。啊，真讨厌，每次一来这里马上就喝醉了。我还得回去上班呢。"

"你连指尖的颜色都变好看了呢。"

"唉，做生意嘛。那姑娘说了什么没有？妒忌之火正可怕地燃烧着。你明白吗？"

"你说谁？"

"你会被烧死的。"

"那位姑娘也是在这里帮忙的吧？"

"她端着酒壶，站在走廊犄角上，直勾勾地盯着我啊。那真是一双闪闪发光的眼睛，你喜欢那种眼睛吧？"

"她大概是觉得这场面下流，才这么盯着的吧。"

"所以我写了张字条让她送来。我想喝水，请给我倒点水。我哪里下流了？女人要不是坠入情网了，是不会了解的呀。我是喝醉了吗？"驹子打了个趔趄，差点摔倒。她一把抓住梳妆台的边儿，照了照镜子，然后挺直身子，理了理衣服下摆就走了出去。

终于，宴会大概是散场了，喧闹声突然安静了下来，只听到远处传来杯盘碰撞的声音。岛村想：客人也许带着驹子到别的旅馆参加第二场宴会去了吧。这时，叶子又送来了驹子折叠起来的一张信笺。

字条上面写道："山风馆不去了，现在去梅花厅，回去时顺便去找你。晚安。"

岛村感到有些不好意思，苦笑着说：

"谢谢你。你来帮忙的?"

"嗯。"叶子在点头的一刹那，用她那双锐利而迷人的眼睛望了岛村一眼。岛村感到有些狼狈。

这之前他也见过几次这位姑娘。她每次总是给他留下令人感动的印象，可当她这样平平常常地坐在他跟前时，他反而感到很不自在。她那认真过头的行为举止，总叫人感觉看起来处在一种不寻常的事态之中。

"你看上去好像很忙吧?"

"嗯。可是，我什么都不会。"

"我见过你好几次了啊。初次见到你是在回来的那趟火车上，你在照料着一个病人，还向站长拜托你弟弟的事。还记得吗?"

"嗯。"

"听说你睡前要在浴池里唱歌，是这样吗?"

"哎呀，真的太不礼貌了，不好意思。"这声音优美到令人惊异。

"我有种感觉，你的事我好像什么都知道。"

"是吗，你是听小驹姐姐讲起的吧?"

"她什么也没说。她好像不太愿意说起你的事。"

"是吗?"叶子悄悄地把脸转过去。

"小驹姐姐是个好人，但她也是个可怜人，请您好好待她。"

她快嘴将这句话说了出来，但话音末尾带着微微的颤音。

"可是我好像没有什么可以为她做的。"

叶子这会儿看起来好像连身子也在颤抖，表情就像嗅到了危险气息一样变得谨慎小心。岛村把视线从她的脸上移开，含着微笑说道：

"也许我还是早点回东京吧，这样或许比较好。"

"我也要去东京呢。"

"什么时候?"

"什么时候都行。"

"那么，我回去时带你同行，好吗?"

"好，就请您带上我一起吧。"她语气淡淡的，却透着认真。岛村吃了一惊。

"只要你家里人同意。"

"什么家里人?我家里面只有一个在铁路上工作的弟弟,所以我自己决定就行了。"

"在东京有什么地方可以投靠吗?"

"没有。"

"你和她商量过了吗?"

"你是说小驹姐姐吗?我恨她,我不想告诉她。"

叶子说了这番话之后,也许有点放松了,抬头用略带湿润的眼睛望向岛村。岛村感觉到,她的身上似乎有一种奇特的魅力。可不知怎的,这样一来对驹子炽热的感情忽然又如火焰一般燃烧起来。他觉得,与一个非亲非故、身世不明的姑娘像私奔一样回到东京,既像是对驹子的一种表达深深歉意的方式,也是对自己的一种惩罚。

"你就这样跟一个男人走,你不害怕吗?"

"为什么要害怕呢?"

"你要先考虑好在东京的落脚点,还有打算做些什么。要不,岂不是太危险了吗?"

"一个女人总会想到办法的。"叶子的声音优美动听,她提高尾音,望着岛村说,"您能不能雇我当女佣呢?"

"什么?怎么能当女佣?"

"我也不愿意当女佣。"

"之前在东京的时候,你都干些什么呢?"

"当护士。"

"在医院还是在学校?"

"不,只是打算当护士,想想罢了。"

岛村又想起了火车上的那个场景,叶子照护着师父家公子的身影又浮现在他的脑海里。那做事一丝不苟的态度,也许也潜藏着叶子当护士的志向。岛村想着想着,不禁微笑起来。

"那这么说,这次你是想去学做护士的吧。"

"我已经不想当护士了。"

"你怎么这么没常性啊,那可不行啊。"

"哎呀，什么常性不常性的，我可不管。"叶子笑了，像是在反驳他。

这笑声清亮到近乎有一种悲凉的感觉，听来不像装傻的样子。然而，这声音叩响了岛村内心的某处，而后又消失了。

"有什么可笑的呢？"

"因为我就只照护过一个人嘛。"

"什么？"

"我再也不想做了。"

"这样啊。"岛村又一次被她出其不意的话语击中了，轻声说，"听说你每天都到荞麦田下头的坟地去？"

"嗯。"

"你认为你这辈子，就再也不会照护别的病人，再也不会给别的人上坟了吗？"

"不会啦。"

"那你舍得离开这里，远离那个坟，到东京去吗？"

"哎呀，对不起，请你带上我一起去吧。"

"驹子说啦，你可是嫉妒之火、会燃烧的醋瓶子。那个人不是驹子的未婚夫吗？"

"你是说行男？那是假的，假的！"

"那你这么怨恨驹子，又是从何而起呢？"

"小驹姐姐？"叶子好像呼喊站在面前的人似的，目光闪闪地盯着岛村说，"请您好好对待小驹姐姐。"

"我什么也不能为她做呀！"

叶子的泪水夺眶而出，从眼角扑簌簌地淌下来。她捏起一只落在榻榻米上的小飞蛾，一边抽泣着，一边说道：

"小驹姐姐说我快要失去理智了。"说罢，她忽然走出了房间。

岛村感到心头一股寒意袭来。

叶子打开窗，想要扔掉刚才捏死的那只小飞蛾。这时，只见醉醺醺的驹子正弓着腰，一个劲儿地和客人猜拳。天空阴了下来。岛村走进了室内温泉。

叶子也带着旅馆里的小孩子，走进了旁边的女浴池。

叶子让孩子脱衣洗澡，语气特别温柔可亲，像带着几分稚气的年轻母亲的声音，听着让人心生欢喜。

然后，她又用这种嗓音，唱起歌来：

....
....
出了后院瞧一瞧
三棵梨树三棵杉
加在一起六棵树
乌鸦下面来建巢
麻雀上面来做窝
林中蟋蟀窸窣叫
不知为何叫不停
阿杉为友来扫墓
一处一处又一处

这是幼儿游戏时唱的拍球歌。叶子用一种轻快活泼的调子唱着。岛村瞬间产生了一种幻觉，仿佛刚才与她的相见发生在梦里，而非现实中。

叶子不停地跟孩子说着话。她站起身来，即使离开了浴池，那声音也像悠扬的笛声，依然余音袅袅。大门口漆黑破旧的地板上，放着一个三味线的桐木琴盒。夜深人静，岛村的心弦也被拨动着，不能平静。他正念着琴盒上的那个艺伎的名字。这时，从传来洗餐具声的那个方向，驹子走了过来。

"看什么呢？"

"这个人在这里过夜吗？"

"谁？哦，她呀。你真傻，你知道吗，这个东西是不能带来带去的。有时一放就是好几天呢。"她笑了笑，然后痛苦地叹了几声气，闭上眼睛，松开衣襟，朝岛村的怀里依偎过去。

"唉，送我回去吧。"

"不要回去了吧。"

"不行，不行，我要回去。还有另一个当地人的宴会，大家都跟着去第二个宴会了，就只有我留了下来。要是这里有宴会还好说，不然朋友们回来找我去洗澡，我不在，那就不太好了。"

驹子已经喝醉了，却还是直起身子走下了陡坡。

"你把那丫头惹哭了？"

"这么说来，她真的有点失去理智了。"

"你这样看待人家，觉得有意思吗？"

"不是你对她说的吗，她快要失去理智了。可能因为想到你说的这句话，才委屈得哭起来的吧。"

"那就好。"

"可是不到十分钟的工夫，她进了浴池就开始唱起歌来，声音很好听。"

"在澡堂里唱歌，这是她的怪癖呢。"

"她还一本正经地嘱咐我，一定要好好待你。"

"真是傻瓜啊。可是，这种事你何必要来向我吹嘘呢？"

"吹嘘？奇怪了，我真的不明白，怎么一提到她的事，你就浑身都是刺。"

"你是不是想娶那个丫头？"

"你看你，说的什么话。"

"不跟你开玩笑。不知为什么，一看见那丫头，就总觉得她终究会成为我的负担。就是有这种感觉。就说你吧，如果你喜欢她，就好好地观察她，你会明白我讲的意思的。"驹子把手搭在岛村的肩上，依偎过去。突然她摇了摇头说：

"不对。要是跟了像你这样的人，也许她还不至于失去理智呢。你替我扛下这个负担吧。"

"你可差不多得了。"

"你以为我在耍酒疯吗？每每想到那个丫头在你身边，你会对她疼爱有加，我在山沟里才能这般纵情肆意、潇洒痛快呢。"

"喂！"

"你别管我！"驹子小跑了起来，急匆匆想要逃脱开，却咚的一声撞到了挡雨板上。那里是驹子的家。

"她们以为你不回来了。"

"不，我来开。"

她抬起门扇底部一拉，"嘎吱嘎吱"，那声音干枯作响。驹子悄声说道：

"顺便进来坐坐吧。"

"现在这个时辰……"

"家里人已经都睡着了。"

连岛村自己也有点犹豫不决了。

"那我送你回去。"

"不用了。"

"不行,你还没看过我现在的房间呢。"

一进后门,只见眼前这家人睡得横七竖八。他们身上盖着褪了色的棉被,那质地看上去硬邦邦的,套的是这一带人常穿的雪裤的棉花。微微泛着茶色的灯光下,主人夫妇和一个十七八岁的大姑娘,还有五六个孩子,脸朝着各自的方向睡着。这幅光景,让人感到这个家虽然清贫,但是充满着坚韧的力量。

岛村像是被一股温暖的睡觉时的气息推了回来,不由自主地被推向了外面。驹子砰的一声把后门关上,大步踏过木板地面,毫不在意发出的声响。岛村从孩子们的枕边轻轻地穿过去,轻到几乎是擦身而过。一种无法言说的快感在他的心头荡漾。

"在这里等一等,我到二楼去把灯打开。"

"不用啦。"岛村登上漆黑的楼梯。回头看过去,顺着一张张纯朴的睡颜,可以看到零食铺的铺面。

这就是普通老百姓家里的房子,二楼有四间房,铺着旧榻榻米。

"因为我一个人住,宽敞倒是很宽敞。"驹子虽然这么说,可房间的隔门就这样全部打开着。那边房间里堆满了旧家当,煤烟熏黑的移门里铺了驹子的小小睡铺,墙上挂着参加宴会穿的衣服,这个家看上去就像狐狸的巢穴。

驹子孤零零地坐在地板上,把房间里仅有的一张坐垫让给了岛村。

"哎哟,满脸通红了。"她一边说,一边照了照镜子。

"真的醉成这个样子了?"然后,她搜了搜衣柜上面,说,"你看这个,日记。"

"写了这么多啊。"

驹子从那旁边拿出一个彩色花纹纸的小盒子,里面被各种香烟塞得满满的。

"是客人给我的,我把它们装进袖袋,或者夹在腰带里带回来。都压成这样皱巴巴的了,但是没弄脏。种类倒是大体都齐全了。"她一只手撑着,另一只手把这些盒子里的香烟翻来翻去,让岛村看。

"哎呀,没有火柴呢。因为我已经戒烟了,也就不需要了。"

"没关系的。你在干针线活?"

"嗯。赏枫的客人多了,就做得慢了下来。"驹子回过头去,把衣柜前那些缝补的衣物拢到一边去。

这大约就是驹子在东京生活留下的痕迹吧。那直木纹的精美衣柜、朱漆的高级针线盒,就如同住在师父家那间旧纸盒似的顶楼时一样,摆在这清冷又粗陋的二楼上,显得凄凄楚楚。

电灯上有根细细的绳子垂下来,一直垂到枕边。

"看完书要睡觉的时候,拉一下这根绳子,就关灯了。"驹子一边说着,一边摆弄着那根细绳。但是,她却像家庭妇女一样规规矩矩地坐着,显得有些害羞。

"真像狐狸新娘①啊。"

"还真是呢。"

"你要在这间房子里待四年?"

"已经过去半年啦。四年一转眼马上就会过去的。"

楼下传来了人们酣眠的气息。岛村不知怎么接话了,就急忙站起来。

驹子一边走过去关门,一边把头探出去,仰头望向天空。

"快要下雪了,红枫季节也很快就要过去了。"她说着走到外面。

"这一带,是山乡,枫叶红,雪飞扬。②"

"那我走啦,晚安。"

---

① "狐狸新娘"(狐のお嫁入り)是日本民间传说,在文学作品中有许多不同版本的演绎。常见的一种说法是:从前有一个日照持续的村落,村里有习俗要用活人献祭求雨。村里没有人愿意,于是就决定把化成人形的狐狸拿去献祭。为了把狐狸骗过来,村里人计划找个男人和她结婚。但是,化成人形的狐狸和男人渐渐地喜欢上了对方,男人忍不住把计划告诉了狐狸,狐狸知情后仍然选择成为贡品。于是,在狐狸新娘出嫁之时,晴空突然下起骤雨,就好像狐狸新娘在哭泣一样。江户时代的浮世绘大家葛饰北斋的《狐狸出嫁图》,即以狐狸出嫁的民间神话故事为背景,描绘了狐狸出嫁的队伍,以及正在收割农作物的人们被突如其来的太阳雨吓到的样子。

② 净琉璃历史剧《箱根灵验躄仇讨》中女主人公初花的一句台词。《箱根灵验躄仇讨》俗称《躄胜五郎》,享和元年(1801)初演,共12段,讲述了腿脚残疾的胜五郎为兄报仇的故事。

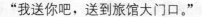

"我送你吧，送到旅馆大门口。"

可是，她又同岛村一起进了旅馆，说了声"晚安"，就消失踪影，不知去向了。不一会儿，她端了两杯满满的冷酒，来到他的房间里，用激动的语气说：

"来，快喝吧，把它喝下去！"

"旅馆里的人都睡了，你从哪里弄来的？"

"嗯，存酒的地方我是知道的。"

看样子，驹子从酒桶里倒酒的时候已经喝过了，又恢复了刚才那副醉态，她眯起眼睛，端详着酒从杯子里溢出来。

"话说，在黑暗的地方喝，喝不出味道来。"

驹子把酒杯伸到岛村面前，他随手接过，一饮而尽。

就这么一点酒，本来根本不至于喝醉，但是可能是去外面走了一圈着凉了，他突然泛起一阵恶心，酒劲冲上了脑门。岛村能感觉到自己此时脸色发青，于是闭上眼睛，躺了下来。驹子连忙过来照顾他。没过多久，他在驹子暖融融的怀抱中，感觉到孩童一般的安心。

驹子显得有些局促，就像一个没有生过孩子的姑娘，抱着别人家孩子时的那种不自然。她抬起头，细细端详着孩子的睡颜。

过了一会儿，岛村断断续续地说：

"你真是个好姑娘。"

"为什么？哪一点好呢？"

"是个好姑娘。"

"是吗？你这个人真讨厌，说的什么嘛。清醒点啊。"驹子把脸背了过去，一边摇晃着岛村，一边断断续续地说了几句，像在追问他。然后她陷入了沉默，一言不发。

然后，她一个人抿嘴笑了起来。

"一点也不好。我心里难过，你还是回去吧。我已经没什么新衣服可穿了。每次到你这里来，我总想换一件宴会的衣服，可所有衣服都穿过一遍了，这件还是问朋友借的呢。我是个坏姑娘，对吧？"

岛村一时语塞了。

"我这样的好姑娘，到底好在哪里呢？"驹子的声音略带哽咽，继续说道，

"初次见到你时，感觉你这个人真是个讨厌的家伙。哪有人讲话像你这样没有礼貌的。真的觉得你好讨厌啊。"

岛村点了点头。

"哎呀，我到今天都没有提过。你明白吗？一旦让女人说了这样的话，也就什么都完了，不是吗？"

"这倒无所谓。"

"是吗？"驹子说完，陷入了一阵很长的沉默，像在回顾着自己的过往。一个女人对生存的渴望，暖暖地传递给岛村。

"你是个好姑娘。"

"怎么个好法？"

"就是个好姑娘。"

"你这个人真奇怪。"驹子像是感到害羞了，把脸藏了起来。突然，她好像想起什么似的，忽然支撑起一只手肘，扬起脸问：

"那是什么意思？你说，是什么意思？"

岛村一脸惊讶地望着驹子。

"你告诉我嘛。你就是为了这才经常来的？你是在拿我寻开心吧。你肯定是在拿我寻开心。"

驹子的脸涨得通红，眼睛牢牢地盯着岛村，发出责问。她激动得双肩直打战，脸色倏地变成了铁青，眼泪大颗大颗地滑落下来。

"真不甘心，啊，真叫人不甘心啊。"驹子从被窝里一骨碌地爬起来，背朝着岛村坐下。

岛村这才意识到，驹子一定是误会了。他心里大吃一惊，但仍然闭上眼睛，沉默不语。

"好伤心啊！"

驹子自言自语般小声嘟囔着，把身子缩成一团，趴了下来。

也许是哭得累了，她用银发簪噗嗤噗嗤地扎着榻榻米，扎了好一会儿，又突然走出房间。

岛村无法从后面追赶上去。被驹子这么一说，他感到内心也有许多的愧疚。

但是，驹子很快又蹑手蹑脚走回来，从移门外面尖声喊道：

"喂,去泡个温泉吗?"

"哦,好!"

"对不起。我重新思考了才来的。"

她就那么躲在走廊上站着讲话,看上去没有想要进房间的意思。岛村拿着毛巾走了出来。驹子避开他的目光,微微颔首走在前面。那模样好似罪行败露,被押解走的犯人一样。可是,在浴池里把身子暖起来以后,她又开始可怜样地欢闹起来,已毫无睡意了。

第二天清晨,岛村被歌谣的声音吵醒了。

他静静地听了很久。驹子在梳妆台前回头莞尔一笑。

"那是住在梅花厅的客人唱的。昨晚宴会结束以后,他们就把我喊去了。"

"是歌谣会旅行团的人吧?"

"嗯。"

"是下雪了吗?"

"是的。"驹子站起来,"唰啦"一声把移门打开让他看。

"红枫季节也要结束了。"

被窗户切割成几块的灰色天空,纷纷扬扬地飘下大片雪花,安静得令人感觉不真实。岛村还没睡醒,茫然地眺望着雪景。

唱着歌谣的人们也敲着鼓。

岛村想起了去年岁末的某个清晨那面映着晨雪的镜子,然后朝梳妆台的方向望去。只见镜中的大片雪花,冰冰冷冷,纷纷扬扬,愈发显得硕大了,在敞开衣领对着梳妆镜揩拭着脖颈的驹子周围漂浮着,画出一道白色的线。

驹子的肌肤像刚洗过一样洁净,很难想象,她竟会因为岛村一句无心的话,产生这么大的误解。这让她散发出一种无法消解的哀愁。

枫叶的红褐色日渐褪去,远方的峰峦因为初雪的覆盖,重新变得鲜明起来。

被薄雪笼罩的杉树林中,杉树一棵一棵鲜明地耸立在雪地上,尖尖地指向天空。

十一

　　雪中缫丝，雪里织布，雪水漂洗，雪上晾晒。从纺纱到织布，一切都在雪中进行。古书上曾这样记载：有雪才有绉纱，雪是绉纱之母。

　　雪国的麻布绉纱，是村里的妇女们在漫长雪季里会做的手工活。在古着店里，岛村找到了这种麻布绉纱，拿来做夏装用。由于研究舞蹈的缘故，岛村非常喜爱这种麻布绉纱面料，用它做过一件贴身的汗衫。甚至他还结识了经营能乐戏服的古着店老板，拜托店里如果进到了质地好的绉纱，随时拿给他看看。

　　据说，从前到了初春时节，一撤下厚厚的雪帘，积雪开始融化，绉纱也就开始上市了。三大城市①的布店老板也千里迢迢赶来买绉纱，村里甚至为他们准备了长住的旅馆。姑娘们半年里用心织好绉纱，只为能在首次上市的时候售卖。不管远近，从各个村子里来的男男女女都聚集到这里，卖奇珍异玩的和卖百货用品的店也一家家开出来，就像城里过节一样，热闹非凡。绉纱上都系有一张纸牌，写着纺织姑娘的姓名和地址，根据作品的成色评定等级。这也成为选媳妇的依据。只有从小开始学纺织，然后学到十五六岁，甚至二十四五岁了，才能织出品质优良的绉纱来。一旦上了年纪，织出来的布面也会失去光泽。姑娘们为了进入一流纺织女工的行列，日夜苦作，磨炼手艺。她们从旧历十月开始缫丝，到翌年二月中旬晾晒完毕，在冰封雪冻的日子里，其他什么也不做，仅仅专注于这一件事。她们把满腔热爱全部倾注在产品上。

　　岛村穿过的绉纱，没准还有江户末期②到明治初期③的姑娘织的吧。

　　岛村至今仍然会把自己的绉纱拿去"雪晒"。这些不知是谁穿过的估衣，

---

　　① 江户时代的京都、东京和大阪。
　　② 江户时代的末期。江户时代（1603—1868），是日本历史上武家封建时代的最后一个时期。
　　③ 明治时代的初期。明治时代（1868—1912），1868年明治维新后，日本从封建社会转向资本主义社会。

每年要送到产地晾晒,虽说麻烦,但一想到古代的姑娘们在冰天雪地里花费了大量心血,还是希望能拿到绉纱的原产地,用地道的晾晒方式好好晾晒一番。白麻绉纱铺在厚厚的雪上,早晨的阳光倾洒在上面,染上绮丽的红色,已经分不清是雪还是绉纱了。看到这样的光景,顿时觉得好像夏日的污秽都被一扫而光,连自己的身体也变得清爽舒畅起来。不过,这些事情都是交给东京的古着店去办,古老的"雪晒"是否能保留到今日,岛村就不得而知了。

古往今来,晒衣店倒是一直有。纺织姑娘很少在自己家里晾晒,大多是送到晾晒店去的。白色的绉纱一纺出来,就直接铺在雪地上暴晒;其他颜色的绉纱纺成纱线后,则挂在竹竿上暴晒。因为在旧历一月至二月期间晾晒,据说也有人把积雪覆盖的水田和旱田当作晾晒的场地。

无论是布还是纱,都要在碱水里泡一夜,第二天早晨再用水冲洗几遍,然后拧干暴晒。这样的流程要重复好几天。有一本古书上这样记载过:每当白色的绉纱快要晒干的时候,旭日初升,霞光璀璨,这种景色真是美不胜收,真想让南国的人们也来看看。同时,绉纱晾晒完成,就预示着雪国的春天即将来临。

绉纱的产地离这个温泉浴场很近。它就在山峡渐渐开阔的河流下游的原野上,因此从岛村的房间似乎也可以望见。以前有绉纱市场的小城,如今都修建了火车站,成为著名的纺织工业区了。

不过,无论是穿绉纱的炎夏时节,还是织绉纱的寒冬时节,岛村都没有来过这个温泉浴场,所以也就没有机会与驹子聊起绉纱的话题。当然,驹子确实不像会去造访古代民间艺术遗址的人。

然而,岛村听到叶子在浴池里唱歌的声音,忽然想到,这个姑娘若是生在以前那个年代,恐怕也会对着纺纱车或织布机这样唱起歌来吧。叶子的歌声确实听起来像那样一种声音。

若是没有雪天的潮湿,比头发还细的麻纱就很难处理了。据说阴冷的季节对它最合适。古时有这样一种说法:严寒中织出来的麻纱,在三伏天穿上会觉得特别凉爽,这是自然界阴阳调和的缘故。

但是,驹子对岛村的这份爱恋,甚至都不能像一片绉纱那样留下形状。绉纱虽说是工艺品里寿命较短的,但是只要好好爱护,五十年前的衣服也不会褪色。但是,人与人的依恋,还不如绉纱的寿命长。岛村感到有些恍惚,脑海中忽然浮现出驹子为其他男人生儿育女，成为母亲的画面。他心头一惊，环顾四周，心想，自己也许太疲劳了吧。

岛村这次逗留的时间太久，几乎快要忘记回到妻子所在的那个家里。他也不是离不开，也不是不想离开，只是不知不觉间自然形成了等待驹子频频前来相会的习惯。而且驹子越是寂寞难过地来找他，岛村就越是怀疑自己是否还活着，心中满是对自己的苛责。就像是他明知自己孤独寂寞，却只能一动不动地待在那里。岛村的心中充满不解：为何驹子会闯进自己的生活中来呢？驹子的一切，岛村都了解，可是岛村的事情，驹子却一无所知。驹子撞击墙壁发出的回声一般的声响，岛村听起来有如雪花飘落，落进了自己的心底。岛村知道，不可能永远这么任性妄为。

岛村隐隐觉得，这次一旦回去，就暂时不会再到这个温泉浴场来了。雪天将至，岛村靠近火盆，听到柔和的烧水声。用的是旅馆老板特地拿出来的京都产的古老铁壶，铁壶上面精巧地镶嵌着银丝花鸟。水烧开了，发出了宛如和煦松风一般的声响。这种声响听起来有两重，一近一远。比远处的声响更远的地方，仿佛不断响起微弱的小铃铛的声音。岛村把耳朵凑到铁壶边，听了听那铃声。岛村仿佛看到，那铃声中出现了驹子玲珑的小脚，从远处踩着和铃声一样的小碎步走了过来。岛村吃了一惊，心里想：看来我不得不离开这里了。

于是，岛村突然动念，想去绉纱产地看看。这个行动也是在为自己离开温泉浴场创造机会。

但是，河流下游有好几个小镇，岛村并不清楚到哪个镇上去比较好。他又不是想去看正在发展成纺织工业区的大镇，因此索性选择在一个人烟稀少的小站下了车。走了一会儿，就到了一条像是古代旅馆集中的市街上。

家家户户的房檐笔直地伸出去，支撑顶端的柱子并排立在道路上。这和江户城里叫"店下"的檐廊很像，以前在雪国把它叫作"雁木"。积雪太厚时，廊檐就成为往来的通道。通道一侧是整齐的房屋，长长的廊檐连接着，一直延伸下去。

一家紧挨着一家，房檐相互连接，屋顶上的雪只能倾倒在马路中间，没有其他可以弃置的地方。实际上，所谓"倾倒"，是把大屋顶上的雪高高地抛起来，扔到马路正中的雪堤上。若是要到马路对面去，就得在雪堤上挖一个一个的洞，连起来打通后，就修成了一条条隧道。当地把这个叫作"钻胎"①。

同样在雪国，驹子所在的温泉村的房檐并不相连。岛村来到这个镇上，才头一回看到这种"雁木"。他觉得好奇，于是走过去看了看，破旧的房檐下十分昏暗，柱子已经倾斜，底部已见腐朽的痕迹，仿佛是在窥探世世代代被埋没在雪里的忧郁的人家。

纺织女工们在雪季把所有精力都投到手工活上，她们的生活可不像织出来的绉纱那样清爽明亮。这里自然而然地给人古镇的印象。在一本记载着绉纱的古书里，也引用了唐代秦韬玉②的诗。但据说没有纺织商人愿意雇佣纺织女工，因为要织出一匹绉纱来相当费时费工，在经济成本上根本划不来。

像这样辛苦做工的无名工人，他们的生命早已逝去，只留下了这种别致的绉纱。夏天穿上它，肌肤感到无比清凉，因此成了岛村他们这类人的奢华衣着。这事并不奇怪，但是岛村却突然觉得不可思议。充满诚意的爱的行动，或早或晚都会变成对人的鞭挞吗？岛村从"雁木"底下，走到了马路上。

又长又直的街道，很有当年旅馆区的味道。这大概是从温泉村通过来的一条古老的街道。屋顶是木板葺的，上面铺着的横木条和铺石，和温泉村并无二致。

房檐立柱投射下来淡淡的影子，不知不觉已近黄昏。

也没有什么可看的，于是岛村又坐火车来到另一个镇子。这个镇子和之前那个极为相似。岛村在那里只是随意散散步，为了御寒吃了一碗面条，暖了暖身子。

面馆开在河岸上。这条大概也是从温泉浴场流过来的河。可以看到三三两两的尼姑先后走过桥去。她们穿着草鞋，其中还有人背着圆顶斗笠，托着钵回来了，就像乌鸦急于归巢的感觉。

"有很多尼姑从这里经过吧？"岛村问面馆的女人。

"是啊。这山林深处有个尼姑庵。过段时间一下雪，从山里出来的路就不好走了。"

---

① 原文为"胎内くぐり"（たいないくぐり），指的是修行者或信徒把山岳和灵地看作其他世界或母亲的胎内，穿过狭窄的洞窟和有裂缝的地方，在其中巡游修行。

② 秦韬玉，生卒年不详，唐末政治家、诗人。字中明，亦作仲明，京兆（今陕西西安）人，或云郃阳（今陕西合阳）人。

桥那边的山峦，在薄暮中已是白茫茫的一片。

在这雪国一带，每到落叶飘零、寒风萧瑟的时节，便连日都是阴冷的天气。那是快要下雪的征兆。远近的高山都铺上了一层白茫茫的颜色，这叫作"云环岳"。近海处，有海在呼啸，山深处，有山在轰鸣。这自然的交响犹如远处传来的惊雷，这叫作"海啸山鸣"。看到"云环岳"，听见"海啸山鸣"，就知道快要下雪了。岛村想起，古书里也有相关记载。

岛村躺在床上听赏枫游客唱歌谣的那天，下了第一场雪。不知今年是否已经有"海啸山鸣"了呢？岛村独自一人在温泉旅行，和驹子频繁地相见，不觉间听觉变得敏锐起来。所以每当想起"海啸山鸣"，耳边就仿佛回荡着这种远处传来的惊雷声。

"尼姑们马上就要深居简出，准备过冬了吧。她们有多少人呢？"

"不知道啊，大概很多吧。"

"这么多尼姑聚到一起，好几个月外面都冰天雪地，也不方便出去，不知都在里头做些什么呢？这一带过去都是织绉纱的，她们在尼姑庵里要是也能做一做，那就好啦。"

听到岛村这番好奇的话，面馆的女人露出淡淡的微笑。

岛村在车站等了近两个小时，回程的火车迟迟未来。微弱的阳光已沉下去，一股寒意袭来，犹如星星的寒光，冷飕飕的，一直凉到脚。

岛村不知该做些什么，就这么漫无目的地走着，不知不觉又回到了温泉浴场。车子驶过那个岔口，一直开到守护神杉树林边，眼前出现一间透着亮光的房子，岛村不禁松了一口气。这是那家叫"菊村"的小饭馆，门口站着三四个艺伎，正在聊天。

不知驹子在不在呢？岛村心里正想着，忽然驹子就出现在了眼前。

火车行驶的速度突然慢了下来。显然，司机早已知道了岛村和驹子的关系，所以若无其事地放慢了速度。

岛村扭过头，朝着与驹子相反的方向望去。自己乘坐的那辆火车的车辙，清晰地留在雪地里，在星光下，一直拖到很远很远的地方。

车子开到了驹子面前。只见驹子眼睛一闭，猛地跳上了车子。车子没有停下，仍按原来的速度静静地爬上了山坡。驹子跳到车门外的踏板上，弯着身子，一把抓住车门上的把手。

驹子猛地跳上去的势头,就像火车把她吸过去了一样。岛村觉得仿佛有一种温暖的东西轻轻地贴近自己。他对驹子的这种举动并未感到不自然或者危险。驹子举起一只胳膊,像要抱住车窗一样。她的袖口不小心滑落下来,露出了长汗衫的颜色。那色彩透过厚厚的窗玻璃,渗透进岛村冻僵了的眼睑里。

驹子把额头紧贴在窗玻璃上,尖声喊道:

"你到哪里去了?喂,你到哪里去了?"

"太危险了,别胡闹啦!"岛村大声喊道。两人声嘶力竭地喊话,看起来却好似在甜蜜地嬉戏。

驹子打开车门,侧身倒了进去。这时火车已经停住,来到山脚下了。

"喂,我说,你到哪里去了啊?"

"嗯,这个嘛……"

"哪儿?"

"没有哪儿。"

驹子理了理衣服下摆,举手投足间显露出艺伎的姿态,岛村突然觉得有点新奇。

司机一动不动,安静地等着。车子已经开到道路的尽头,停了下来。岛村觉得就这样坐在车上实在奇怪,于是说道:"下车吧。"

岛村的手放在膝盖上,驹子把手叠放过去。

"哎呀,好冷啊!瞧,这么冷!你为何不带我去呢?"

"是啊,说的也是。"

"什么嘛,你这人真奇怪,现在说带我去。"

驹子开心地笑着,走上陡峭的石头台阶。

"你出去的时候我看到了。两点钟,还是三点钟,对吧?"

"嗯。"

"听见汽车的声音,我就到外面看了。你啊,连头也没回,是不是?"

"是吗?"

"你没回头看,为什么不回头看看呢?"

岛村有点愣住了。

"你啊,根本不知道我在目送你吗?"

"不知道。"

"你看，我就知道。"驹子仍然笑得很灿烂。然后，她把肩膀靠了过来。

"为什么不带我去？你变得冷冰冰的。我不喜欢这样。"

突然，火警的钟声响起。

两人回头望去。

"着火啦，着火啦！"

"着火啦！"

火势从下面村子的正中心蹿上来。

驹子接连喊了两三声，一把抓住岛村的手。

黑色的浓烟席卷着若隐若现的火苗滚滚上升。火势向周围蔓延，好像要吞噬掉周围的房檐。

"这是什么地方？这不是你原来住过的师父家附近吗？"

"不是的。"

"是哪一带呢？"

"再上边一点，靠近火车站那边。"

火焰一直向上蹿，翻过屋顶，腾空而起。

"你看，是蚕房，是蚕房！哎呀，哎呀，蚕房着火了。"驹子把脸颊压在岛村的肩上，不停地重复道，"是蚕房，是蚕房！"

火烧得更旺了。从高处看下去，在浩瀚的星空下，大火烧的那些仿佛不是房屋，而是房屋玩具。尽管如此，驹子感到无比恐惧，有如听见一种猛烈的火焰声逼近。岛村一把抱住驹子。

"别怕，没什么可怕的。"

"不，不，不！"驹子摇晃着头，哭了起来。岛村捧着她的脸，感觉比平时更小了很多，她绷紧的太阳穴在微颤着。

一看到着火驹子就哭了起来。她在哭什么呢？岛村并未生疑，只是紧紧搂着她。

驹子突然停止了哭泣，她把脸从岛村肩上挪开。

"啊，对了，蚕房放电影，今晚，就是今晚。里面肯定挤进去好多人，你……"

"那可不好了。"

"一定有人会烧伤，有人会烧死啊！"

两人慌忙跑上石阶，只听见上面传来一阵骚乱声。抬头一看，高处旅馆的二楼和三楼房间的移门差不多都打开了，人们跑到敞亮的走廊上观看着大火燃烧的场景。庭院一隅，菊花枯枝排成一列，浮现出轮廓，不知是因为旅馆的灯还是星光的照亮，乍一看以为是着火时的火光。就在那排菊花的后面，也站着一些人。三四个旅馆掌柜从岛村和驹子的头顶上跌落下来。驹子提高嗓门喊：

"喂，是蚕房吗？"

"是蚕房。"

"有人受伤吗？有没有人受伤？"

"正在陆续往外救呢。打来的电话里说，转动的电影胶片一下子烧起来了，火苗蹿得特别快。你看！"掌柜迎头碰上他们两人，挥了挥胳膊就走了。

"听说他们正把小孩子一个个从二楼往下扔呢。"

"啊，这可怎么是好。"驹子好像在追着掌柜似的下了石阶。后面的人不断地超到她的前面。她不由自主地跟着跑了起来。岛村也追了上去。

石阶下面，火场被房子挡住了，只能看见火苗。火警在鸣叫着，让人们越发感到不安，四处乱跑。

"雪都冻成冰了，当心滑倒！"驹子回头看了看岛村，停下脚步说，"对了，要不然你就算了吧，你不去也行的。我是担心村里的人。"

驹子说得也有道理。岛村感到有些失落，这才发现脚底下就是铁轨，已经走到了铁道岔口的前面。

"银河，好美啊！"

驹子喃喃自语道。她抬头仰望着天空，又跑了起来。

啊，银河！岛村仰头的瞬间，仿佛感到自己的身体悬浮到了银河中。银河的光亮仿佛触手可及，似乎能把岛村托起来一般，如此之近。云游四海的松尾芭蕉①，在苍茫的海上所看到的，也许就是像这样明亮浩瀚的银河吧。银河啊，眼看着就要笼罩下来，仿佛要用它赤裸裸的肌肤裹卷起夜空下的大地。美到令人恐慌。岛村感到，自己小小的身影反倒映入了银河中。那星辰缀满

---

① 松尾芭蕉（1644—1694），江户时代前期的俳句诗人，伊贺国阿拜郡（现为三重县伊贺市）生人。松尾芭蕉有许多描绘大海的俳句，例如，"荒海や佐渡に横たふ天の川"（汉译：波涛正汹涌，银汉横佐渡）描绘了诗人从日本海佐渡岛仰望银河浩瀚的景致。

银河，一颗一颗，清晰可辨。点点斑驳的星云，如一粒一粒的银沙，闪耀在澄澈透明、一望无际的银河里。那深不见底的银河，将岛村的视线吸引了过去。

"喂，喂。"岛村呼唤着驹子。

"喂，来呀！"

驹子朝着银河低垂处的昏暗山谷跑去。

她提着衣襟往前跑，每次挥动手臂，红色的下摆就时隐时现。在洒满星光的雪地上，留下一抹殷红。

岛村一口气追了上去。

驹子放慢了脚步，松开衣襟，握住岛村的手。

"你也去吗？"

"嗯。"

"真是爱管闲事呢。"驹子提了提拖在雪地上的衣服下摆。

"人家会笑话我的，你快回去吧！"

"嗯，就到前面再说。"

"这样不好吧，我要是把你带到火场那边了，被村里人看到多不好意思。"

岛村点了点头，停下脚步。驹子却那样拽着岛村的袖子，慢慢地走起来了。

"你找个地方等我吧，我马上就回来。去哪里好呢？"

"哪里都行啊。"

"也是，那就再往前面一些吧。"驹子深深凝望着岛村的面庞，突然摇了摇头说，"讨厌，真是够了。"

驹子咚的一下撞进岛村怀里，撞得他打了个趔趄。路旁薄薄的积雪里，立着一排排大葱。

"真是无情啊！"驹子急切地责问了起来。

"喂，你不是说过我是个好女人的嘛。你都要走了，为什么还要特意跟我说这些？"

岛村想起驹子用银发簪噗嗤噗嗤地扎榻榻米的场景来。

"我哭了。回家以后又哭了一场。我就是害怕离开你。不过你还是尽早走吧。你把我说哭了，这件事我不会忘记的。"

那句让驹子误会的话,反而深深地刻进了她的心里。岛村想到这儿,胸中不禁升腾起一种难以割舍的情感。瞬间,火场的人声鼎沸又传入了耳朵里,火焰熊熊燃烧,又喷出了新的火星。

"啊,你看,烧得那么厉害,火苗又蹿上来了。"

两人就像得救了似的,松了一口气,又跑了起来。

驹子跑得飞快。她的木屐擦过冻成冰的雪地,飞一样地跑着。两条手臂不是前后摆动,而是向两边伸展的架势,力量全集中在胸前了。岛村意外地发现,驹子这样看起来显得很娇小玲珑。微微发胖的岛村一边跑一边望着驹子,早就筋疲力尽了。然而驹子突然呼吸变得急促起来,倒向岛村。

"眼珠子都冻得很,快要冻出眼泪了。"

她脸颊发热,只有双眼冰冷。岛村的眼睛也湿润了。一眨眼,银河便映满了双眸。他压抑着自己的泪水说:

"每天晚上都有这样的银河吗?"

"银河?那是极美的,不是每晚都有吧。今天的夜空真晴朗啊。"

两人跑过来了。身后的银河倾泻到了他们的前方。驹子的脸仿佛在璀璨的银河中被照亮了。

但是,她那纤细挺拔的鼻梁轮廓模糊,玲珑小巧的嘴唇也失去了光泽。岛村难以相信,那横跨天空的明亮光带,竟会如此昏暗。大概因为比起淡淡的月夜的颜色,朦胧的月光更加暗淡吧。然而,银河比任何满月的夜空都要澄澈明亮,地面上几乎没有什么投影。但是不可思议的是,驹子的脸却像一副旧面具一样浮现出来,散发出女人的独特香气。

岛村抬头仰望,只见那银河低垂,仿佛要把整个大地拥入怀中。

银河犹如一束巨大的极光,浸泡着岛村的身体,让其随之流动。岛村感觉自己仿佛伫立于这片土地的尽头。这是一种透彻心扉的冷冽的孤寂,但也给人带来一种冶艳的美感。

"你走了以后,我要认真地过正常生活了。"驹子说罢开始往前走,一边用手拢了一下松散的发髻。她走了五六步,突然回头说:

"你怎么啦?快走嘛。"

岛村仍旧站在原地。

"怎么样?你等我一下吧,等会儿一起到你房间去。"

驹子扬了扬左手就跑走了。她的背影仿佛被吞噬进漆黑的山坳。银河一直无限蔓延到那山脉轮廓线的尽头，又从那里折返回去，重新以华丽宏大的姿态向天际伸展。群山显得愈发黯淡了。

岛村走了不一会儿，她的身影就消失在路旁的房屋背后。

"嘿哟，嘿哟，嘿哟哟"，一阵吆喝声传来。在街上可以看见拖着水泵的消防员走过。街道上不断有人从后面跑过去。岛村也赶紧走到街道上。只见两人来时的那条路的尽头，和街道连成了丁字形。

消防队又拖来了水泵。岛村先让他们通过，然后跟在后面跑了起来。

这是老款手压式木制水泵。一队人在前面拉着长长的绳索，另一些人则围在水泵四周。这水泵简直小得出奇。

为了让那些人能把水泵拉过去，驹子也闪到道路一旁。她找到岛村，两人又一起跑了起来。为了避让水泵而站在路边的人，仿佛被水泵吸引住了，在后面追赶着。如今，岛村和驹子也不过是奔向火场的人群中的两个人罢了。

"你也来了？还真是爱管闲事。"

"嗯。这水泵看着真是让人捏一把汗，怕是明治以前的东西了。"

"是啊。别被绊倒。"

"真滑啊。"

"是啊。往后要是整晚刮大风雪的时候，请你再来看看。恐怕你来不了了吧。到那种时候，野鸡和兔子之类的都逃到人家家里了呢。"驹子这么说着，但是声音却显得快活、响亮，也许是消防员的呼喊声和人们的脚步声使她振奋吧。岛村也觉得身体轻快了起来。

火焰不断燃烧，爆发出阵阵声响，火苗就在眼前蹿了起来。驹子抓住岛村的胳膊。街道上低矮的黑色屋顶，在火光中时而浮现，时而淡去，如呼吸的节奏。水泵的水一直流淌到脚下的马路上。岛村和驹子自然而然地在人墙中停下了脚步。火场里的焦煳气味，混杂着煮蚕蛹一般的腥气。

起先人们到处高声谈论着相似的话题，诸如，火灾是电影胶片着火引起的啦，把看电影的小孩一个一个从二楼扔下来啦，没有出现受伤的人啦，现在幸亏没把村里的蚕蛹和大米放进去啦，等等。然而，如今大火就在眼前了，人们却相顾无言。无论远近都失去了中心，全部统一在这火场安静的氛围中，只能听到火燃烧的声音和水泵工作的声音。

时不时有一些晚来的村民，四处呼喊着亲人的名字。若有人答应，就欣喜若狂地高声回应。只有这种声音才显出一线生机。火警已经不再鸣响了。

因为担心被人看见，岛村就悄悄地跟驹子拉开距离，站到了一群孩子的后面。火光灼热，孩子们向后倒退了几步。脚下的积雪似乎稍稍松动了一些。人墙前面的雪被火和水融化，脚印踏在上面显得泥泞不堪。

那里是紧邻蚕房的旱地。和岛村他们一起赶过去的村民大多拥在了那里。

火苗是从放置电影放映机的入口处冒出来的，蚕房几乎大半个房顶和墙壁都被烧得坍塌了，只有柱子和横梁等房屋骨架仍然冒着烟。因为木板屋顶、木板墙和木板地都已烧得面目全非，所以屋里空空的，不怎么冒黑烟了。屋顶被喷上大量的水，看似再也不会烧起来了，可是火苗一直压不住，还在蔓延着，有时还从意想不到的地方冒出来。三台水泵连忙朝那边喷射过去，那火苗便噗地喷出火星子，腾起一股黑烟来。

那些火星子喷散到银河里，散开了。岛村觉得自己仿佛又被银河捧了起来。黑烟冲上银河，反过来银河也倾泻而下。没有喷射到屋顶上的水，在空中摇曳成白蒙蒙的水雾，好似映照着银河的亮光。

驹子不知不觉向岛村靠了过去，抓住他的手。岛村回过头，没有说话。驹子就这样一直望着火场的方向，那张微微发烫的严肃认真的脸上，火光像呼吸一般节奏均匀地闪烁。岛村心中翻滚起一种激烈的感情。驹子的发髻散开了，她伸直了脖颈。岛村正想伸手触碰，可是指间却开始颤抖起来。他的手暖和了起来，驹子的手更是热到发烫。不知为何，岛村感到了离别的临近。

入口处的柱子之类的地方又冒出火苗，熊熊燃烧起来。水泵里的水柱直接喷射过去，立柱和横梁都冒着热气，眼看就要坍塌下来。

人群发出"啊"的惊呼声，倒吸了一口凉气，只见一个女人从上面坠落下来。

由于蚕房兼作戏棚使用，所以二楼在形式上是设有观众席的。说是二楼，但是楼层低矮，从二楼坠落到地面只是一眨眼的事，却让人有足够的时间用肉眼看清楚她坠落的整个过程。也许因为落下的姿势太过奇怪，就像个玩偶似的，所以看一眼便知道她那时已经失去意识了。坠落到地面后也没有发出声响。这地方喷过水，连灰尘也没有扬起来。她坠落的地方刚好在重新燃起的火苗和死灰复燃的火苗中间。

一台水泵对着死灰复燃的火苗，倾斜着喷射出弧形的水柱。在那水柱前面突然出现一个女人的身体。她就是这样坠落下来的。女人的身体在空中呈水平的姿势。岛村心头一惊，但是并没有立刻感到危险和恐惧，就仿佛眼前面对的是非现实世界的虚幻影像。僵直的身体在半空中落下，变得柔软。然而，她的样子好似玩偶一样毫无抵抗，躯体因为失去生命反而变得自由了，在这一刻，生和死都停滞了。如果说岛村脑中也有一闪而过的不安，那就是他曾担心那呈水平姿势的女人的躯体，在坠落时会不会头部朝下，腰部和膝盖会不会弯曲。看上去好像有那种可能，但她最终还是以水平姿势坠落下来。

"啊！"

驹子惊声尖叫起来，用手捂住两只眼睛。岛村却一直凝视着，眼睛一眨也不眨。

岛村是什么时候才知道坠落下来的这个女人就是叶子呢？实际上，人群发出"啊"的惊呼声，倒吸一口凉气，以及驹子"啊"的惊声尖叫，都发生在同一瞬间。叶子的小腿肚在地上抽搐，似乎也是在同一瞬间。

驹子的尖叫声从头到脚震撼了岛村。叶子的小腿肚在抽搐。与此同时，一阵痉挛也穿透岛村的身体直达他的脚尖。一种无以名状的苦痛和悲哀向他袭来，他的心剧烈地跳动。

叶子的痉挛轻微到肉眼几乎看不出来，而且很快就停止了。

在叶子痉挛之前，岛村首先看见的是她的面庞，及其身上那件红色箭翎花纹布和服。叶子是仰面落地的。衣裙的下摆掀起来盖在一只膝盖上方。即使坠落在地面上，也只有小腿肚在痉挛，整个人仍然处在昏迷状态。不知为何，岛村总觉得叶子并没有死。她内在的生命变换了形式，变成了另一种东西。

叶子坠落下来的二楼观众席上，又有两三根木头柱子掉了下来，打在叶子的脸上，燃烧起来。叶子紧闭着那双锐利而迷人的眼睛。她的下巴向上微微扬起，脖颈的曲线被拉长了。火光在她惨白的脸上摇曳着。

岛村忽然想起了几年前，自己初次来到这个温泉浴场和驹子相会，在火车上，山野的灯火映照在叶子脸上时的那个场景。他的心不禁震颤了起来。仿佛这一瞬间，火光也照亮了他和驹子共同度过的那些时光。一种无法言说的苦痛和悲哀在岛村的身体里蔓延开来。

驹子从岛村身边飞奔出去,与她捂住眼睛惊声尖叫几乎发生在同一瞬间,这也正是人群"啊"的一声倒吸一口冷气的时候。

在被水冲刷过的瓦砾堆上,驹子拖着艺伎长长的衣服下摆,踉踉跄跄地跑过去。她把叶子抱了起来,想把她唤回来。驹子不顾一切、奋力挣扎的表情下面,是叶子垂死前虚无的脸庞。驹子此刻抱着的,仿佛是自己的牺牲或罪孽。

人群开始喧嚣起来,他们蜂拥而上,将驹子他们两人围住。

"让开,请让开!"

岛村听见了驹子的叫喊声。

"这孩子疯了,她真的疯了!"

驹子发疯似的拼命叫喊着。岛村想要走过去靠近她,不料被一群男人推开,摇晃地撞向一边。这些男人是想从驹子手里抱走叶子。岛村站定,刚一抬头,银河哗啦啦地朝他的心上飞泻下来。

(全文终)

古都

春之花
尼姑庵与格子门
和服街
北山杉
祇园祭
秋之色
松林青青
深秋的姐妹
冬之花

春之花

千重子发现老枫树的树干上开出了紫罗兰花。

"啊，今年又开了。"千重子邂逅了春光的柔美。

在城内狭窄的院落中，这棵枫树算得上是大树了。它的树干竟然比千重子的腰围还要粗。当然了，那粗老枯朽的树皮、布满青苔的树干，又怎能与千重子婀娜有致的身姿相提并论……

枫树的树干在千重子齐腰的位置稍稍向右弯折，在高出千重子头顶的地方，向右弯折得更厉害了。树枝就这样从树干的弯折处伸展出去，占领了整个庭院。修长的树枝不耐枝头的重压，微微垂了下来。

其中一根树枝弯曲得很厉害，在那树枝的下方，像是有两个小凹窝，两株紫罗兰就从那里开出花来。而且，每逢春天便会开花。自打千重子懂事那会儿起，这棵树上就长着两株紫罗兰了。

上面的那株紫罗兰和下面那株之间大约有一尺①左右的距离。正值妙龄的千重子不禁暗自思忖：开在上面的紫罗兰和开在下面的紫罗兰，它们可曾相见？又可曾相识？但这所谓的紫罗兰之间的"相见"与"相识"，又是怎么回事呢？

紫罗兰一般开三朵花，最多五朵，每年春天都是如此。尽管这样，树干上的小凹窝里，每年春天都抽出新的芽，开出新的花。千重子或是在走廊上遥望，或是在树根底下仰视，她既感慨树上紫罗兰焕发的"生命"，也常深陷"孤单"的思绪中。

"在这样的地方生长，并且活下去……"

---

① 日本的度量标准中，一尺约为30.3厘米。

光顾店铺的客人们大多欣赏枫树的枝繁叶茂，却鲜有人留意紫罗兰的兀自盛开。那长着树瘤的又老又粗的枝干，青苔覆盖到了最高处，更添威严和雅致。相比之下，寄生在树干上的小小紫罗兰，就越发显得不起眼了。

然而，蝴蝶是知道的。当千重子发现紫罗兰开花的时候，庭院里低飞的小小的白色蝴蝶，正成群地从枫树的树干飞到紫罗兰花的近旁。那枫树的枝头正要吐出淡红色的小小嫩芽，蝶群飞舞成一团鲜明的白色。两株紫罗兰的叶子和花朵，都在枫树树干新长的青苔上，投射出淡淡的影子。

这是一个淡云蔽空、温柔可人的春日。

直至白色蝶群飞远，千重子一直凝视着枫树树干上的紫罗兰。

"今年又在这样的地方开出了美丽的花，真好呀！"她似乎对着花儿轻声细语地说着悄悄话。

而就在紫罗兰的下方，靠近枫树的树根处，立着一个古旧的灯笼。千重子的父亲曾告诉过她，灯笼脚上雕刻着的立像是基督。

"怎么没有圣母玛利亚呢？"当时千重子问道，"不是有一尊很像北野天神的大型雕像嘛。"

"这是基督。"父亲干脆地说，"你看，怀里没抱婴儿。"

"啊，还真的是……"千重子点了点头，又问道，"我们家的祖辈里有基督教徒吗？"

"没有。这灯笼或许是园艺师、石匠带来安放在这里的，也不是什么稀有的玩意。"

这个雕有基督像的灯笼，或许是当年禁教时代的产物。由于石头的质地粗糙易碎，浮雕石又经过了数百年的风雨侵蚀，只能模糊地分辨出头部、身体和脚的形状。也许原本就是一尊粗简的雕像吧。长长的袖子几乎拖到衣服的下摆处，造型看似合掌而立，手臂处显得略微粗壮，形象模糊不清。然而，这尊雕像与佛像、地藏菩萨像相比感觉不同。

不知曾是古代的信仰标志，还是旧时异国风情的装饰，这尊基督雕像的灯笼，如今只因它的古朴韵味，才被安置在千重子家的庭院里，而且只是放在那棵老枫树的树根旁边。每次客人看到它，千重子的父亲就说是"基督像"。不过，来往的生意客中，很少有人会注意到大枫树底下还有这样一个黑黢黢的老旧灯笼。即使看到，人们也会觉得在庭院里摆上一两个石灯笼是再寻常不过的事情，不会仔细端详。

千重子的目光从树上的紫罗兰上挪开，凝望着下方的基督像。她虽然上的不是教会学校，但因为喜欢英语，常常进出教堂，也阅读过《圣经》新约和旧约。可是，如果要给这个古老的石灯笼献花束、点蜡烛，似乎不太妥当。因为灯笼的任何地方都没有雕十字架。

基督像上的紫罗兰，倒是感觉很像玛利亚的心。千重子的目光又从石灯笼上移开，抬头望向紫罗兰。蓦然间，她想起了古丹波①壶里饲养的金钟儿。

千重子开始养金钟儿，是四五年前的事情，比她发现老枫树上长着紫罗兰要晚得多。当时她在高中同学家里听到金钟儿叫个不停，便要了几只带回去。

"它们关在壶里，多可怜啊。"千重子感叹。可同学却说，总比养在笼子里让它白白死掉好多了。听说有的寺庙养了很多，还出售虫卵。可见还是有不少同好的。

千重子饲养的金钟儿，现在也开始多了起来，已经要用两个古丹波壶来装了。每年都是如此，七月初左右孵出幼虫，到八月中旬左右就开始鸣叫。

然而，在昏暗狭小的壶中，它们诞生、鸣叫、产卵，然后死去。尽管如此，因为能确保物种的延续，或许在壶里饲养它们，比让它们短暂的一生就此终结要好得多。它们的整个生命都在壶中度过，壶就是它们的天地。

"壶中的天地"这个故事流传自古代中国，千重子也知道这个故事。在那个壶里，有着金殿玉楼，盛满了美酒佳肴、珍馐美味。所谓壶中，实际上是超脱尘俗的另一世界、另一仙境。这是众多仙人传说之一。

然而，金钟儿并不是因为想要逃离现世而选择进入壶中世界。它们或许并不知道自己身处壶中吧。它们生来就注定要在壶中度过一生。

对千重子来说，最让她惊讶的是，如果不将别处的雄虫放入壶中，只留

---

① 古丹波烧是日本传统陶器烧制工艺，发源于平安时代末期（约1100年）的丹波国（今为兵库县），直至安土桃山时代末期（约1600年）开始使用釉药，并以"登窑"取代"穴窑"烧制。古丹波烧陶器的特点是古朴、厚重。

春之花

下一个壶中的金钟儿,那么这样繁衍下去的话,新生的虫子会变得又小又弱。这只怕是血缘一再重叠,近亲繁殖的缘故。为了避免这种现象,金钟儿的同好们有互相交换雄虫的习惯。

眼下正值春天,虽说还不是金钟儿鸣叫的季节,但是今年枫树树干上的凹窝里萌发的紫罗兰,令千重子不禁联想起壶中的金钟儿,这也不是毫无关联的事儿。

金钟儿是千重子放入壶中的,但紫罗兰为何会来到这个狭小憋闷的地方呢?紫罗兰会开花,金钟儿今年也会孵化并鸣叫吧。

"这便是自然赋予的生命?"

千重子用手抚摸着被春风吹拂起来的头发,将吹乱的发丝夹到耳后。看看紫罗兰,再想想金钟儿,她的心中涌起一个问题:"那我又是怎样的存在呢?"

在生机盎然的春日阳光下,凝视着这朵小小紫罗兰的,只有千重子一个人。

从店铺里传来午饭的准备声。

千重子开始梳妆准备,因为约好的赏花时间快到了。

昨天,水木真一给千重子打电话,邀她一起去平安神宫赏樱花。真一有个学生朋友,据说在神苑入口附近打工,已经干了一个半月了。真一从他那里听说现在正是樱花盛开的时候。

"简直跟派了个看守一样,没有比这更准确的情报了。"真一轻声笑道。那笑声优美而低沉。

"他会留意我们吗?"千重子问道。

"他不是守门人嘛,任何人都得通过他那里才能进去。"真一再次浅笑道,"但是如果你不喜欢的话,我们就分头进去,在庭院的花树下见面。好在那些花儿可不是会看腻的东西,即使一个人赏花,也总是百看不厌。"

"那你就一个人先去赏花吧,可以吗?"

"可以是可以,但是今晚下大雨,如果花瓣都被打落了,那我也没办法啦。"

"落花也有落花的味道嘛。"

"被雨水打湿弄脏,就是落花的味道吗?所谓落花呀……"

"你太讨厌了!"

"到底是谁更讨厌啊?……"

千重子挑了一件不显眼的衣裳穿上,离开了家。

平安神宫因"时代祭"① 而闻名。它建于明治二十八年(1895年),因此神殿并不算太古老,目的是纪念一千多年前在京都建都的桓武天皇。然而,据说神门和外拜殿是模仿平安京②的应天门和太极殿而建的。右近卫府有橘树,左近卫府有樱树。昭和十三年(1938年)还把迁都东京之前的孝明天皇的座像一并供奉于此。很多人来此地举行神前婚礼。

最壮观的是神苑中那片红枝垂樱的群芳。现在可以毫不夸张地说,除了这里的花之外,再没有什么能代表京洛之春的了。

千重子一走进神苑的入口,就看到盛开的红枝垂樱的花朵,那花色仿佛在她的内心深处绽放开来。"啊,今年又遇见京都的春天了。"她感慨道,驻足凝视着那一树芳华。

不过,真一究竟在哪里等着呢?他还没来吗?千重子想先找到真一之后再去赏花,便从花木之间走了出来。

在垂樱下的草坪上,真一就躺在那里。他将手指交叉枕在颈后,闭着眼睛。

千重子没想到真一会躺在那里。她感到不是滋味。在等待一个年轻女孩的时候,居然这样躺着。她觉得自己很尴尬,不仅感到真一躺着不礼貌,而且觉得这种情景令人不快。在千重子的生活中,从未见过这样躺着的男人。

看来真一经常和朋友在大学的草坪上,用手肘做枕头,或是肆意仰卧着,谈笑风生。他只是随意摆出了平日里的姿势罢了。

再说,真一的旁边还有四五个老婆婆聚在一起,悠闲地聊着天。或许真

---

① 时代祭是日本三大祭礼之一,在京都市左京区冈崎西天王町的平安神宫举行。明治二十八年(1895年),以桓武天皇为祭神的平安神宫落成,并于同年10月为纪念桓武天皇定都平安京(现京都)1100周年而举行盛大祭祀活动。

② 京都的古称。桓武天皇于794年从旧都长冈京迁都至明治天皇1868年迁都东京期间为日本的首都。

一对这些老婆婆们感到亲近，就靠近她们坐下，后来才顺势躺下来的吧。

千重子这样想着，不由得想笑，但是脸颊却泛起一阵红晕。她无法呼唤真一，只能站在那里。而且，她仿佛正在离开真一……千重子的确从未见过男人的睡颜。

真一穿着一身整齐的学生服，头发也整洁地梳理着。他长长的睫毛合在一起，看起来像个少年。然而，千重子根本没心思注意这些。

"千重子。"真一叫了一声，随即站了起来。千重子突然不高兴了。

"你那样躺着，不觉得难为情吗？路过的人都看着呢。"

"我没有睡着。你来的时候我就知道了。"

"真坏。"

"如果我没有叫你的话，你打算怎么办？"

"你是看到我才装睡的吧？"

"想到有一个看起来那么幸福的女孩子来了，我感觉有点失落，头有点疼……"

"是我？我幸福？……"

"……"

"你头疼吗？"

"不，已经好了。"

"脸色看起来不太好啊。"

"不，已经没什么了。"

"像把宝刀一样呢。"

曾经也偶尔有人对真一说他的脸像宝刀，但从千重子口中听到，还是第一次。

当真一被这样形容时，他的内心燃起一股强烈的冲动。

"宝刀是不会伤人的。况且这里是樱花树下。"说罢，真一笑了起来。

千重子爬了一段斜坡，返回了回廊的入口。真一也离开草坪，跟了过来。

"这里的樱花，我全都想看看。"千重子说道。

站在西边回廊的入口处，红枝垂樱的花丛瞬间让人感受到春天的气息。

这才是真正的春天啊。纤细的枝条上挂满了层层叠叠的红色八重樱①。这片花丛，与其说是树上开满花朵，不如说是枝条托举着花朵。

"这是这一带我最喜欢的花。"千重子说着，带着真一向回廊的另一个拐弯方向走去。那里有一棵樱花树，枝丫尽情地伸展着。真一也站在旁边，凝视着那棵树。

"仔细一看，真的非常女性化呢。"真一说道，"那垂下的细枝和花朵，真是温柔而丰盈……"

此外，红色的双层花瓣中似乎还映衬着淡淡的紫色。

"以前我从没有想过樱花竟然会这么女性化。无论是颜色、风韵还是那娇艳的水润感。"真一再次说道。

两人离开那棵樱花树，朝着池塘的方向走去。在狭窄的道路旁边，摆放着一排折凳，上面铺着绯色毛毡垫子。游客们坐在上面，品着薄茶。

"千重子，千重子。"有人喊她的名字。

穿着振袖和服的真砂子，从树丛中的名为澄心亭的茶室里走了出来。

"千重子，请你帮个忙吧。我累坏了，刚才为师父伺候茶席呢。"

"我这身打扮，顶多只能洗洗茶具什么的。"千重子说道。

"没关系，洗洗茶具也行啊……只是临时帮忙而已，来嘛。"

"我还有一道来的同伴呢。"

真砂子这才注意到了一旁的真一，轻声对千重子耳语道：

"是未婚夫？"

千重子轻轻摇了摇头。

"好朋友？"

千重子再次摇头。

真一背过身子走开了。

"喏，进去坐坐，喝杯茶怎么样，一起吧……现在空闲着呢。"真砂子发出邀请。但千重子婉言拒绝，紧跟在真一后面追上去说：

"我那位茶道的朋友，长得挺漂亮的吧。"

---

① 八重樱是多重花瓣樱花的总称。在日本，以染井吉野为代表的樱花的花瓣通常有5片，这种开花方式的花被称为单瓣花。而八重樱是指具有6片或更多花瓣的樱花。

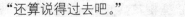

"还算说得过去吧。"

"哎呀,人家会听到的呀。"

千重子向正在目送她的真砂子行注目礼告辞。

走出茶室下面的小道,就来到了池塘边。近岸的菖蒲叶呈现出翠绿色,一簇簇挺立在水面上。水面上还漂浮着睡莲的叶子。

这个池塘周围,没有樱花树。

千重子和真一绕过岸边,走进一条昏暗的林中小道。嫩叶的清香和湿润的泥土气息扑鼻而来。这条林中小道很窄,很短。眼前出现了一座明亮的庭院,这里的池塘比前面的池塘更开阔。岸边的红色垂樱在水的映衬下更加明亮耀眼。外国游客们也围着这棵樱花树拍照。

然而,对岸的树丛中,马醉木开着谦逊洁白的小花。千重子想起了奈良。那里有许多松树,虽不是大树,却形态优美、千姿百态。如果没有樱花,人们的目光一定会被松树的翠绿吸引。不,即使是现在,那干净无瑕的松树,伴着那一汪池水,使垂落的红花被映衬得愈发明艳夺目。

真一领头跨过池中的跳石,它被称为"泽渡"。跳石呈现圆盘状,就像鸟居切断后排成的圆形的石头。千重子踏上去,时而稍微提起衣服的下摆。

真一回过头来,说道:

"真想背你过去试试呢。"

"我可真佩服你呀,那就试试看吧。"

当然,这些跳石连老太太都能跨过去。

跳石的边缘还漂浮着莲叶。当靠近对岸时,跳石周围的水面倒映出小松树的影子。

"这种跳石的排列方式也很抽象吧?"真一说。

"日本的庭院都是抽象的,不是吗?就像醍醐寺庭院的杉苔,说是抽象啊,抽象啊,反而有些惹人厌烦……"

"是啊,那种杉苔确实是抽象的。醍醐寺的五重塔已经修缮好了,正好要举行落成仪式呢。我们去看看吧。"

"醍醐寺的塔也模仿新建的金阁寺进行了修缮吗?"

"肯定变得色彩鲜艳、焕然一新了。不过,塔并没有烧毁……只是拆掉并按照原来的样子重新组装起来。落成仪式正逢樱花盛开之际，到时候一定人潮涌动，相当热闹。"

"说起赏花，除了这里的红枝垂樱，其他就没什么可看的了。"

两人一起走过了最后几块跳石。

沿着跳石走到岸边，那里松树成群，转眼间到达了桥殿。这里被称为"泰平阁"，实际是"桥"，却让人联想起"殿"的样子。桥的两侧有矮靠背的折椅。人们坐在这里休息，越过池水眺望庭院景色。不，应该说，有池水才是真正的庭院。

坐在这里休息的人们，有的喝水，有的吃东西。桥的正中央还有小孩子跑来跑去。

"真一，真一，这边……"千重子先坐下来，用右手按住座位，为真一占了位置。

"我站着也可以的。"真一说道，"蹲在你的脚边也可以……"

"不要。"千重子一下站了起来，让真一坐下，"我去买点鲤鱼饵回来。"

千重子回来后，向池塘里扔饵食，鲤鱼群簇拥着挤过来，有的甚至身体都探出了水面。涟漪扩散开来，樱花和松树的影子在水中摇曳。

"给你吧。"说罢，千重子把剩下的饵食拿给真一。真一默默无语。

"你头还疼吗？"

"不疼了。"

两人在那里坐了很久。真一神色安然，一直凝视着水面。

"你在想什么？"千重子问道。

"嗯，怎么说呢，有些时候会幸福到什么都不想。"

"就像这样赏花的日子……"

"不，是因为在幸福的姑娘身边……那份幸福的芳香感染了我，就像青春一样热情温暖。"

"我幸福吗？……"千重子再次说道，眼中浮现出一丝忧愁的神色。她低下头，似乎她的眼眸中映入了池水的倒影。

千重子站起身来。

"在桥对岸，有我喜欢的樱花。"

"从这里也能看到，是那棵，对吧？"

那棵垂樱异常美丽，也以名木而闻名。枝条像垂柳一样低垂着，然后伸展开去。千重子走到樱花的树荫下，花瓣随着微风撒落到她的脚边，飘旋到她的肩头。

花瓣也零零落落地飘落到那棵樱树下，有的也浮在池塘的水面上，但也只有七八朵的样子……

垂柳的枝条被竹架支撑着，但尖细的枝梢却快要垂到池水中了。

从这红色八重樱交错垂摆的枝丫间隙，可以望见池塘对岸东边树丛上方那新叶翠绿的山岭。

"那是东山的支脉吧？"真一说道。

"是大文字山呢。"千重子回答。

"哇，原来是大文字山啊。看起来很高呢。"

"因为在花丛中看过去，所以不太清楚吧。"千重子说着，也站在花丛里了。

两人都依依不舍，不想离去。

在那棵樱树周围铺着粗糙的白沙。白沙的右手边有一片挺拔而美丽的松树群，通往神苑的出口。

走出应天门，千重子说道：

"我想去清水那边看看。"

"清水寺？"真一露出了无趣的神情。

"我想从清水寺眺望京都城的黄昏，我想看夕阳落下西山的天空。"千重子反复说着，真一只好点头同意。

"好，我们去吧。"

"走路去吧！"

这是相当远的路程呢。他们避开了电车路线，绕远路到南禅寺道，穿过知恩院的后面，通过圆山公园，踏上了通往清水寺的幽静古道，来到了清水寺前。这时候，春天的夕雾笼罩着四周。

在清水寺舞台上观赏的人，已经只剩下三四个女学生，她们的面庞几乎看不清了。

这正是千重子喜欢的时刻。昏暗的正殿里点起了明灯。千重子没有在正殿的舞台上停下脚步，而是径直走过去，进入了后院。

后院也有一座凿崖而建的"舞台"。舞台上覆盖着桧皮修葺的屋顶，轻盈而精致。然而，这个舞台是面向西方的，朝向京都城，朝向西山。

城市里华灯初上，而天边还残留着微明的光亮。

千重子倚在舞台的栏杆上，凝望着西方，仿佛忘记了身边的真一。真一走近她。

"真一，我是个弃儿。"千重子突然说道。

"弃儿？"

"是的，我是弃儿。"

真一对"弃儿"这个词感到迷惑不解，不知道这个词在她的心里意味着什么。

"弃儿？"真一嘀咕道，"千重子，你也觉得自己是个弃儿吗？如果千重子你是弃儿，那我也是个弃儿啦，在精神上……或许人人都是弃儿吧，因为出生就像是被神抛弃到这个世界上一样。"

真一直直地凝视着千重子的侧脸。傍晚的霞光无意中染红了她的脸庞，恐怕这就是春天美好的哀愁吧。

"所以，人就像是神的孩子，先被抛弃，再被拯救……"

然而，千重子仿佛没有听进去，自顾自地俯瞰着灯火辉煌的京都城，没有回头看真一一眼。

真一感到千重子的身上有一种不可言状的悲伤，他试着把手搭在千重子的肩膀上。千重子却闪躲开了。

"别碰我这个弃儿。"

"我说过，人类都是神的孩子，都是弃儿嘛……"真一的声音略微加重了些。

"哪有这么玄妙的事情。我不是神的弃儿，是被人类父母抛弃的弃儿。"

"……"

"被丢弃在店铺红格子门前的弃儿。"

"你在胡说什么？"

"真的。虽然对你说这种事情也没什么意义……"

"……"

"我啊，站在这里，从清水寺这里眺望广阔的京都城，心想：我真的是在京都城里出生的吗？"

"你在说什么？你疯了吧……"

"这种事干吗要骗你呢？"

"你是批发商的独生女，受到万千宠爱，不是吗？但凡独生女，总是容易陷入幻想。"

"是啊，我受到了宠爱。现在虽然已经知道自己是个弃儿……"

"你有什么证据说自己是弃儿呢？"

"证据就是店铺前的红格子门。你应该很熟悉那个古老的格子门吧。"千重子的声音渐渐变得清晰起来，"我刚上中学的时候，妈妈把我喊过去告诉我：'你并不是我亲生的孩子，是抢了别人家的可爱婴儿，然后开车慌忙逃跑了。'可是，对于抢婴儿的地点，父亲母亲却说法不一。一个说是在赏夜樱的祇园，一个说是在鸭川的河畔……他们一定是觉得说我是被扔在店前的弃儿，显得太可怜，所以才编出这些……"

"哦，那你的亲父母呢，不知道是谁吗？"

"现在的父母对我疼爱有加，我已经没有寻找亲父母的意愿了。也许他们早就化作仇野①附近的游魂野鬼了，那些石碑都已破败不堪……"

西山的柔和春色，犹如一片淡红色的薄雾逐渐扩散开来，染遍了京都的半边天。

真一无法相信千重子是个弃儿，更别说是被捡来的了。千重子的家在古老的批发商街，向附近的人稍微打听一下就能知道。可是真一眼下并没有调查的意愿。真一感到迷惘，他想知道的是，千重子为何要在这里做出这样的一番倾诉。

难道她把真一邀请到清水寺，就是为了倾诉这些？千重子的声音比往常更加清澈纯净，蕴含着一股坚强而美好的力量。她似乎并不是在向真一诉说

---

① "仇野"（也称"化野"或"徒野"）位于日本京都嵯峨山深处的小仓山山麓。京都市右京区嵯峨鸟居本化野町保留着这个地名，以前是风葬之地，近世与鸟部山一起作为火葬场而闻名。

衷肠。

　　千重子肯定已经隐约察觉到，真一是爱着她的。千重子的这番倾诉，难道是为了让爱她的人了解她的身世吗？真一听不出这样的意思。相反，他感到千重子似乎是拒绝了他的爱意。所谓"弃儿"的故事，可能不过是千重子编造的假话……

　　在平安神宫时，真一再三说千重子很"幸福"，但愿她的假话只是对此话的抗议。于是他试探着说道：

　　"知道自己是弃儿后，你感到孤独吗？难过吗？"

　　"不，一点都不觉得孤独，也没什么可悲伤的。"

　　"……"

　　"当我提出要上大学时，我养父母告诉我，一个要继承家业的女孩子家，上大学反而碍事，还不如把注意力放在生意上。当父亲这样对我说的时候，我才感到有些……"

　　"是前年的事了吧？"

　　"是前年。"

　　"千重子，你对父母绝对地言听计从吗？"

　　"嗯，绝对言听计从。"

　　"那婚姻大事呢？"

　　"嗯，我现在是打算听从他们的。"千重子毫不迟疑地回答道。

　　"你就没有一点自己的想法和感情吗？"真一问。

　　"有啊，太多了，也不知道怎么办了……"

　　"你就这样把它们压抑住，把它们抹杀掉吗？"

　　"不，我不想抹杀掉。"

　　"你说话总是绕弯。"真一浅浅一笑，声音带着几分颤抖。他把上身探出围栏，想要偷看一眼千重子的脸："真想看看你这谜一般的弃儿的脸啊！"

　　"已经天黑了。"千重子这才第一次回过头来看向真一。她的目光闪烁着。

　　"真可怕……"千重子将视线转向正殿的屋顶。她仿佛感到那用厚厚的桧皮修葺的屋顶，正以沉重而昏暗的气势压过来，令人感到恐惧。

尼姑庵与格子门 ///——

千重子的父亲佐田太吉郎,从三四天前开始,就躲到了嵯峨山深处的一个尼姑庵里暂住下来。

虽说是尼姑庵,可庵主已年过六十五岁。这个小小的尼姑庵位于古都,自然也是有来头的。虽然有一处庭院,但庵门却隐藏在竹林深处,看不见了。这个庵几乎和旅游观光无缘,显得冷清幽静,顶多偶尔会被用来举办茶道会,而且也并不是知名的茶室。庵主有时会外出教授插花。

佐田太吉郎租下了这座尼姑庵的一间房。如今,他自己也许已经变得和这尼姑庵相似了。

佐田太吉郎的店算是中京区的一家传统和服批发店。周围的店铺大多已经成了股份公司,佐田的店在形式上也与它们一样,同属于股份公司。太吉郎当然是担任经理,但交易相关事务都交给了店长(如今称专务或常务)处理。然而,他仍然保留了昔日店铺的许多传统。

太吉郎从年轻时起,身上就有一种名流气质。而且他不喜欢与人交往。他完全没有举办个人染织作品展览的野心。即使举办了,那个时候他的作品也会因为太过新奇而很难作为商品售卖出去。

太吉郎的父亲太吉兵卫,生前常默默地观察太吉郎作画的一举一动。其实,太吉郎并不像那些内部图案设计师或外面的画家,他无法画出符合时代潮流的画作。太吉郎既没什么天赋,也没什么长进,只好借助麻醉药的魔力,在友禅①印花布上画出一些奇奇怪怪的底稿。当发现这一情况时,太吉兵卫立

---

① 原文为"友禅"(ゆうぜん),是日本传统的布料染色技法。原本使用淀粉或米制成的防染剂进行手工描绘,染色成形后呈现出缤纷色彩,而今使用型染或者数码印刷的类似技法样式,亦被称作友禅。

即送他去了医院。

到了太吉郎这一代,这些底稿也变得寻常普通了。太吉郎对此感到十分沮丧。他为了找寻构图灵感,有时便独自躲进嵯峨山的尼姑庵里。

战争结束后,和服的花样也有了显著变化。过去那些依靠麻醉药而产生的奇奇怪怪的图案,现在反而可能被认为是新颖的抽象艺术。然而,太吉郎也已经五十过半了。

"要不大胆地走古典路线算了。"太吉郎偶尔自言自语。但是,他脑海中浮现出了许多过去优秀的作品,古代织物和服装的图案、色彩都深深地印刻在他的脑海里。当然,他还经常漫步于京都的名园和山野间,进行和服纹样的写生。

女儿千重子在午后时分过来了。

"爸爸,你要尝一尝森嘉的豆腐吗?我特意买回来的。"

"啊,谢谢……能吃到森嘉的豆腐我当然高兴,但是你来了更让我高兴。待到傍晚,陪爸爸放松一下吧。兴许能想出美丽的图案……"

作为绸缎批发商,太吉郎并不需要亲自绘制底稿,不然反而会影响生意。然而,太吉郎在店里的房间窗户边摆了一张桌子,面向着有基督雕像灯笼的中庭。在那里,太吉郎一坐就是半天。桌子后面摆放着两只陈旧的桐木柜子,里面装满了中国和日本的古代纺织物的碎片。旁边的书箱里,全是各国纺织品的图录。

在与店铺相隔的二楼仓库里,还保存着能剧戏装和武家女性的礼服等,基本保持着原有的样子。还有不少南洋各地的印花丝绸。

此外,也有太吉郎的父辈甚至是更早的祖辈收集的物品。每当举办古代织物展览,有人希望他们提供展品时,太吉郎会毫不客气地拒绝:"吾家自古有承袭门内不传之遗训,概不出售。"他的态度执拗且坚定。

因为是京都的古老宅邸,去上厕所就得穿过太吉郎桌子旁边的那条狭窄走廊。每当有人走过,他就皱眉沉默。当店铺那边稍微有些喧闹时,他会尖声喝道:"不能安静点吗?"

掌柜双手撑在榻榻米上说:

"是从大阪来的客人。"

"买不买无所谓,批发商有的是。"

"是跟我们合作已久的老主顾啊……"

"绸缎要用眼睛买,用嘴巴买算什么,正说明他们没有眼光,不是吗?商人嘛,一眼就能看穿好坏,虽然我们这里大部分是廉价货。"

"是。"

太吉郎从桌子下面取出坐垫,在坐垫底下铺了一块带有异国风情的地毯。太吉郎周围则挂着南洋的名贵印花丝绸做的帷幔。这是千重子的巧思。这块帷幔还在一定程度上起到了减缓店内嘈杂声的作用。千重子偶尔会来更换帷幔。每次更换时,父亲会把千重子的孝心记在心里,并对她讲述这些丝绸的典故,比如:这是爪哇的,那是波斯的,哪个时代的图案是什么样子的,等等。这些详细的解说,有时千重子也听不明白。

"用来做袋子太可惜了,做茶道的小茶巾又太大了,如果做成腰带,倒是可以做好几条呢。"有一次,千重子环顾着四周的帷幔,突发奇想。

"去拿把剪刀来。"太吉郎说道。

父亲接过剪刀,巧妙地将帷幔上带印花的地方剪了下来。

"来,给你做腰带,不错吧。"

千重子大吃一惊,眼眶湿润了。

"爸爸,这个不行吧。"

"不错,不错,如果你系上这条印花腰带,或许我能再次获得灵感画出更好的图案来呢。"

千重子前往嵯峨山的尼姑庵时,系的正是这条腰带。

太吉郎当然立刻注意到了女儿的印花丝绸腰带,但他却装作没看到的样子。腰带的印花大方华丽,颜色浓淡得宜。但是太吉郎却想:对于花季年华的少女来说,这样的腰带合适吗?

千重子将半月形的饭盒放在父亲身边。

"请先享用,稍等片刻,我去准备豆腐汤。"

"……"

千重子站起来,转身看向门外的竹林。

"已经是竹叶萧瑟的秋天了。"父亲说道。

"土墙也开始倒塌的倒塌，倾斜的倾斜，已经大部分都剥落了，就跟我一样啊！"

千重子习惯了父亲这样说，也就没有安慰他，只是重复着父亲的话，说道："竹叶萧瑟的秋天……"

"你来的那条路上，樱花怎么样了？"父亲轻声问道。

"散落的花瓣还漂浮在池塘里。山中绿意之间，还有一两株残留的花朵，从稍远的地方看过去反而更好看。"

"嗯。"

千重子到里屋去了。太吉郎听到了切葱和刮鲣鱼干的声音。千重子整理好了樽源汤豆腐的餐具——这些餐具都是从家里带来的。

千重子很勤快地伺候起父亲吃饭。

"你也一起吃一口吧。"父亲提议。

"好的，谢啦……"千重子答道。

父亲从女儿的肩膀打量到胸口，说道："颜色太素了。你净穿我设计的纹样啊。或许只有你才会穿，因为这些都卖不出去的啊……"

"因为喜欢我才穿的，不是挺好的嘛。"

"嗯，颜色太素净了啊。"

"虽然素净些，但……"

"年轻姑娘穿这么素净的衣服，总是不太好。"父亲突然严肃地说道。

"可是懂行的人都夸我呢。"

父亲一言不发，陷入了沉默。

太吉郎设计图纸，现在只是凭着兴趣，或作为一种娱乐罢了。在一些已经大众化的批发店里，掌柜为了照顾老板面子，只允许店员拿两三张太吉郎设计的图纸去染制。其中，女儿千重子总会主动挑选一款，做成衣服穿，面料都经过精挑细选。

"你不用只穿我设计的纹样。"太吉郎说道，"还有，不必净是穿我们自己店里的料子……没必要拘泥于这种人情世故。"

"人情世故？"重子吃惊地说，"我才不需要拘泥于人情世故呢。"

"如果千重子穿得花哨一点，说不定就能找到好人家了。"平时不苟言笑的父亲，这会儿高声笑了起来。

千重子在伺候父亲吃汤豆腐时，目光自然地扫到了父亲的那张大桌子。上面似乎没有绘制京都染色织物图的样子。

在桌子的一角，只摆放着一只江户莳绘的砚台盒子，以及两帖高野残片的复制品（更像是样本）。

千重子心想：来到尼姑庵之后，父亲似乎想把店铺的生意抛到脑后。

"这是六十岁才开始学的。"太吉郎有些羞愧地说道，"不过，藤原的假名字体的流畅线条，在构图上倒是有一定帮助呢。"

"……"

"真惭愧啊，手都在抖了。"

"写得大一些呢？"

"是写得很大，但是……"

"砚台盒子上的那串旧佛珠是？"

"啊，那个，是向庵主要来的。"

"爸爸是挂着它祷告吗？"

"用现在的话说，嗯，可以说算是个吉祥物。有时候真想含在嘴里把它咬碎呢。"

"啊，那多脏呀。那上面有多年的手印污垢呢。"

"怎么会脏呢，那是两三代尼姑信仰的证明呀。"

千重子仿佛感受到这触动了父亲的伤心事，不由得默默低下了头。她把吃汤豆腐用过的餐具等送到厨房。

"庵主呢？"千重子从里面走出来问道。

"大概快回来了吧。千重子你怎么办？"

"我打算从嵯峨山附近散步回去。岚山现在应该游客很旺，我喜欢野野宫、二尊院的路，还有仇野。"

"像你这样的年纪，竟然喜欢那样的地方。我真担忧你的未来啊，可别像我一样啊。"

"我是女孩子，怎么会像你一样呢？"

父亲站在廊上目送着千重子。

老尼姑一会儿工夫就回来了，她立即开始打扫庭院。

古　都

　　太吉郎端坐在桌前，脑海中浮现出宗达和光琳①画的蕨叶，以及春天的花草画，心里思念着方才离开的千重子。

　　千重子一走上村间小路，父亲隐居的尼姑庵就被竹林掩盖了起来。

　　千重子原本打算去仇野的念佛寺拜谒，爬上那古老的石阶，一直到左手边崖壁上有两尊石佛的地方，因为上方传来喧闹的人声，她便停下了脚步。

　　堆积如山的百余座破败的石塔被称为"无缘佛"。近来，在这里的小石塔群中，偶尔有一些摄影团体会让穿着奇怪衣服的女子站在里面拍照。或许今天也是这样吧。

　　千重子从石佛面前走过，下了石阶，脑海中又浮现起父亲的话。

　　无论是想要躲避春游岚山的游客，还是想去仇野或是野野宫，确实都不太像一个年轻女孩的想法。这比穿着父亲设计的朴素纹样的衣裳还要……

　　"父亲在那座尼姑庵里，好像什么也没做。"千重子心头泛起一缕淡淡的孤寂，"咬着那满是手印污垢的老旧佛珠，究竟是怎样的心绪呢？"

　　千重子知道，父亲在店里有时也是克制着自己的情绪，像是要咬碎佛珠似的。

　　"还不如咬自己的手指头好呢……"千重子嘀咕着，摇了摇头。接着她又把心绪转移到母亲身上，回想起和母亲一起到念佛寺敲钟的事情。

　　这座钟楼是新建的。身材矮小的母亲即使敲了，敲出来的钟声也不那么响。

　　"妈妈，屏住气。"千重子将自己的手掌和母亲的手掌相握，合力一敲。这下钟声变得响亮了。

　　"真的呢。这钟声不知能传到多远的地方呢。"母亲高兴地说。

　　"确实，和习惯了敲钟的和尚敲出来的钟声不一样啊。"千重子笑了笑。

　　千重子一边回想着这些往事，一边漫步在通往野野宫的小路上。这条小路上曾经有一块写着"通往竹林深处"的路牌，虽然也并不久远。原本有些

---

① 俵屋宗达（生卒年不详）和尾形光琳（1658—1716）是日本江户时期的画家，也是造型艺术流派"宗达光琳派"的两位主要代表人物。这一流派从桃山时代后期由本阿弥光悦和俵屋宗达共同开创，后由尾形光琳等人发扬光大，最后在江户地区得以确立。

幽暗的地方，如今已经明亮多了。门前的小卖部也充斥着揽客声。

然而，这座小小的神社至今没有变化。《源氏物语》中有记载，侍奉伊势神宫的斋宫（内亲王）在此清修了三年，修身养性，斋戒沐浴。这里就是宫居的遗址，以带有原树皮的黑木建造的牌坊和小篱笆墙闻名。

从野野宫向前继续朝野外走去，眼前突然开阔了起来，那便是岚山。

千重子在渡月桥前的松树林中，乘上了公共汽车。

"回家以后，要怎么跟妈妈说爸爸的情况呢……妈妈虽然早就知道了，但是……"

在明治维新之前，中京的许多商家都在炮轰、火烧的浩劫中被毁了不少房子。太吉郎的店也没能幸免。

因此，这一带的店铺虽然保留着褐色格子门，以及二楼小格子窗的古老京都风韵，但实际上还不到百年的历史。太吉郎店后面的仓库据说没有被火烧毁，幸免于难……

太吉郎的店铺至今几乎保留原有样貌，没有进行过什么改建，这或许是主人的个性使然，也可能是不太兴旺的批发业务所致。

千重子回到家，打开格子门，一直看到屋子的最里面。

母亲阿繁正坐在平日父亲常坐的桌旁抽着烟。她用左手托着下巴，曲着身子，似乎在读或写着什么。然而，桌子上却没有任何东西。

"我回来了。"千重子走到母亲身边。

"啊，你回来啦，辛苦了。"母亲突然回过神来，问道，"你爸爸怎么样了？"

"嗯……"

千重子不知如何回答，便说："我给爸爸买了豆腐。"

"是森嘉的吗？你爸爸肯定很高兴。是不是做了豆腐汤？"

千重子点了点头。

"岚山那边怎么样？"母亲问道。

"游客很多……"

"你爸爸没有把你送到岚山吗？"

"没有，因为庵主不在……"

接着，千重子又回答道："爸爸好像在练书法呢。"

"练书法啊。"母亲毫不意外地说道，"练字可以让心静下来。我也练过一点儿。"

千重子注视着母亲白皙而优雅的脸庞，却看不出她的内心活动。

"千重子。"母亲轻声唤道。

"千重子，你知道吗，其实你不一定非要继承这家店铺的……"

"……"

"如果你想嫁人，尽管放心地去。"

"……"

"你都听到了吗？"

"为什么你会说这样的话呢？"

"一句两句也说不清楚。妈妈也已经五十多了，是经过深思熟虑才跟你这么说的。"

"如果干脆不做这个生意呢……"千重子美丽的双眼湿润了。

"你看你，都说到哪儿去了……"母亲微微笑了笑。

"千重子，你说我们家的生意不如干脆不做了，这是你的真心话吗？"

母亲的声音并不高，但听得出来是严肃认真的。刚才千重子还看到母亲在微笑着，难道是错觉？

"是真心话。"千重子回答道。一阵痛楚涌上了她的心头。

"我没有生气，你不必露出这种表情。年轻人能说会道，老年人难免被说。究竟谁更孤独，你应该很清楚的。"

"妈妈，请原谅我吧。"

"没有什么原谅不原谅的……"这回母亲真的露出了笑容。

"妈妈刚才对我说的话，和现在说的，完全不一致呢……"

"我呀，稀里糊涂说了些什么，自己都不知道了呢。"

"一个人，无论男女，都要尽可能地，坚持不改变自己所说的话。"

"妈妈！"

"在嵯峨，你有没有对你爸爸说过同样的话？"

"没有，我对爸爸什么也没说……"

"这样啊。你也对你爸爸说说试试看。虽然他可能会生气，但他内心一定会高兴的。"母亲用手按住额头，"我坐在你爸爸的桌前，想的也是你爸爸的事情。"

"妈妈，您都知道了吧?"

"知道什么呀?"

母女两人沉默了片刻。千重子开始坐立不安，说道：

"要准备晚饭了，我去锦街看看有什么买一点吧。"

"好啊。那辛苦你了。"

千重子起身朝店铺那边走去，然后她下了土间①。这个土间是细长形状的，一直延伸向里间。在店铺对面的墙上排列着一排漆黑的炉灶，厨房就在那儿。

如今这些炉灶当然已经不再使用了。在炉灶后面，新装上了燃气灶等设备，还铺设了木板地面。过去这里是灰泥，一通风，在京都严寒的冬季里就冷得吃不消。

然而，炉灶没有拆毁（很多家庭仍然保留着），这也可能是因为人们对炉灶背后的火神——灶王爷的信仰普遍存在。各家的炉灶后面都供奉着镇火的神符，并摆放着布袋神。布袋神一共有七尊，每年初午②人们都前往稻荷神社请一尊回来，长此以往便一尊尊地增加了。如果在这期间家中有人去世，就从第一尊开始重新凑齐。

千重子家店铺里的灶神像，七尊都请齐了。因为是父母和女儿的三口之家，最近这十年八年里，家中都没有去世的人。

在灶神像的旁边，放着一只白瓷花瓶。母亲会三天两头换水，仔细擦拭放它的架子。

千重子挎着购物篮离开时，与一个年轻男子擦身而过，只见他走进了家里的格子门。

---

① 土间是日式住宅的内部空间，一般不铺设地板，而是保留原始的地面或涂上黏土。土间位于门厅附近，可以保持穿鞋的状态出入，用作厨房、工作场所或存放脏物的场所。

② "初午"原指年过后的第一个午日，现在指二月的第一个午日。这天是日本稻荷神社的祭祀之日，全国的稻荷神社会举行祭祀活动。

"大概是银行的人吧。"

对方似乎没有注意到千重子。

千重子想：他是经常来家里的年轻银行职员，应该没什么好担心的。然而，她感到，这脚步声随之沉重了起来。她靠近店铺前的格子门，用指尖轻轻划过每一根格子门上的木条，一路走过去。

当千重子快要走到没有格子的地方时，她回过头，再次仰起脸望去。

只见二楼的小格子窗前，还有一块古老的招牌。那个招牌上有个小小的屋顶，像百年老店的标志，又像是一种装饰。

温和的春日斜照在那块古旧的招牌上，使金色的字体显得黯淡无光，反而给人一种寂寞的感觉。店铺厚实的棉门帘也已经变得苍白，露出毛糙的纹路来。

"唉，平安神宫的红色垂樱，以现在苦涩的心情来看，必然觉得没什么意思。"千重子暗自想着，不禁加快了脚步。

锦街市场上人群熙攘，同往日一样。当千重子回到父亲的店铺附近时，遇到了白川女[①]。千重子向她打招呼。

"请顺道来我家坐坐吧。"

"啊，非常感谢。小姐，你回来了啊。可真巧……"那姑娘说道，"你去哪里了？"

"我去了锦街市场。"

"真能干呀。"

"这是供神的花吧？"

"是啊，每次都谢谢你啦。你喜欢吗？随便看看。"

虽说是花，其实是杨桐。说是杨桐，也就是一束嫩枝。

每月初一和十五，白川女都会把花带来给她。

"今天多亏了小姐照顾，真是太感谢了。"白川女说道。

千重子挑选了一支长出新叶的嫩枝，心里一阵激动。她拿着嫩枝，走进了家门。

[①] 白川女的起源可追溯到平安时代初期，她们住在京都北白川地区，将四季的草花放在头顶上，在京都市内叫卖。后在文学作品中用来泛指京都市内卖花的女性。

"妈妈，我回来了。"千重子的声音明快愉悦。

千重子将格子门打开一半，望向街道，只见卖花的白川女仍旧在那儿，于是喊道：

"进来休息一下吧。我给你泡茶。"

"啊，太感谢了。您总是这么亲切贴心……"姑娘点了点头，然后拿着一束野花，走进了土间，"虽然只是些普通的野花……"

"谢谢你。我喜欢野花，你倒记住了……"千重子边说边凝视着这束野花。

在进门拐角处，紧挨着灶台，有一口古井，上面盖着竹编的盖子。千重子把花和杨桐放在盖子上。

"我去拿剪刀。对了，杨桐的叶子要洗一下吧……"

"剪刀在这里。"白川女拿起剪刀并摆弄出声响，一边展示给千重子看，一边说，"您家的灶台总是这么干净，我们这些卖花的看了也实在感动。"

"这是我妈妈爱干净……"

"我以为是小姐您呢……"

"……"

"现在好多人家里，无论是灶台、花瓶，还是井口，都积满了灰尘，脏得很呢。所以连我们卖花人看了都觉得寒碜。但是到您家里来，我就感到安心，也很高兴。"

"……"

至于家里的经营状况一天天变得惨淡这件事情，千重子却无法告诉白川女。

母亲依然坐在父亲的桌前。

千重子将母亲叫到厨房，让她看了在市场上买来的物品。母亲看着女儿从篮子里取出并摆放的东西，暗自想：这孩子也学会节俭了。可能是因为父亲去了嵯峨的尼姑庵，不在家里……

"我也来帮忙吧。"母亲站在厨房里说道，"刚才来的是那位常来的卖花姑娘吧？"

"是的。"

"你给你爸爸买的那本画册呢？是不是放在嵯峨的尼姑庵里了？"母亲问道。

"那个，我没看见呢……"

"你给他的，他好像全部带走了啊。"

那是保罗·克利①、亨利·马蒂斯②，还有马克·夏卡尔③等人的现代抽象艺术画集。千重子想着，这些画说不定能唤起他的灵感，所以为父亲买下了。

"我们家呢，爸爸本来完全不需要打画稿的，只要鉴别别人染好送过来的布料，然后卖出去就行了。可是你爸爸呀……"母亲说。

"不过话说回来，千重子，你总是爱穿你爸爸设计的和服，妈妈也该感谢你。"母亲接着说。

"谢我什么呀……我只是因为喜欢才穿的。"

"你爸爸看到自己女儿的和服腰带，会不会觉得太素净了呢？"

"妈妈，虽然看起来很素净，但是细细品味，还是很有味道的，还被别人夸奖了呢。"

千重子想起今天和父亲有过同样的对话。

"有时候，漂亮小姑娘反而更适合朴素的东西……"母亲打开锅盖，用筷子尝了一口煮的东西，接着说道，"为什么你爸爸就不能再画些华丽又流行的东西呢？"

"……"

"你爸爸以前也画过很华丽、新颖的作品呢……"

千重子点了点头，问道："妈妈，您为什么不穿爸爸设计的和服呢？"

---

① 保罗·克利（Paul Klee，1879—1940），瑞士画家、艺术家，被认为是20世纪最重要的艺术家之一。他以独特的艺术风格和创新的创作方法而闻名。他对非洲艺术、印象派、民间艺术和儿童艺术等都有深入的研究和借鉴。他的艺术作品通常具有一种童真和幻想的氛围，传达出对生命、自然和人类存在的思考。

② 亨利·马蒂斯（Henri Matisse，1869—1954），法国画家、雕塑家。他以独特的方式表现自然界和人物形象，作品涵盖静物、风景、人物肖像等主题，善于捕捉生活的美好与和谐，将自然元素与抽象形式相结合，创造出富有情感和表现力的作品。

③ 马克·夏卡尔（Marc Chagall，1887—1985），俄国画家、艺术家，被广泛认为是现代主义艺术的重要代表之一。夏卡尔以其独特的艺术风格及对幻想和梦境的表现而著名。他的作品充满了浪漫主义、象征主义和民间艺术的元素，常常出现飞翔的人物、浮空的动物等奇特的景象，营造出一种超现实的氛围。主题涉及宗教、家庭、爱情和犹太文化等领域，表达了对家乡白俄罗斯和犹太人传统的深厚情感，同时也关注社会和政治议题。

"妈妈已经年纪大了……"

"您总说年纪大了，究竟有多大年纪了呢？"

"年纪大了就是年纪大了……"母亲只是不停重复着。

"听说那位'人间国宝'小宫老师的江户小花纹，年轻人穿上它反而显眼夺目，走过的人都忍不住回头看呢。"

"你爸爸和小宫老师这样了不起的大人物怎么能比呢？"

"爸爸是更重视精神底层的东西……"

"你讲得太深奥了。"母亲动了动她那张典型京都风格的白皙脸庞，说道，"但是啊，千重子，你爸爸也打算为你将来的婚礼设计一件花色华丽的和服……妈妈一直都期待着呢……"

"我的婚礼？"

千重子的神色有些黯淡，沉默了一会儿。

"妈妈，在你的一生中，有没有过让你神魂颠倒的事情？"

"嗯，之前可能已经告诉过你了，和你爸爸结婚算一件，还有那时你还是个可爱的婴儿，我和你爸爸两人把你抢过来，带着你逃走也算一件。虽然已是二十年前的事情了，但是现在回想起来，还是会让我心口扑通扑通地跳。千重子，来，你摸摸妈妈的心窝看。"

"妈妈，我是个弃儿吧。"

"不是！不是！"母亲激动地摇着头。

"人的一生会犯下一两次可怕的恶行。"母亲继续说，"抢走别人的婴儿，这比偷钱和抢劫还要罪恶深重，甚至比杀人还要不可饶恕！"

"……"

"千重子的亲父母，一定急疯了吧。这么一想的话，我恨不得马上就把你送回去。可是现在就算想把你还给他们，也已经晚了。如果你要去寻找亲父母，那也没办法……如果真的这样，我这个妈妈可能会难过得死掉吧。"

"妈妈，请您不要再说这样的话了……我的妈妈只有您一个。我从小到大一直是这样想的……"

"我知道的。正因为如此，我们的罪孽就更深重了……我和你爸爸两个人，已经做好了死后下地狱的准备。可是，下地狱又算什么呢，能拥有这个世界上最可爱的女儿也值了。"

母亲的语调异常激动，脸颊的泪水滚落下来。千重子看到此情此景，强忍着眼泪说：

"妈妈，请告诉我真相，我真的是被遗弃的孩子吗？"

"不是，明明不是这样的……"母亲摇了摇头，"千重子，为什么你要说自己是个弃儿呢？"

"因为我无法想象爸爸妈妈你们会去偷别人家的孩子，我实在无法相信！"

"我刚才不是说了吗，人的一生中也许会做出一两件神魂颠倒的、颠覆本性的可怕的恶行。"

"既然这么说，那你们是在哪里捡到我的？"

"是在赏夜樱的祇园。"母亲随口一说，"我可能之前说过了，我们在樱花树下的椅子上，看见了一个可爱的婴儿在那里睡觉，她看到我们笑得像花一样灿烂，让人忍不住抱起她。一旦抱起来，心里一阵咯噔，已经无法理智思考了，就想亲吻她的脸颊。我看着你爸爸的脸，他说，'阿繁，我们把这个婴儿抱走，快逃吧。喂，阿繁，赶紧逃，赶紧逃！'之后我们就拼命地跑。我记得大约是在平野家芋棒店①门口慌忙跳上车……"

"……"

"婴儿的妈妈大概离开了一会儿，我们就趁着这个空当抱走了你。"

母亲的话，也不是完全说不通。

"命运啊……从那时起，千重子就成了我们的孩子，一晃已经二十年了啊。对你是好是坏呢？就算是好，我也心里感到无比自责，常常双手合十暗自忏悔。你爸爸也一样吧。"

"是好的，妈妈，我觉得是我的幸运。"千重子双手掩面说道。

不管是捡来的还是抢来的，在户籍上，千重子都被记录为佐田家的长女。

当父亲和母亲第一次向千重子坦白她不是亲生女儿时，千重子完全没有这种真实感。千重子刚上中学时，她还一度怀疑过，自己是不是有什么让父

---

① 芋棒是京都传统点心，用鳕鱼干和海老芋制作而成。平野家是历史最悠久的芋棒专卖店，位于京都东山区圆山公园一角。平野家始创于享保年间（1716年左右），距今已有三百余年历史。日本文学家吉川英治赞誉平野家本家的芋棒是百年传承的美味，诺贝尔文学奖得主川端康成则在此店留有"美味延年"的签名纸板。

母不满意的地方,才让父母说了这样的话。

也许是父母担心邻居会告诉千重子,所以他们提前告诉她。又或者,他们相信千重子对父母的深厚感情,觉得她已经到了能够用理智思考、明辨是非的年龄。

千重子的确感到震惊,然而却没有太多的悲伤。纵然已经进入青春期,她对这件事也没有过多的烦恼。她对太吉郎和阿繁的爱和亲密,并没有因此改变,更没有纠结于如何消除误解。这也许是千重子的性格所致。

然而,如果她不是父母的亲生女儿,那么她的亲父母一定在某个地方,或许还有兄弟姐妹。

"虽然不会见面……"千重子心想,"相比这里,他们一定过着更艰苦的生活吧。"

然而,对于千重子来说,这件事也是无法捉摸的。倒是在这家古老格子门后面的店铺深处,父母的忧愁苦闷更触动着她的内心。

在厨房里,千重子用手捂住眼睛,也正是这个原因。

"千重子。"母亲阿繁将手搭在女儿的肩头,摇晃着她,说道,"不要再问以前的事了。这世上,不知何时何地总会有掉落的珍珠。"

"珍珠,好一颗珍贵的珍珠,如果可以镶嵌在妈妈的戒指上就好了……"千重子说着,麻利地干起活来。

晚饭后,一切收拾完毕,母亲和千重子一起上了里屋的二楼。

二楼靠近小格子窗那边,天花板很低,是一个简陋的房间,可以供小伙计们睡觉。从庭院旁边的走廊可以直通后面的二楼,从店里也可以直接上去。以前常常在二楼招待主要客人,也可以用来留宿客人。如今,大部分客人都在面向中庭的客厅里谈生意。所谓客厅,其实是从店铺一直延伸到里屋的过厅,货架上放着绸缎,连客厅两侧也摆满了。因为房子又长又宽敞,所以摊开衣料展示给顾客也很方便。这里常年铺着藤席。

里楼二楼的天花板很高,有两间六叠①大的房间,是父母和千重子的起居室和卧室。千重子坐在镜子前散开头发。长长的秀发被整理得很漂亮。

"妈妈!"千重子对着移门对面的母亲喊道。她的声音充满了太多的思绪。

---

① 日本面积单位,一叠约为1.62平方米。

和服街 ///——

京都作为一个大城市，树叶的颜色异常漂亮。

修学院离宫、御所的松树林、古寺那宽敞庭院里的树木，这些自不必说，城市中心的木屋町和高濑川岸边、五条坂和堀川的垂柳林荫等，都吸引着游客。那是真正的垂柳，绿色的枝条仿佛要触及地面，柔软轻盈。北山的红松亦是如此，展现出柔和圆润的弧度。

尤其当下正值春天，可以看到东山上嫩叶的新绿。如果天气晴朗，还可看到比睿山新叶繁茂的样子。

树木的清新，大抵来自城市的优雅整洁。在祇园一带，走进僻静小巷时，会看到一排排昏暗而古老的小房子，但路面却一尘不染。

织造和服的西阵一带也是如此，即使附近挤满了看起来很寒碜的小店铺，周围路面也不脏。即使有小窗格，上面也不积尘垢。植物园等地也是如此，没有乱丢纸屑的情况。

原先植物园被美军占用建造了营房，日本人自然被禁止入内。但军队最终撤走了，植物园又恢复了原来的面貌。

在植物园里，有一条西阵的大友宗助很喜欢的林荫道。那是一条樟树林荫道。樟树的树木不算大，道路也不是很长，可他经常到这儿散步，尤其是樟木发芽的时节……

"那棵樟树，不知现在怎样了？"在织机声中，他有时会陷入这样的思考，"不会被占领军砍倒了吧？"

宗助一直在等待着植物园重新开放。

出了植物园，宗助喜欢沿着鸭川的岸边走一段坡路，这是他散步的习惯。这样可以欣赏北山的美景。通常他都是一个人。

虽然在植物园和鸭川，宗助顶多只待一个小时左右，但是这种独自散步的记忆，一直印刻在他的脑海里。

"佐田先生给你来电话了。"妻子喊道，"好像是从嵯峨那边打来的。"

"佐田先生？从嵯峨打来的？"宗助一边说着，一边向账房走去。

织造商宗助虽然比批发商佐田太吉郎小四五岁，撇开生意不说，他们的确志趣相投。年轻的时候甚至可以称得上是"铁哥儿们"，但是最近他们有些疏远了。

"我是大友，好久不见了……"宗助接起电话。

"哦，大友先生。"太吉郎的声音异常兴奋。

"听说你去了嵯峨？"宗助问道。

"悄悄躲到嵯峨的一个隐秘的尼姑庵里去啦。"

"这好奇怪啊。"宗助故意用一种谨慎郑重的语气说道，"尼姑庵也有各种形形色色的事情……"

"不，是一个真正的尼姑庵……只有一位年长的庵主一个人主持……"

"那不是很好吗，只有庵主一个人，你和年轻姑娘……"

"别瞎说了！"太吉郎笑了，"今天我有点儿事想拜托你帮忙。"

"好啊，好啊。"

"我这就去你府上拜访，可以吗？"

"可以，可以。"宗助有些疑惑地说道，"我们这里忙得脱不开身。你那边应该也能听到织机的声音吧。"

"确实如此，那是织机的声音啊，真是令人怀念的声音。"

"看你说的，如果这声音停下来了，我该怎么办？又不能躲到那隐秘的尼姑庵里。"

不到半小时的时间，佐田太吉郎就坐车到达了宗助的店铺。他两眼放光，迅速打开包袱，说道：

"我想请你帮个忙……"他展开了一张画稿。

"哦？"宗助看着太吉郎的脸，"是和服腰带吗？对你来说，这是很华丽很新颖的纹样啊。哦，是给躲在尼姑庵里的人的……"

"又来了……"太吉郎笑了起来，"是给我家女儿的。"

"哦哦,织好之后你家千金看到,一定目瞪口呆吧。再说,这种东西适合她吗?"

"其实不瞒你说,千重子给了我两三本克利的画集呢。"

"克利,克利?"

"听说是什么抽象艺术的著名画家。他的作品温柔、高雅,充满梦幻色彩,深深触动了日本老人的心灵。我在尼姑庵里一遍又一遍地欣赏,才创作出这么一幅图案来。这和日本古代纺织物的碎片完全不同。"

"可不是嘛。"

"不知道能织出怎样的东西,所以想请你帮忙织出来看看再说。"太吉郎的激动心情似乎还没有平静下来。

宗助沉思着,端详着太吉郎的画稿。

"嘿,真不错,色彩的搭配也不错……很好。佐田先生你这次呈现了前所未有的新作品,很有格调,不过织起来会有些难度。我会尽力尝试,先做一件样品出来给你看看。我一定会把令千金的孝心和父母双亲的慈爱表现出来的。"

"非常感谢……最近总有人说什么创意和才华之类的话,往后连颜色恐怕都要贴近西方流行了。"

"那种东西不会太高雅。"

"我可不喜欢那些带洋字儿的东西。日本自古以来,不就崇尚那些难以形容的优雅色彩吗?"

"是啊,就说黑色吧,也有各种各样的呢。"宗助点了点头,然后说道,"不过,我一直在想,腰带商店也有像伊津仓地区①的店铺那样的……那里是西洋风格的四层楼,搞现代工业。西阵大概也会朝着那个方向发展吧。一天能织出五百条腰带,不久的将来,员工还要参与经营。他们的平均年龄在二十岁左右。像我这种家庭手工业,也许用不了二十年,或者三十年就会被全

---

① 伊津仓是日本江户时代的一个地名,位于现今的东京都台东区上野地区附近。它是当时的和服织造业中心,许多售卖腰带的店铺集中于此,专门制作和销售各种类型的腰带,包括丝质腰带、织带、织锦带等。

部淘汰吧。"

"净说些傻话……"

"如果能幸存下来，或许会成为无形文化财产之类的东西吧？"

"……"

"像你这样的人，也知道克利什么的……"

"你是说保罗·克利？我一直在尼姑庵里想了十天半个月，日夜苦思冥想，才想出来的。你看这条腰带的图案和颜色，还算纯熟吧？"太吉郎说道。

"非常纯熟，很有日本风情，令人赏心悦目。"宗助连忙说，"不愧是佐田先生啊。就让我为你织一条漂亮的腰带吧。我会尽快设计好款式，精心制作的。对了，纺织的工作我会交给秀男做，他做得比我好。他是我的长子，你应该认识的。"

"是的。"

"秀男比我更擅长织，技术更精细……"宗助说道。

"嗯，那交给你啦。虽然我是个批发商，但是我经销的货物大多是销到地方上去的。"

"瞧你说的。"

"这条腰带不是夏季用的，而是秋季用的，虽然看起来还早……"

"嗯，我知道了。这条腰带要配哪种料子呢？"

"我只顾考虑腰带的设计了……"

"作为批发商，你可以从和服料子中挑选最好的……当然哪种都可以。看来你已经在给令千金准备嫁妆了嘛。"

"不，不是的。"太吉郎脸有些泛红，好像在谈论他自己的事情一样。

据说西阵的手织机连传三代是非常难的。也就是说，手工织造是一种工艺活儿，即使父母有出色的织工、高超的手艺，也不能保证能传给子女。儿子不能因为父辈技艺高超，自己就懈怠了。即使认真勤奋地学，也不见得就能很好地传承下去。

但是，也有这种情况：等孩子四五岁的时候，首先让他学习缲丝，到了十一二岁左右，开始到机器上练习操作，然后就能够承接外来的活儿。因此子女多的家庭就可以养家糊口，家业繁荣。就连六七十岁的老婆子也能在自己家里缲丝，所以也有些家庭甚至是祖母和小孙女一起面对面坐着干活的。

在大友宗助家里，只有年迈的妻子一人帮忙缫丝。因为长年累月久坐干活，她看上去比实际年龄大很多，人也变得少言寡语。

大友宗助家有三个儿子。他们每人各自操作一台织机，在上面织腰带。有三台织机的情况属于家境相当好的。一般人家只有一台，还有一些家庭是租用机器的。

长子秀男正如宗助所说，他的技术已经超过了父亲，在纺织厂和批发商中间是小有名气的。

"秀男，秀男。"宗助喊道。但秀男似乎没听见。与其他几台机器不同，这三台手织机都是木制的，噪声也不大，宗助觉得自己的叫喊声已经足够大了。也许是因为秀男的机器放在靠近院子的最里面，他又全神贯注在织着最难织的双层腰带，所以连父亲的叫喊声都没有听到。

"老婆子，去把秀男叫过来。"宗助对妻子说道。

"好的。"妻子站起身，下到土间。她走向秀男的机器，一路用拳头捶打着自己的腰部。

秀男停下手中的工作，望向这边，但他并没有立刻起身，可能是因为太过劳累，但是他知道有客人在，不好意思伸懒腰。他擦了擦脸上的汗，就走了过来。

"劳您到这么昏暗的地方来，真是失敬啦。"他板着脸对太吉郎简慢地打了声招呼。他的表情和动作不多，仿佛被工作缠身，无法分神。

"佐田先生画好了腰带的图案，打算交给我们家来织呢。"父亲说道。

"是吗？"秀男的声音显得兴致不高。

"因为这是一条重要的腰带，所以与其让我来做，不如你做更好。"

"这是给令千金——千重子的腰带吗？"秀男这才将白皙的脸庞转向佐田，看了看他。

作为京城里的人，宗助看见儿子这副简慢的表情，立马为他打圆场：

"秀男从一大早就开始干活了，怕是累了……"

"……"秀男一言不发。

"要是不用心投入精力，是做不好工作的……"太吉郎反而安慰道。

"织双层腰带是乏味的，但也要硬着头皮去织。请您见谅。"秀男说着垂下了头。

"很好，一个职业织匠就是应该这样。"太吉郎频频点头。

"可是那些无趣的东西，还是会被认为是我们家的手艺，所以就更苦恼了。"秀男低头说道。

"秀男。"父亲改变了语气，"佐田先生的作品可是与众不同啊。这是佐田先生在嵯峨的尼姑庵里潜心创作的纹样。这可是非卖品。"

"是吗？哇，在嵯峨的尼姑庵……"

"你看看吧。"

"嗯。"

太吉郎被秀男的气势压倒，方才踏入大友的店里时还威风凛凛的，现在已完全败下阵来。

他在秀男面前展开了画稿。

"……"

"你不喜欢吗？"太吉郎小心翼翼地问道。

"……"秀男默默地看着，不吭声。

"不行吗？"

"……"

看到儿子这样执拗，始终一声不吭，宗助忍不住说道：

"秀男，你快说话呀，怎么这么不懂礼貌。"

"嗯。"秀男还是没有抬头，"我也是个手艺人，也看见了佐田先生的画稿。这可不是随随便便的活儿，是给千重子小姐的腰带啊！"

"是啊。"父亲点头，但他觉得纳闷，秀男与平常的态度有所不同。

"不行吗？"太吉郎再次追问，语气也严厉了起来。

"很好。"秀男沉住气说，"我没有说不行啊。"

"你虽然嘴里没说出来，但心里却……你的眼神就告诉了我。"

"是吗？"

"你说什么……"太吉郎站起来，扇了秀男一记耳光。秀男没有躲闪。

"您随便打吧。我根本连梦里也没认为您的图案不好。"

秀男的脸也许因为挨了打，反而显得越发生动了起来。

秀男挨了耳光，拱手向太吉郎道歉，甚至都没有去摸一下被打红的脸颊。

"请您原谅我，佐田先生。"

"……"

"虽然惹您生气了，但是这条腰带，请您交给我来织吧。"

"没问题。我就是来拜托你们的啊。"

于是太吉郎竭力平息内心的激动，说道："也请你们原谅，我都这么大年纪了，还这样子，实在抱歉了。我刚才打的那只手也很疼……"

"要是我的手借给你，那就没问题了。手艺人的手，皮已经变厚了。"

两人都笑了。

然而，太吉郎内心深处最在意的那个疑惑还是没有消失。

"多久没有打人了，都快忘记这种感觉了。——唉，这个就算了，不说了。只是我想问问你，秀男，你看到我画的腰带图案时，为什么脸上露出那么厌恶的表情，能坦率地告诉我吗？"

"嗯。"秀男的脸又阴沉了下来，"我年纪还轻，对于一个手艺人来说，并不是那么识货。您不是说过，这是在嵯峨的尼姑庵里画的吗？"

"对啊，我今天还要回庵里呢。没错，还要再待半个月左右……"

"您还是别这样了。"秀男加强了语气，说道，"请回家吧。"

"在家里静不下心来。"

"这条腰带的纹样那么华丽炫目，非常新颖，让我感到惊讶。我心想：佐田先生为什么会画出这么美的纹样呢？所以我一直在静静地欣赏着……"

"……"

"虽然乍一看画面很有趣，但是和温热的内心无法调和，总感觉有些狂躁和病态。"

太吉郎脸色苍白，嘴唇颤抖，说不出话来。

"无论在多么孤独清寂的尼姑庵里，都会有狐狸精出没的。您总不至于被迷住了吧？"

"嗯。"太吉郎把那幅画稿拉到自己的膝旁，专心地凝视着。

"唔……你说得很好。年轻人有这么深刻的见解真是了不起。非常感谢……让我再仔细思考一下，重画一幅。"太吉郎匆匆卷起画稿，塞进怀里。

"不，这样也很好，织出来的成品感觉不一样，颜料和染丝的色彩也……"

"谢谢。秀男，你能照这幅草图，织出一幅作品，表达我对女儿的温暖父

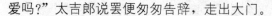

爱吗?"太吉郎说罢便匆匆告辞,走出大门。

不远处流过一条小河,蕴含着浓厚的京都韵味。河岸边的水草还保持着固有形态向水面倾斜。岸上的白墙,可能就是大友的家。

太吉郎将怀里的画稿揉成一小团,扔进了小河。

突然,太吉郎从嵯峨打来一个电话,说是要带着女儿一起去御室赏樱花。阿繁不知如何是好,她从来没有与丈夫一起去赏过花。

"千重子,千重子!"母亲求助似的呼唤着女儿,"是爸爸打来的电话,你过来接一下……"

千重子走了过来,一手搭在母亲的肩上,一手接过电话。

"好的,妈妈也一起去。请在仁和寺前的茶馆等我们。好的,这就走……"

千重子放下电话,微笑着望向母亲。

"是邀请我们去赏花的,妈妈,您可真是的。"

"怎么连我也要去呢?"

"因为现在正是御室的樱花盛开的时候……"

千重子催促着犹豫不决的母亲离开店铺。母亲仍然带着一丝迟疑的表情。

御室有明樱和八重樱,在京城的樱花中属于晚开的花,这或许是京都花季的余韵吧。

走进仁和寺的山门,左手边是一片盛开的樱花林(或称樱花园),绚烂的花朵盛放枝头。

然而,太吉郎却嘀咕道:"哎呀,这真是太吵了。"

通往樱花林的小路旁摆满了成排的大折凳,人们尽情地饮酒欢歌,喧嚣不堪,场景一片混乱。一群乡下的老婆婆们欢快地舞蹈,也有的男人醉得鼾声如雷,从折凳上摔下来。

"这像什么样子!"太吉郎有些无奈地站起身来。他们三人都没有走进花丛中。当然,御室的樱花对他们来说已经非常熟悉了。

远处的树林里,飘起了阵阵烟雾,那是在焚烧赏花客丢下的垃圾。

"我们找个安静的地方躲躲吧,阿繁。"太吉郎说道。

正当他们准备折返回去时,在樱花林对面那株高大松树下的折凳上,有六七个朝鲜女子穿着朝鲜服装，敲着朝鲜大鼓，跳起了朝鲜舞。那个场景真是别有一番风情。松树的绿叶间，还可看到山樱花的身影。

千重子停下脚步，观看了一会儿朝鲜舞蹈。

"爸爸，我们去个安静的地方好吗？植物园怎么样？"

"嗯，那边也许好一点。只要看一眼御室的樱花，就像完成了春天的必做事项一样。"太吉郎说罢走出山门，上了车。

植物园从今年四月重新开放。京都站也新增了通往植物园的电车，一辆接着一辆，班次频繁。

"如果植物园也挤满了人的话，我们可以稍微沿着加茂川岸走走。"太吉郎对阿繁说。

汽车驶过满目青葱的街道，与新建的房子相比，古色古香的老房子更衬托出嫩叶的生机盎然。

植物园门前的林荫道宽阔明亮，左侧是加茂川的堤岸。

阿繁将门票夹在腰带里，这开阔的景色使她的内心感到舒展。在批发商店街看到的山，只是其中的一角。更何况阿繁很少走到店铺外的马路上。

进入植物园，只见正对面的喷泉周围开满了郁金香。

"这里的景色已经不像京都了，难怪美国人要在这里建房子了。"阿繁说。

"看，最里头就是。"太吉郎回答道。

当他们靠近喷泉时，并未感到春风吹过，但周围却飘着细小的水雾。喷泉的左边有一间相当大的温室，顶部是圆形的铁骨架屋顶。他们三人没有进去，只是透过铁栏杆看了一眼热带植物群，因为毕竟只是短时间的散步。路的右边，有一棵茂盛的杉树正在抽出新芽，它下层的枝条贴着地面伸展开。虽然是针叶树，但新生芽的嫩绿色与"针"这个词完全联想不到一起。与落叶松不同，它不是落叶树的品种，但如果是的话，还会长出这样梦幻般的新芽吗？

"我被大友先生的儿子狠狠说了一通。"太吉郎突然没头没脑地说道。

"不过他的手艺比父亲还厉害，而且眼光也很犀利，看得很透彻。"太吉郎自言自语道。

当然，对于阿繁和千重子来说，完全不能理解他在说什么。

"您见到秀男先生了吗?"千重子问。

"听说他有着一身好手艺呢。"阿繁只是简单地回答道,因为太吉郎向来不喜欢别人刨根问底。

他们沿着喷泉右边继续前进,走到尽头之后向左拐就是儿童游乐场。可以听到里面传来孩子们的喧闹声,草坪上还堆放着很多小包裹。

太吉郎他们三人从树荫下向右拐,出乎意料的是,他们竟来到了一个郁金香园。千重子几乎惊叫起来,这里的花朵盛开得异常壮观,有红色、黄色、白色,还有暗紫色,而且每个花坛都开满了硕大而鲜艳的花朵。

"嗯,新和服上的图案倒是可以用郁金香呀。虽然之前觉得有些呆板。"太吉郎不禁叹了口气。

如果说杉树下面的嫩芽像孔雀开屏,那么又该把盛放的五颜六色的郁金香比作什么呢?太吉郎继续凝视着。空气仿佛被花朵的颜色浸染了,直沁心田。

阿繁同丈夫保持着稍远的距离,一直紧靠着女儿千重子。虽然千重子心里感觉有些奇怪,但并没有表现出那样的神情。

"妈妈,白色郁金香园前面的那些人,看起来像是来相亲的。"千重子对着妈妈小声耳语。

"噢,可能真的是。"

"妈妈,我们去看看吧。"女儿拽了拽母亲的衣袖。

在郁金香园的前面有一个喷水池,池中有鲤鱼。

太吉郎从椅子上站起身,走近去看郁金香的花。他弯下身子,几乎凑到了花丛里,仔细观察了一番,然后折回母女跟前,说:

"西洋的花朵虽然鲜艳,但总是会被看腻的。爸爸还是觉得竹林更好。"

阿繁和千重子也站了起来。

郁金香园是一块洼地,被树木环绕着。

"千重子,植物园是不是西式庭园?"父亲问女儿。

"我不太清楚,但应该有点西洋的味道吧。"千重子回答道,"为了妈妈,我们再多待一会儿吧。"

太吉郎无可奈何,又开始在花丛间走来走去。

"佐田先生……没错，果然是佐田先生。"有人在喊太吉郎。

"啊，大友先生，秀男也一起来了吗?"太吉郎说，"没想到在这里碰上了……"

"哎呀，我也没想到……"宗助说罢，深深地鞠了个躬。

"我很喜欢这里的樟树林荫道，一直等着植物园重新开放。这些樟树应该有五六十年的树龄了。我是慢慢溜达过来的。"宗助又低下头说，"前几天我儿子多有冒犯……"

"年轻人嘛，没关系的。"

"你是从嵯峨过来的?"

"嗯，我是从嵯峨过来的，阿繁和千重子是从家里……"

宗助走到阿繁和千重子跟前，跟他们打招呼寒暄了一番。

"秀男，这些郁金香怎么样?"太吉郎不客气地问。

"花是有生命的。"秀男再次冷淡地回答。

"花有生命吗? 确实，它们是有生命的。但是满园的花，我已经有点看腻了……"太吉郎转过头去。

"花是有生命的。虽然它们的生命短暂，但它们活得绚丽多彩，到了来年，它们将再次含苞待放。就像大自然是有生命的一样……"

太吉郎仿佛再次被秀男的话击中，说道：

"只怪我眼拙。尽管我不喜欢郁金香花纹的衣料和腰带，但如果出自一位伟大的画家之手，那就会成为一幅永恒的画作而流芳百世。"太吉郎的脸还是扭向一边，"古代纺织物的碎片也是如此，没有比京都这座城市更古老的了。这么美的东西，再没有人愿意去画，只能临摹了。"

"……"

"即使是活着的树木，也有比京都更古老的，不是吗?"

"我的话没有那么高深，我每天忙碌地织布，没有时间考虑那些高深的事情。"秀男低下头，"不过，比如说，令千金千重子小姐要是站在中宫寺或者广隆寺的弥勒佛面前，不知会有多美呢。"

"你说给千重子听听，让她高兴一下吧。虽然这个比喻有些不敢当了……秀男，我女儿很快就会变成老太婆的。你看，时间就是转瞬即逝的。"太吉郎说道。

"正因如此，我才说郁金香花是有生命的。"秀男的声音充满力量，"它们只有很短的花期，却努力盛放着。现在正是郁金香开花的时节。"

"是的，没错。"太吉郎转向秀男。

"我从来没有想过能为您织一条传到孙辈的腰带。我现在……只想为您织一条，哪怕只穿一年，也要漂漂亮亮的和服腰带。"

"是个好主意。"太吉郎点了点头。

"没办法，我和龙村先生他们不一样。"

"……"

"我说郁金香是有生命的，就是出于这样的一种心情。现在正是它们盛放的时候，虽然也难免会有两三朵花瓣凋零。"

"没错。"

"说起落花，就是樱花的花雨，那也很有情趣，但郁金香又会是怎样的呢？"

"花瓣也会片片凋零吧……"太吉郎说道，"只是对我来说有点厌烦，郁金香的花太多了。颜色太过艳丽，反而失去韵味了……大概因为我年纪大了。"

"走吧。"秀男催促太吉郎，"以往拿来我家的腰带，上面都不是真正的郁金香，那只不过是纹样。今天真是眼前一亮了。"

太吉郎一行五人离开了郁金香园，沿着石阶上山。

石阶旁边与其说围着树篱笆，不如说有一片雾岛杜鹃花群，像堤岸一样蓬勃生长。虽然现在还不是杜鹃花的花期，但那嫩绿的新叶把郁金香的花朵衬托得更加鲜艳了。

走上石阶，只见右边有一片开阔的地方，那是牡丹园和芍药园。这些园圃的花还没有开放。而且大概是新建的，人们对这里不太熟悉。

然而，从东边可以望见比睿山。

比睿山、东山和北山，几乎可以从植物园的各个角落看到。但位于东边的比睿山，好像就在芍药园的正对面。

"比睿山浓雾缭绕，看起来显得特别低矮呢。"宗助对太吉郎说。

"可能是因为春霞，所以显得温柔……"太吉郎眺望了一会儿，又说，

"不过，大友先生，你看那春霞，有没有感到春天已经远去了？"

"是吗？"

"因为那浓雾，反而……春天也要远去了。"

"确实。"宗助又说，"时间过得真快，我还没机会好好去赏花呢。"

"也没什么可惜的。"

两人默默地走了一会儿。

"大友先生，我们从樟树林荫道那边走回去吧，如何？"太吉郎说道。

"太好了，谢谢。我只要能走走那条林荫道就满足了。来的时候也是从那边经过的……"宗助回头对千重子说道，"小姐，跟着我们一起走吧。"

林荫道下，两边的樟树树枝交错在一起。树梢上的嫩叶还是娇嫩的淡红色。虽然没有风，有的树枝却在微微摇曳。

他们五人默默地慢步缓行着，一句话也没说。每个人的思绪都在树荫下涌现。

太吉郎还记得秀男曾经说过的话，用奈良、京都最雅致的佛像比喻千重子，说她比那些佛像更美丽。秀男已经对千重子如此倾心了吗？

"可是……"

倘若千重子嫁给秀男，她能在大友家的纺织厂里做哪个工种呢？会像秀男的母亲一样起早贪黑地缫丝吗？

太吉郎回过头去看，千重子正与秀男交谈着，不时地点头。

太吉郎心想，虽说是"结婚"，但千重子不一定会嫁到大友家，也有可能招秀男到佐田家当上门女婿嘛。

千重子是独生女。如果她出嫁的话，母亲阿繁该有多伤心啊。

秀男也是大友的长子。但父亲宗助说过，秀男的手艺比他好。不过还有老二和老三两个儿子呢。

此外，佐田家"丸太"商号的生意也趋于衰败，甚至店里的旧设备也无法修缮。但他毕竟是中京的批发商，只拥有三台手织机的作坊和它肯定不好比。没有一个雇佣员工，只靠家庭手工，生活可想而知了。这从秀男母亲朝子的样子，以及简陋的厨房里也能看出来。即便秀男是长子，如果好好商量一下，也有可能愿意成为千重子家的上门女婿。

"秀男这孩子很可靠啊。"太吉郎试着对宗助说,"别看他年纪轻轻,但真的是值得依靠的人呢……"

"嗯,谢谢。"宗助随口答道,"他工作一向很卖力,可是一到人前,他就会鲁莽起来……做出失礼的事情呢。"

"这不算什么。自打那次之后,最近我一直被秀男数落个不停……"太吉郎反而开心地说道。

"真是的,请你原谅,那孩子就是这样子。"宗助低着头,"父母的话,只要他无法理解,就不会听的。"

"这倒没什么。"太吉郎点点头表示赞同,"今天为什么又只带了秀男一个人出来呢?"

"如果带上他弟弟,我们的织机不就会停下来了吗?而且,这孩子脾气很倔,我想,让他在我喜欢的樟树林荫道上走走,或许会变得文雅一些……"

"是啊,那条林荫道真不错。其实呢,大友先生。我也是因为收到了秀男的友善忠告,才带着阿繁和千重子来植物园的。"

"真的?"宗助惊讶地盯着太吉郎的脸,"恐怕你是想见见令千金吧?"

"不不,不是的。"太吉郎慌忙否定道。

宗助回头看了一眼,只见秀男和千重子落在后面,阿繁落在最后。

走出植物园的大门,太吉郎对宗助说:

"这辆车你用吧。西阵很近的,我们就顺路沿着加茂川堤稍微走一段……"

正当宗助犹豫不决时,秀男说:

"那我们就不客气了。"

于是秀男把父亲先送上了车。

佐田一家站在那里目送着车离开。宗助挺起腰从座位上站了起来,行了一礼,而秀男则微微点了点头。

"这孩子真有意思。"太吉郎回想起扇秀男耳光的事情,一边忍住笑一边说,"千重子,你和秀男聊得这么好呀。他在年轻姑娘面前是不是很害羞?"

千重子的目光害羞地闪烁着说:"您是说在樟树林荫道上?我只是听着而已,不知道为什么他会跟我这样的人讲这么多……"

"嗯,那是因为他喜欢你,难道你感觉不到吗?他曾说你比中宫寺和广隆寺的弥勒佛还美丽……连爸爸都吃了一惊，那么一个倔强的小伙子，竟然说出这么了不得的话。"

"……"千重子感到十分惊讶，脸红到了脖子根。

"你们在谈些什么呢？"父亲问道。

"说了一些关于西阵纺织的命运之类的事情。"

"命运？哎呀呀。"父亲陷入一阵思考。

"提起命运，话题就变得深奥了。嗯，命运……"女儿回答道。

走出植物园，右手边是加茂川的堤岸，立着一排排松树。太吉郎在松树之间穿梭，走在前面，最后下到了河滩。虽然称作河滩，其实就是一片狭长而碧绿的绿野。坐在碧绿的草芽上吃饭的是一些上了年纪的人，而走着的则是年轻的男女。

河对岸也有一个专供游人散步的地方，位于车道入口的下方。从远处樱花树稀疏的缝隙中，可以看到后面正中间位置的爱宕山，与西山相连接，连绵起伏。河流上游，快要靠近北山。这一带是风景区。

"我们坐下来吧。"阿繁提议。

从北大路桥下面可以看到绿野上晾着一些友禅。

"啊，春天来了。"阿繁望了一眼四周的景色。

"阿繁，你觉得秀男那孩子怎么样？"太吉郎问道。

"怎么样是指什么？"

"我想让他当我们的女婿……"

"什么？你突然提这样的事……"

"他很可靠的。"

"是的，话虽如此，但是你最好先问问千重子。"

"千重子一直都说绝对服从。"太吉郎看向千重子，"对吧，千重子？"

"我不会强迫她做那样的事情。"阿繁也看向千重子。

千重子低下头，眼前浮现出水木真一的面庞。那时的他还是个小孩子，画眉毛，涂口红，身穿王朝风格的服装，坐在祇园祭的花车上。这是真一幼时的形象。——当然，那时候的千重子，也还是个小孩子。

北山杉

从古平安王朝起,在京都,论山,当数比睿山,论节日,当数加茂祭。

葵祭①已经在五月十五日过去了。

从昭和三十一年开始,葵祭的队列中加入了斋王一行。斋王在进入斋院前,会在加茂川中净身,这是古代流传下来的传统仪式。由坐在彩轿上、身穿礼服的命妇②在前作为先导,女嬬③、童女在旁作为随从,乐师吹奏音乐,斋王则乘着牛车,穿着十二单衣。由于装束要求,斋王一般由女大学生这样的年轻人扮演,因此显得格外华贵高雅。

千重子在学校的朋友中,也有被选为斋王的女孩。那时候,千重子和她们一起去加茂川的河堤上观看了队列游行。

在古神社、寺庙众多的京都,几乎每天都会举行规模不同的祭典,有大有小。五月更是如此,到处都在进行庆典活动。

茶室、临时摊位、茶釜,几乎随处可见,简直供不应求。

但是,今年五月,千重子却连葵祭也错过了。或许是因为五月多雨,抑或是因为她从小就被带去参加各种庆典活动。

赏花固然好,千重子还是喜欢去看青翠的新叶。高雄附近自不必说,她也极其喜爱若王子一带枫树的新绿。

友人从宇治寄来了新茶,千重子一边沏茶一边说:

---

① 葵祭,又称加茂祭,是日本最重要的祭典之一,与时代祭、祇园祭一起被称为"京都三大祭"。起源于1400多年前的钦明天皇五年,通常在每年5月15日举行,目的是祈求丰收和平安。

② 日本古代宫廷中身份较高的女官,通常负责教导皇子、皇女的文化礼仪,也参与宴会、茶会、庆典等活动的接待和管理。

③ 日本古代宫廷中身份较低的女官,通常在宫廷中承担服侍皇后、贵妃和皇子等贵族成员的职责,参与宫廷礼仪、文化活动以及日常生活的管理。

"妈妈，今年竟然糊里糊涂忘了去看采茶了。"

"采茶嘛，现在应该还有的。"母亲说。

"是啊，或许呢。"

那时候的植物园林荫道两旁的樟树丛，就像抽芽的花朵般美丽，虽然开得有些迟了。

千重子的朋友真砂子打来电话，向她发出邀请：

"千重子，一起去看高雄的枫叶新绿吧，比赏红枫的时候人少多了。"

"时间不会太晚吧？"

"那儿比城里冷，但也还可以。"

"嗯。"千重子稍微停顿了一下，接着说，"你知道吗，刚才在平安神宫看完樱花后，应该去周山看樱花才好呢，结果却完全忘记了。那些古老的樱花树……现在可能已经凋零了，但是我还是想去看看北山的杉树。离高雄也很近嘛。看到北山杉壮美挺拔的身姿，我的内心就会感到平静。你能带我去看杉树吗？比起枫树，我更想看北山杉。"

千重子和真砂子既然来到这里，当然还是决定去看一看高雄的神护寺、槙尾的西明寺和栂尾的高山寺等地的枫树绿叶。

神护寺和高山寺都有陡峭的山路。真砂子穿着初夏轻便的洋服，踩着低跟的鞋子倒也还好。但是千重子穿着和服，不知道会不会太累。真砂子有点担心她。然而，千重子看上去并没有不适的样子。

"为什么老盯着我看呢？"

"好美啊！"

"好美啊！"千重子停下脚步，俯瞰着清泷川的方向，说，"我本以为绿树应该更茂密一些，但没想到会这么凉爽。"

"我是说……"真砂子忍住笑说道，"千重子，我说的是你呀。"

"……"

"怎么会有这么温柔美丽的姑娘呀。"

"真讨厌！"

"你这身朴素的衣服，反而在绿色的背景中衬托出你的美丽。要是穿着华丽的衣服，也许会更靓丽……"

千重子穿着稍许有些暗淡的紫色和服，腰带是用父亲毫不吝惜地切下的细长丝绸制成的。

千重子登上石阶。在神护寺里，有平重盛①和源赖朝②的肖像画，即安德烈·马尔罗③的被称为世界名画的肖像画。那平重盛脸上隐约还残留着一抹红色。每当千重子想起那脸颊上的一抹红色时，就会想起真砂子告诉她的这些话。事实上，千重子以前也多次听真砂子说过类似的话。

在高山寺，千重子喜欢站在石水院的走廊上，眺望对面的山景。她也喜欢欣赏开祖明惠上人树上坐禅的肖像画。房间的一侧，展示着《鸟兽戏画》的复制品，两人在这里受到了献茶的款待。

真砂子从未走进过高山寺的更深处。这里通常是观光游客止步的地方。

千重子记得曾经跟着父亲去周山赏花，采摘了一些山蕨回来。那时采到的山蕨又粗又长。如今只要到高雄，哪怕一个人，也要去北山的村庄走一走。现如今它已经合并到城市里，成了北区中川北山町。这里只有一百二三十户，所以被称为村更贴切。

"我们一直都习惯走路的，还是走走吧。"千重子说道，"这条路也很好。"

走到清泷川的岸边，陡峭的山坡逐渐出现。不久，一片美丽的杉树林就呈现在眼前。那些杉树整齐地耸立着，一看便知道经过了精心修剪。珍贵的北山杉圆木，只有在这个村庄才产得出来。

下午三点钟的午休时分，似乎有一帮女子从杉山上走下来。

真砂子突然站住，目不转睛地盯着其中一位女子。

"千重子，那个人好像跟你很像哦。不觉得吗？"

那姑娘身穿藏青底色白花纹的窄袖和服，斜系着背带，下身穿着工作服，系着围裙，戴着手套，头上还罩着头巾。围裙一直连到后背，两边开叉。只

---

① 平重盛（1138—1179），日本平安时代末期的武将、公卿，平清盛的嫡长子。作为平氏政权初代继承人，他进一步扩大家族影响力，是在平安时代末期的兴盛和衰亡中扮演重要角色的人物之一。

② 源赖朝（1147—1199），日本平安时代末期至镰仓时代初期的武将、政治家，源义朝的第三子。镰仓幕府首任征夷大将军，也是日本幕府制度的建立者。

③ 安德烈·马尔罗（André Malraux，1901—1976），法国20世纪重要的小说家、艺术家和政治家，曾在法国政府担任要职，并在二战期间加入了法国抵抗运动。作品风格多样，包括小说、散文、回忆录和政治著作，以冒险、革命、战争等主题居多。代表作有《人的境遇》《王家大道》《希望》等。

有从背带和工作服里露出来的细腰带是带红色的。其他姑娘也是一样的打扮。

她们的服装和大原女①、白川女大致相似，不过这不是为了到城里卖东西而准备的，而是到山上劳作的装束。这大概就是在日本乡野和山间工作的女子的装束吧。

"真的很像，太不可思议了。千重子，你好好看看呀。"真砂子一再重复。

"是吗？"千重子并没有仔细看，"你啊，总是这样冒失。"

"什么冒失？多么漂亮的人啊……"

"漂亮倒是漂亮，可是……"

"简直就像你遗弃的亲骨肉一样呢。"

"胡说，你就是这样冒冒失失的。"

真砂子被这样一说，察觉自己失言了，立即捂住嘴巴，忍住笑说："虽然人的样貌偶尔也会出现相似的情况，但是这也太离奇了啊。"

那个姑娘和她的同伴们几乎没有注意到千重子和真砂子，径直从她们两个身边擦身而过了。

那个姑娘把头巾拉得很低，前额稍稍露出，但脸颊已经半遮半掩。不像真砂子所说，能清晰看见她的容貌，也没能正面瞧见。

再说，千重子曾经来过这个村好几次，看到过男人们粗粗地剥去杉树的圆木皮后，女人们会再仔细地剥一遍，还有将菩提瀑布的沙子用水或温泉水软化，用来打磨圆木的场景。她还模糊地记得这些姑娘的面庞。那些加工活儿都是在路边或户外进行的。在这个小山村里，姑娘并不多。当然，她也没有一个个仔细观察过每个姑娘的脸。

真砂子目送姑娘们的背影远去，才稍微安定了下来。

"真奇怪啊。"她重复着，然后像要仔细端详千重子的脸似的，歪着头说，"果然真的像啊。"

"哪里像了？"千重子问道。

"这个嘛，怎么说呢，就是感觉吧。很难具体说出哪里像，眼睛、鼻子……中京的小姐和这山村里的姑娘，自然是不同的。请原谅。"

---

① 大原女是居住在京都北部大原地区的女性，以叫卖的方式推销当地特产、手工艺品或其他商品。

"瞧你说的……"

"千重子，咱们跟在那个姑娘后面，到她家里看看如何？"真砂子恋恋不舍地说。

千重子并不会真的跟到那个姑娘家。即使阳光开朗的真砂子那样提议，也只是说说而已。然而，千重子停下脚步，放慢步伐。她时而仰望杉山，时而凝视家家户户门口排列着的杉圆木。

白杉圆木几乎一样粗细，被打磨得很光滑。

"简直像工艺品一样呢。"千重子说道，"听说还能用来修建茶室，甚至要卖到东京、九州去呢……"

一排排的杉木整齐地立在屋檐前，二楼也是如此。有一户人家，在二楼那排杉圆木的前面晾着汗衫等衣物。

真砂子惊奇地望着，感叹道："这家人说不定就住在杉圆木的行列中间呢。"

"你可真冒失啊，真砂子……"千重子笑着说道，"在圆木小屋旁边，不是有很漂亮的住宅吗？"

"啊，二楼还晾着衣物呢……"

"真砂子，你说那个姑娘像我，也是这样随口说说的吧？"

"这是两回事。"真砂子变得认真起来，"如果我说你像她，你会觉得遗憾是吗？"

"倒不是遗憾，只是……"千重子说着，突然脑海中意外地浮现出那个姑娘的眼睛——一个健康的劳动者的样子，眼睛里沉淀着浓重而深沉的忧郁。

"这个村子里的女人们，真的都很勤劳。"千重子像是要避开话题似的说道。

"女人和男人一起干活儿，也没什么稀奇的。农家小户嘛，都是这样的。开菜店啊，摆鱼摊啊，都是一样的……"真砂子轻松地说道，"像千重子这样的大小姐，对什么都感到好奇呢。"

"我在家也是这样干活儿的，你说的是你自己吧。"

"嗯，我在家确实不干活儿。"真砂子爽快地回答。

"干活儿这件事，虽然说起来容易，但我真想让你看看这个村子的姑娘们干活儿的场景。"千重子再次望向杉山，"已经到了'修枝'的时候了吧。"

"'修枝'是什么意思？"

"就是为了让杉树长得更好，用剪刀修理掉多余的枝叶。据说有时候也会用梯子，像猴子一样从一个树梢跳到另一个树梢……"

"多危险啊！"

"也有人清晨上山，直到午饭的工夫也不下山……"

真砂子也抬头仰望着杉山。树干一排排笔直挺立着，实在壮美。树梢上残留的叶子也像精心制作的艺术品一样。

山并不高，也不太陡。山顶上整齐排列着一棵棵杉树，仿佛一抬头就能够望得见。因为这些杉木是用于修建茶室的，所以杉林的形态看上去也有茶室的味道。

只是，清泷川两岸的山坡陡峭，谷底狭窄。据说此地降雨量大，阳光稀少，这也是杉树这种名木得以生长的一个天然条件。风也自然地被挡住了。如果受到强风的影响，杉树也会向新长的较为柔软娇嫩的地方弯曲或歪斜。

村子里的房屋在山脚下、河岸边一字排开。

千重子和真砂子一直走到小村子的尽头，然后才折了回来。

他们看到一户正在打磨圆木的人家。女人们把泡在水里的圆木拿起来，然后用菩提沙子仔细地打磨。这种沙子看起来像是红色的黏土，据说是从菩提瀑布下游打捞来的。

"如果那个沙子用完，该怎么办呢？"真砂子问。

"一下雨，它就会随着瀑布的水流一起冲落下来，堆积在下游。"一位年长的妇人回答道。真砂子心想：说得倒是很容易呢。

然而，正如千重子所说，这里的女人们干起活儿来确实手脚麻利。这些五六寸粗的圆木，可能是用来做柱子之类的吧。

打磨过的木材要经过水洗和晾晒，然后用纸或者稻草包裹起来，等待出售。

一直到清泷川石滩，还有些地方种植着杉树。

从山上整齐站立的杉树和屋檐前排列的杉木间，真砂子仿佛看到了京都古屋那一尘不染的红格子门。

村子的入口处,有一个叫菩提道的国铁公共汽车站。再往上走,应该有个瀑布。

她们两人从那里坐上了回程的公共汽车。片刻沉默后,真砂子突然说道:

"一个女孩子,如果能像那些杉树一样挺直腰板成长就好了呢。"

"……"

"可惜我们得不到那样的精心呵护与栽培呢。"

千重子快要笑出声来了。

"真砂子,你有约过会吗?"

"嗯,有过。坐在加茂川边的青草地上……"

"……"

"木屋町沿河的纳凉亭上,多了好多客人,灯也开始点起来了。因为我们背对着他们,所以对纳凉亭里的人来说,是看不见我们的。"

"今晚呢?"

"今晚七点半也有约会。虽然天还有点亮。"

千重子觉得,这种自由多么令人羡慕啊。

穿过中庭的庭院深处,千重子一家三口正坐在客厅里享用晚餐。

"今天岛村先生送来了瓢正饭馆的竹叶寿司,家里只准备了一个汤,没有其他菜,请原谅。"母亲对父亲说。

"这样啊。"

鲷鱼竹叶寿司是父亲最爱吃的。

"因为掌勺大厨回来晚了……"母亲指的是千重子,"她又和真砂子一起去看北山杉啦……"

"嗯。"

伊万里①盘子里盛放着满满的竹叶寿司,包裹成三角形的竹叶一剥开,里面露出切成薄片的鲷鱼片。汤碗盛着豆腐皮做的汤,里面还有少许香菇。

太吉郎的店铺和外面的格子门一样,仍然保留着京都批发商的风格,不过现在已经变成了公司,原本的代理人和店员都成了职员。大部分人改成每

---

① 位于日本佐贺县西部,盛产瓷器。

天从家里来上班，只有从近江来的两三个学徒工住在镶着小格子窗的二楼。晚饭时候的客厅很安静。

"千重子很喜欢去北山杉的村子呢。"母亲说，"这是什么原因呢？"

"因为我觉得，那些杉树都长得笔直挺拔，如果人类的心灵也能如此就好了。"

"那不是和你一样吗？"母亲说道。

"不，不是的，我心里有些地方是弯曲的，有些地方是歪斜的……"

"那也是。"父亲插嘴说道，"不管多么正直的人，也总会有各种想法的。"

"……"

"那样也好啊。像北山杉一样的孩子当然很可爱，但如果真的存在的话，一旦某些时候遭遇麻烦了，也很容易上当受骗。即使树木，也会弯曲、歪斜，只要能长大就没关系，爸爸是这么想的……看看我们这个小庭院里的那棵枫树吧。"

"像千重子这样的好孩子，你还有什么好说的呢？"母亲脸上泛起不悦的神色。

"我知道，我知道，千重子是个正直的孩子……"

千重子把脸转向中庭，沉默了一会儿。

"那棵枫树多顽强啊，可是我却……"千重子的话音中夹杂着一丝哀愁，"我顶多就是生长在枫树凹窝里的紫罗兰。哎呀，紫罗兰花不知何时已经凋谢了。"

"是啊……明年春天一定会重新开花的。"母亲说。

千重子低下头，目光停留在枫树根旁的基督像灯笼上。在屋内的光线照射下，看不清破旧的圣像，但她似乎在祈祷着什么。

"妈妈，我到底是在哪里出生的呢？"千重子问道。

母亲与父亲对视了一眼。

"是在祇园的樱花树下呀。"太吉郎断然说道。

出生在祇园的夜樱下，不就像《竹取物语》的故事了吗？如同竹节里出生的辉夜姬一样。

正因为如此，父亲才那样断然回答。

千重子想：如果是在樱花树下出生的话，像辉夜姬那样，也许会有人从月宫里下来，迎接我回去呢。她想出了一个轻松的玩笑，但没有说出口。

无论是被遗弃的，还是被抢走的，千重子究竟是在什么地方出生的，父亲和母亲都不知道。就连千重子的亲父母，他们也不知道。

千重子后悔自己问了这样不愉快的问题。然而，她似乎觉得，还是不道歉为好。连她自己也不明白，为什么又要突然问起。说不定因为模糊地回忆起真砂子说的那个北山杉村的姑娘，与自己长得一模一样……

千重子不知道往哪里看，只能凝视着枫树的高枝。不知是因为月亮出来了，还是因为闹市区的灯火映照，夜空变得苍白一片。

"变成了夏日天空的颜色呢。"母亲阿繁抬头望着夜空说，"千重子，你就是在这家里出生的。虽然不是我生的，但就是在这家里出生的啊。"

"是的。"千重子点了点头。

正如千重子在清水寺对真一所说的那样，千重子不是从赏夜樱的圆山公园里抢来的，而是被人遗弃在店门口，太吉郎发现了把她抱回去的。

那是二十年前的往事了。太吉郎当时也不过三十出头，生活潇洒散漫。妻子一开始不敢轻易相信丈夫的话。

"你这话说得好听……该不会是你和艺伎生了带回来的吧。"

"胡说！"太吉郎骤然变了脸色。

"你好好看看我给这孩子穿的衣服，这是艺伎的孩子吗？瞧，是艺伎的孩子吗？"太吉郎说着，将孩子推给妻子。

阿繁接过孩子，把自己的脸颊贴在婴儿凉凉的脸颊上。

"这个孩子，我们该怎么办呢？"

"去里面慢慢商量吧。你怎么愣住了？"

"她是刚生下来的呢。"

因为不知道亲父母，所以不能收作养女，在户籍登记时就作为太吉郎夫妇的亲生女儿，取名千重子。

有一种通俗说法：要是领养一个孩子，这家里面就会跟着生一个孩子。但是，阿繁没有生育自己的孩子。千重子就作为独生女被太吉郎夫妇养育和疼爱着。这么多年过去了，太吉郎夫妇也不再纠结于千重子到底是被谁遗弃的。至于千重子的亲父母的生死，已无从得知。

晚餐后的收拾很简单，只要整理竹叶寿司的竹叶，收拾好汤碗就好了，全由千重子一个人负责。

然后，千重子回到二楼自己的卧房里，翻看着父亲带回来的保罗·克利和夏加尔的画册。看着看着，她睡着了。入睡没多久，千重子被噩梦惊醒。

"啊啊！啊啊！"千重子叫喊道。

"千重子，千重子。"母亲从隔壁房间喊她，还没来得及等她答应，就打开了隔扇门。

"你刚才在大叫。"母亲走进来，"是做噩梦了吗？"说着在千重子身边坐下，打开床头的灯。

千重子就这样坐在床上。

"哎呀，出了这么多汗。"母亲从千重子的梳妆台上拿来一块纱布手巾，帮千重子擦了擦额头和胸口的汗。千重子任凭母亲帮她擦拭。多么娇美白皙的胸脯啊！母亲想。

"来，胳肢窝……"母亲说着把毛巾递给千重子。

"谢谢您，妈妈。"

"是做了恐怖的梦吗？"

"是的。梦见从高处掉下来……太可怕了，在一片蓝色中唰地飞速下落，掉进一片漆黑的深渊，深不见底。"

"谁都会做这种梦的。"母亲说，"但总也掉不到底呢。"

"……"

"千重子，小心别着凉，要不要换件睡衣？"

千重子点了点头，内心仍未平静下来。她刚试着站起来，就感觉脚下有些不稳。

"没事，没事，妈妈帮你拿。"

千重子还在原地坐着，腼腆而利索地换上了睡衣。她正要去叠换下来的衣服，母亲赶紧接过来："就这样吧，不要叠了，反正要洗的。"母亲说着拿走了换下的衣服，随意地丢到角落里的衣架上，然后又坐到千重子的床边。

"那只是个梦而已……千重子，你没有发烧吧？"母亲把手心贴在女儿的额头上试了试。不但没有发烧，反而是冰凉的。

"唉，也许是去北山杉村，一路走得太累了吧。"

"你看起来脸色不好，妈妈过来陪你睡吧。"母亲说罢便要把床铺拿到这里来。

"谢谢妈……我已经没事了，你放心地去睡吧。"

"是吗。"母亲一边说一边钻进了千重子的被窝。千重子往旁边挪了挪身子。

"千重子，你已经长大了，妈妈不能再抱着你睡了。啊，多有意思呀！"

然而，母亲却先安稳地进入了梦乡。千重子轻轻伸手摸了摸母亲的肩膀，像怕她着凉似的，然后熄灭了灯。千重子却辗转反侧，无法入眠。

千重子做了一个漫长的梦。她向母亲讲述的，只是这个梦境的结尾。

起先，这个梦似乎并不像一个梦，不如说介于梦境和现实之间。千重子回忆着今天和真砂子一起去北山杉村的场景。真砂子所说的像千重子的那个姑娘，如今在梦中却变得更加神秘。

后来，在梦的结尾，她陷入了一片蓝色的深渊，这蓝色或许来自深藏在她心中的杉山。

鞍马寺的伐竹会①是太吉郎喜欢的节庆活动，大概是因为富有男子气概。

对太吉郎来说，年轻时就看过许多次了，所以并不感觉稀奇。不过，他想带着女儿千重子一起去看看。尤其是今年，据说因为经费不足，鞍马寺十月间的火祭也要取消了。

太吉郎担心下雨。伐竹会在六月二十日举行，正值梅雨季节。

十九日的梅雨，下得比平时大。

"如果一直这样下的话，明天估计就能停了。"太吉郎不时望向天空。

"爸爸，这点雨算什么，我可不怕。"

"话虽如此，但是天气要是不好的话，总是……"父亲说。

二十日，雨还在一直下个不停。

"把窗和门都关好。这讨厌的潮湿，会让和服面料发霉的。"太吉郎对店员说。

---

① 每年 6 月 20 日，京都鞍马寺在该寺毗沙门堂上举行由众法师持大刀砍伐青竹的仪式。

"爸爸，那我们不去鞍马寺了吗？"千重子问父亲。

"明年还有机会的，今年就算了。这会儿鞍马山肯定被云雾笼罩着……"

去伐竹会帮忙的大部分是当地村民，而不是僧侣。他们被称为法师。伐竹的准备工作在十八日就得开始进行，将雄竹和雌竹各四根，分别横捆在正殿左右两侧的圆柱上。雄竹要砍掉根部并保留叶子，雌竹则保留根部。

面向正殿，左侧是丹波座，右侧是近江座，这是古代流传下来的称呼。

当班的随从身穿传统素绸服饰，脚踩武士草鞋，系上玉带子，佩带两把刀，头缠黑白头巾，腰间携带南天竹叶。伐竹的山刀则被装在锦囊中，然后由开路者引领，向山门进发。

大约下午一点，身穿十德服的僧侣吹响法螺，伐竹仪式便开始了。

两名童男童女齐声喊：

"伐竹神事，恭喜贺喜。"

向管长表示祝贺。

然后，两名童男童女分别进入左右两座，赞美道：

"近江之竹，美哉美哉。"

"丹波之竹，美哉美哉。"

伐竹的时候先砍掉固定在圆木上的较粗的雄竹，然后整理好。较细的雌竹则保持原样。

两名童男童女再次向管长宣告："伐竹完成。"

僧侣们走进内殿开始诵经。撒供神的夏菊花，以取代莲花。

接着，管长从祭坛上走下来，打开桧扇，上下各扇三次。

伴随着"嚯——"的一声，近江和丹波两座各派两人，将竹子砍成三段。

太吉郎本想让女儿看看这伐竹的仪式，但由于下雨而犹豫不决。正在这时，秀男腋下夹着一个小包走进格子门。

"小姐的腰带终于织好了。"他说。

"腰带？"太吉郎十分诧异地说，"我女儿的腰带吗？"

秀男跪坐着后退了一步，毕恭毕敬地行了个礼。

"是郁金香的图案的……"太吉郎随意地说。

"不，是您在嵯峨的尼姑庵里绘制的……"秀男认真地答道，"那时我年少气盛,对佐田先生太失礼了。"

太吉郎心里暗自惊讶,说:"哪里,只是偶尔画着玩玩,图个乐罢了。经你提醒后,我就清醒了,应该我感谢你才对。"

"那条腰带我已经织好,所以就送过来了。"

"什么?"太吉郎非常吃惊,"那张画稿我已经揉成一团,扔进河里了啊。"

"您扔掉了吗?……原来是这样。"秀男不动声色地说道,"只要我看过一遍,就印在我的脑海里了。"

"这大概就是生意人的本事吧。"太吉郎说着,表情阴沉了下来,"不过,秀男,我扔到河里的画稿,你为什么要把它织出来呢?嗯?为什么还要织它呢?"

太吉郎反复问了好几遍,心中涌动着一种既非悲伤又非愤怒的复杂情绪。

"秀男,你不是说过我这幅图的构思不协调,既荒凉又病态吗?——秀男,这不是你说的吗?"

"……"

"所以,我一从你家门口出来,就把画稿扔进了小河里。"

"佐田先生,请您原谅我吧。"秀男再次行礼道歉。

"我那时也是被迫织了一些索然无趣的东西,所以疲惫不堪,脑子里乱糟糟的。"

"我的情况也一样。嵯峨的尼姑庵虽然环境清净,可是只有一位年长的尼姑,白天只有雇来的老婆婆来帮忙,孤单,太孤单了……加上我家的生意也岌岌可危,所以你说的那番话对我来说确实有道理。像我这样一个批发商,又不是靠画画稿生活,更没有必要去追求那些新奇的画稿。但是我……"

"我也考虑了很多。自从在植物园遇见小姐后,我又重新考虑了一下。"

"……"

"那您要看看这腰带吗?倘若不满意,您就当场用剪刀把它剪碎,没关系的。"

"哦。"太吉郎点了点头,然后喊着,"千重子!千重子!"把女儿唤了过来。

正在账房和掌柜一起坐着的千重子站了起来。

秀男的一双浓眉下,嘴唇紧闭着,表情中似乎带着自信,然而他解开包袂的手指却在微微颤抖着。

秀男对太吉郎很难再开口了，于是转向千重子。

"小姐，请您看看。这是按照令尊设计的图案织的。"说着他把卷着的腰带递给千重子，动作变得僵硬而拘谨起来。

千重子轻轻展开带子的一端，说：

"啊，爸爸！这是从克利的画集里获得的灵感吧，是在嵯峨对吧？"说着，她把腰带放在膝盖上摊开，"哎呀，真是美极了。"

太吉郎苦笑着，默默无语，但内心对于秀男竟然能这样完整地记住那张画稿，感到无比震惊。

"爸爸。"千重子带着孩子气兴奋地说道，"这可真是一条好腰带啊。"

"……"

然后，千重子摸了摸腰带的质地。

"织得真结实啊。"她对秀男说。

"嗯。"秀男低着头。

"可以在这里把它展开，让我看看吗？"

"行。"秀男回答。

千重子站起身，走到两人面前，把腰带展开。她把手放在父亲的肩上，站在那儿欣赏着。

"父亲，您觉得怎么样？"

"……"

"很好看，不是吗？"

"真的好看吗？"

"是啊，太棒了，谢谢爸爸。"

"你再仔细看看。"

"这是新式的纹样，当然还要看搭配什么样的和服……不过这的确是一条好腰带呀。"

"是吗？那好吧，如果你喜欢的话，就向秀男道个谢吧。"

"秀男先生，太感谢你了。"千重子跪坐在父亲身后，向秀男鞠躬行礼。

"千重子。"父亲喊道，"这条腰带协调吗？心灵上的协调……"

"嗯？什么协调？"千重子被突如其来的问题弄糊涂了，又看了看腰带，说，"所谓协调，还得看这件和服与穿这件和服的人是否协调……如今还流行故意打破协调的这种服饰呢。"

"嗯。"太吉郎点点头，"事实上呢，千重子，当我给秀男看这条腰带的画稿时，他就说这里面不协调。然后，我就把那张画稿扔到他们家旁边的小河里了。"

"……"

"然而，当我看到秀男织出来的腰带时，就觉得和我丢掉的画稿简直一模一样。虽然颜料和彩线方面，色泽略微有点差别。"

"佐田先生，请您原谅我。"秀男双手合十，低头道歉。

"小姐，我有个冒昧的请求，能不能请您把腰带系上试试看呢？"

"就配这件和服……"千重子站起身，系上了腰带。她立刻变得靓丽光鲜起来，太吉郎的表情也变得平和了起来。

"小姐，这是您父亲的杰作啊。"秀男的眼中闪烁着光芒。

祇园祭 ///——

千重子提着一只大购物篮离开了商店。她沿着御池大街往上走，正要去麸屋街的汤波半。从比睿山到北山的天空，如燃烧的火焰般，一片火红。她站在御池大街上，驻足眺望了许久。

夏日的天光很长，还不到晚霞夕照的时分，但天空的颜色并不单调，像是有一团热烈的火焰在空中燃烧着。

"还有这样的景色啊，我还是第一次看到。"

千重子拿出一面小镜子，在浓郁的云彩中照了照自己的脸。

"忘不掉啊，一辈子都忘不掉……人啊，还是心情主导一切。"

比睿山和北山都被染上了天空的色彩，呈现出浓郁的深蓝。

汤波半已经做好了豆皮、牡丹豆皮和八幡卷。

"您来啦，小姐。祇园祭期间，店铺实在繁忙，我们只好优先接待老顾客了，请您多多包涵。"

这家店铺向来只接受顾客预订的订单。在京都，卖糕点的也有这种类型的店铺。

"是祇园祭用的吧？这么多年受到您的照顾，谢谢了。"汤波半的女店员边说边把做好的东西塞进千重子的篮子里，塞得满满的。

所谓八幡卷，就像鳗鱼卷一样，在豆皮里放上牛蒡，再卷起来。牡丹豆皮就像炸豆腐丸子，是用豆皮包上银杏之类的东西。

汤波半是一家有着两百多年历史的老字号，在所谓的大火灾中也没有被焚毁。有的地方进行了修复……比如，在小天窗上安装了玻璃，用来制作豆皮的火坑炉，也换成了砖砌的。

"以前煮豆浆的时候，烧炭扬起的粉末会不断落到豆皮上，所以之后就决定改烧木屑了。"

"……"

被方形铜隔板隔成一格一格的锅子里，表层的豆皮逐渐凝结，店员用竹勺巧妙地捞起，晾晒到上面的细竹竿上。细竹竿有上下好几层，豆皮晾干了，便将竹竿顺次往上挪。

千重子走进作坊最里头，把手搭在那古老的柱子上。每次和母亲一起来这里，母亲总会细细抚摸这古老的梁柱。

"这是什么木头？"千重子问。

"这是桧木，一直长到顶上，笔直笔直的……"

千重子也摸了摸这根陈旧的梁柱，然后走出了店门。

在千重子回去的路上，祇园祭的排练气氛越来越热烈。

远道而来的游客们大多以为，祇园祭只有七月十七日这一日才有花车巡游，所以都会在十六日晚上来观赏宵山。

其实祇园祭是一直持续到七月最后一天的，每一天都不间断。

七月一日起，各街道都纷纷开始花车巡游，举行"迎吉符"仪式，演奏节庆音乐等。

每年都由童男童女乘坐的花车走在游行队伍的前头。至于其他花车的顺序，则在七月二日或三日的仪式上由市长抽签决定。

花车的组装一般会在前一天完成。七月十日的"洗神轿"为典礼拉开序幕。在鸭川的四条大桥上"洗神轿"，说是"洗"，其实只是由神官把杨桐叶在水里浸一浸，然后洒向神轿。

接着，十一日童男童女们会前往祇园神社[①]。他们乘坐着长刀花车，骑在马上，身着礼服，头戴乌帽，带着供奉品，前往接受五位官衔。五位以上则称为"殿上人[②]"。

从前神佛混杂，童男童女左右的小侍从曾被比作观音和势至两尊菩萨。

[①] 这里指的是供奉祇园祭神的八坂神社，位于京都东山区，是固定举办祇园祭的场所，也称"祇園神社"。原文中的"祇園さん"即指八坂神社。

[②] 古代日本宫廷体制中的高级官员，在皇室仪式和政治事务中扮演重要角色，具有决策和影响力。可以出席重要宴会和典礼，并与皇帝和其他高级官员交流和互动。

还曾让童男童女接受神位，以此视为童男童女与神举行婚礼。

"这太可笑了，我可是男子汉啊！"当水木真一被选为参加祭礼的男童时，他曾这么说过。

不止这样，童男童女还要吃"别灶"。也就是说，他们吃的食物要用不同的炉灶来烧，以表净化的意思。不过现在这些规矩也被简化了，只是做童男童女的食物时用火镰打个火就行了。据说，如果家中的人不小心忘记了，童男童女便会主动催促："点火，点火。"

总之，童男童女的任务不仅限于花车巡游的当天，还有各种各样的事情要做，他们必须到花车游行的街道挨家挨户登门打招呼。节庆典礼和童男童女们的活动大概要持续一个月。

比起七月十七日的花车巡游，京都人似乎更喜欢去十六日的宵山体验节日氛围。

祇园会的日子临近了。

千重子家也把店铺前的格子门拆了下来，忙着做过节的准备。

千重子是京都姑娘，家里在四条大街附近做批发商，属于八坂神社片区的居民，因此对每年的祇园祭并不陌生。这是京都炎热夏日里的一项庆典活动。

最令人怀念的是那长刀花车上的真一，那时还是个稚嫩可爱的小男孩呢。每逢节庆典礼，就传来祇园的奏乐声，或者能看到被许多灯笼围绕着的花车，这时，真一的样子就会在千重子脑海里鲜活地浮现出来。真一和千重子，那时都只有七八岁吧。

"就算是女孩子，长得那么漂亮的也很少见呢。"

真一到祇园神社去接受五位官衔时，千重子一直陪着他。花车巡游时，她也跟着。扮演稚儿的真一带着两位小侍从，还亲自到千重子家的店里打招呼。

"千重子，千重子！"他喊道。千重子则红着脸望着他。真一脸上化了妆，涂着口红，千重子的脸上却只有晒黑的痕迹。那时千重子还是个小姑娘，身

穿浴衣①，正和邻居孩子们一起玩着线香花火②……

此刻，在奏乐声中，在彩车灯光下，那个稚气的真一仍然历历在目。

"千重子，你不去一趟宵山吗？"晚饭后，母亲对千重子说。

"妈妈，你呢？"

"妈妈有客人，走不开。"

千重子一走出家门，就加快了脚步。四条大街上人流如潮，简直动弹不得。

然而，千重子对四条大街上的每一辆花车、每一条小巷都非常熟悉，所以她全都走了一遍。街上到处都是花车的奏乐声和嘈杂声，无比热闹。

千重子走到御旅所③门前，要了一根蜡烛，点燃并供奉到神前。在庆典期间，八坂神社的神明也被请到御旅所来。御旅所位于新京极商业街④和四条大街路口的南边。

在御旅所前，千重子发现了一个姑娘，像是正在做"七拜"。虽然只看到背影，但一眼就能明白她在做什么。所谓"七拜"，就是从御旅所神明前往前走一段距离，然后再折回神前叩拜祷告，如此重复七次。在这过程中，即使遇见熟人，也不能开口说话。

"哎呀！"千重子看着那位姑娘，有一种似曾相识的感觉。她也不由自主地做起了"七拜"。

姑娘向西走，再折回神前。千重子则相反，向东走，再折回来。然而，那位姑娘比千重子更加虔诚，祷告的时间更久。

姑娘的"七拜"好像已经结束了。千重子不如姑娘走得远，所以几乎在同一时间结束了。

姑娘的眼睛一动不动凝视着千重子。

"你刚才祈祷了什么？"千重子问。

"你都看到啦？"少女的声音微微颤抖。

"我想知道姐姐的下落……你，你就是我的姐姐，是神明指引着我们相遇

---

① 一种适合夏季穿着的和服，一般是单层面料，较为宽松透气。
② 一种细长状的小型手持烟花。
③ 举行节庆典礼时，专门停驻神轿的地方。
④ 位于京都市中心四条大街附近的商业街，历史悠久，有许多传统的日本建筑和商店。

的。"姑娘的眼中噙满了泪水。

没错，她就是那个北山杉村的姑娘。

御旅所前悬挂的献灯，以及前来参拜的人们点燃的蜡烛，把神明前照亮了。姑娘的泪水并不在意这种光亮，但是那灯火却投射在姑娘的脸上，闪烁着耀眼的光芒。

千重子靠着坚定的意志，克制住翻滚的心情。

"我是独生子女，我没有姐姐，也没有妹妹。"她回答道，脸色变得苍白。

北山杉村的姑娘抽泣了起来。

"好，我明白了。小姐，请您原谅，请您原谅。"她重复说着，"姐姐，姐姐，我从小到大都一直如此念着盼着，所以这才认错了人……"

"……"

"据说我们是双胞胎，但我也不知道她是姐姐，还是妹妹，我不知道……"

"也许长得很像吧？"

姑娘点了点头，泪滴顺着脸颊流下来。她拿出手绢，一边擦眼泪一边说："小姐，您是在哪里出生的？"

"就在这附近的批发商街。"

"是吗？您刚才向神明祈祷什么？"

"祈求父母幸福、健康。"

"……"

"你的父亲呢？"千重子试探着问道。

"那是很久很久以前……在北山杉树林里砍树时，正想从一棵树跳到另一棵树上，结果没跳好，掉了下来，摔到了致命的地方……这是村里人说的。那时我刚出生，什么也不知道……"

千重子的心被重重地一击。

为什么总想去那个村子？为什么总想看看那美丽的杉山？说不定是父亲的灵魂在召唤吧。

而且，这位杉村姑娘说自己是双胞胎。那么她的亲父亲，也许是因为在树梢上还在想念着遗弃了的千重子，因此一不留神才摔了下来吧？一定是这样。

千重子的额头上渗出了冷汗。四条大街上人们的脚步声，祇园庆典的喧嚣声和奏乐声，似乎都在逐渐淡去。眼前开始变得昏暗起来。

杉村姑娘把手搭在千重子的肩膀上，用手绢擦拭着千重子的额头。

"谢谢你。"千重子接过手绢，擦了擦脸，然后不知不觉地把手绢放进自己的口袋里。

"那么，你的母亲呢？"千重子轻声问道。

"母亲也……"女孩哽咽了，"我应该是在母亲的故乡出生的，那是深山，一个比杉村更偏远的地方。不过母亲也……"

千重子不再问下去了。

来自北山杉村的姑娘，当然是因为喜悦而流下了眼泪。眼泪一止，她的脸上开始有了神采。

相比之下，千重子站在那里，双腿打战，内心烦乱不堪。在这种场合，她是很难马上平静下来的。唯一支撑着自己的是这姑娘健康而美丽的样子。千重子没有像姑娘一样露出欣喜之情，她的眼中蕴含着深深的忧伤。

此刻，她感到迷茫：接下来该如何是好呢？

"小姐。"女孩突然喊了一声，伸出右手。千重子握住了那只手。那是一只皮肤粗糙的手，与千重子柔软的手完全不同。然而，姑娘似乎不在意这些，紧紧攥着千重子的手。

"小姐，再见。"她说。

"怎么啦？"

"啊，我太高兴了……"

"你叫什么名字？"

"我叫苗子。"

"苗子？我叫千重子。"

"因为我现在在一个很小的村子当雇工，所以如果您提起苗子，就会马上知道是我。"

千重子点了点头。

"小姐，您看起来很幸福呢。"

"是啊。"

"今晚我们见面的事情,我不会告诉任何人,我发誓。我们之间的事情,只有御旅所的祇园神明知道。"

也许苗子已经觉察到,尽管是双胞胎,但两人的身份相差太大了。千重子这样想着,便说不出话来。然而,被抛弃的不正是自己吗?

"再见,小姐。"苗子再次说道,"趁别人没看到之前……"

千重子心头一酸。

"我家的店就在附近,苗子,你哪怕路过店门口时,也要顺便进来一趟呀。"

苗子摇了摇头:"那您的家人?"

"家人?只有父母亲……"

"不知为何,我总有那种感觉,您是在父母的疼爱下长大的。"

千重子拉了拉苗子的衣袖。

"我们在这里站太久了。"

"是啊。"

于是,苗子转身面向御旅所,恭敬地叩了叩。千重子也匆忙跟着苗子的样子做。

"再见。"苗子又说了第三遍。

"再见。"千重子也说道。

"想说的话还有很多,要不什么时候来我们村子吧。在杉林里,谁也不会注意我们。"

"谢谢。"

两人穿过拥挤的人流,凭着直觉,朝四条大桥走去。

八坂神社片区的居民众多。即使宵山和十七日的花车巡游结束了,还有许多庆典活动仍在进行。店铺一直敞开着,摆着屏风等装饰品。从前还有早期浮世绘[①]、

[①] 起源于日本江户时代的绘画形式,主题包括市井生活、歌舞伎演员、美人、名胜等。

狩野派①、大和绘②以及宗达③画的一对屏风。浮世绘的手绘作品中，还有南蛮屏风，以京都独特的风土人情为背景，画里还描绘了外国人的活动场景。总之，这些作品展现了京都人蓬勃的力量。

现在这些元素仍然保留在花车上，使用的都是进口材料。例如，中国的唐织锦、法国的哥白林挂毯以及毛织品、金线锦缎、刺绣织品等。在桃山风格的大花伞上，也体现出了异国他乡的审美情趣，看得出是外贸交易的产物。

花车内部也有当时著名画家绘制的作品。花车的车头也有像柱子一样的东西，据说那是朱印船④的桅杆。

祇园祭的奏乐节奏非常单调，但实际上有二十六种版本，既类似于壬生狂言⑤的音乐，也像雅乐的节奏。

在宵山时，这些花车上挂满了成排的灯笼，奏乐声也会随之高涨。

虽然四条大桥以东没有花车，但仍然感觉直到八坂神社的这段路非常繁华热闹。

千重子快走到大桥时，被人群挤了一阵，稍稍落在了苗子的后面。

苗子虽然说了三次"再见"，可是就在这儿和她分别吗？还是带着她从"丸太"店铺前经过，或者到那附近看看，告诉她店铺的位置以后再分别呢？千重子一时犹豫了起来，但心中已经对苗子涌起了一种温暖又亲近的感觉。

"小姐，千重子小姐！"在即将走过大桥时，突然听到有人呼喊着千重子的名字，走近一看，原来是秀男。他把苗子当成了千重子。"你来看宵山吗？一个人？"

苗子不知怎么办。然而，她并没有回头寻找千重子。

---

① 起源于室町时代的绘画派别，绘画风格受到中国宋元绘画的影响，注重笔墨的运用，主题包括山水、花鸟、人物等。

② 以日本和风文化为主题的绘画风格，主要描绘古代日本的历史、神话传说、宫廷生活等。

③ 宗达，即俵屋宗达，生卒年不详，日本江户时代初期的画家、艺术家，以精湛的技艺和独特的画风而闻名，作品多以山水、花鸟和人物为题材，注重表现自然景观的细腻和传神。上文提及的江户时代发源的绘画流派"宗达光琳派"，即由本阿弥光悦和俵屋宗达开创。

④ 是指16世纪至19世纪初期，日本与西方国家进行贸易的船只，这些船只被涂上红漆，上面印有日本德川幕府的朱印，因而得名。

⑤ 日本传统戏曲形式，起源于京都壬生地区（今京都市左京区壬生町），是京都地区的地方狂言，每年在祇园祭等庆典活动中演出。主要以日常生活中的小故事和人情世故为题材，通过幽默的方式揭示人性的弱点和社会的荒诞。

千重子突然消失在了人群里。

"啊，天气很好呢……"秀男对苗子说，"但愿明天也是这样的好天气，星星好多……"

苗子抬头望着天空。其间，她不知如何应对。当然，苗子不可能认识秀男。

"前些天我对令尊实在太失礼了，不过那根腰带很合适吧?"秀男对苗子说。

"是的。"

"那令尊后来没生气吧?"

"嗯。"苗子不知道该说什么，无法回答。

然而，苗子的目光没有转向千重子。

苗子陷入了一阵迷惘。她心想：千重子如果愿意与这个年轻男子见面，她应该会主动走过来的。

这个男子头大、肩宽，目光坚定，但在苗子看来，他并不是坏人。他谈及了腰带的话题，所以应该是个西阵的织匠吧。可能是长年伏坐在织机前工作，从体形上多少可以推测得出来。

"我也是个幼稚鬼，竟然多嘴评论令尊设计的图案。但考虑了一晚上，我终于把它织了出来。"秀男说道。

"……"

"至少系一下试试吧?"

"嗯。"苗子含糊地回答。

"怎么啦?"

大桥上并不像马路上那般明亮，拥挤的人群几乎挡住了两人的去路。但即便如此，秀男为什么会认错人？苗子还是感到不解。

一对双胞胎，要是在同一个家庭、被同样的方式抚养长大，可能会很难分清谁是谁。可是千重子和苗子的生活环境和成长经历迥然不同。这个年轻男子该不会是个近视眼吧？苗子心想。

"千重子小姐，请允许我按照我的构思，为您精心织一条腰带，作为您二十岁的纪念物，可以吗?"

"哦，非常感谢。"苗子支支吾吾地回答道。

"能在祇园祭的宵山见到你真是太好了，可能是神明的护佑加持到这条腰带上了。"

"……"

千重子不希望这个男子知道她们是双胞胎姐妹，所以才不走到他们身边来的吧，苗子思索着。

"再见。"苗子对秀男说。秀男感到有些突然。

"噢，再见。"他回答道，"请一定允许我来织这条腰带，没问题吧？希望能赶在红叶季节前……"他再次叮嘱了一句，之后就告别离开了。

苗子用目光搜寻着千重子的身影，但没有找到。

这个年轻男子也好，腰带的话题也好，苗子并不在意。只有在御旅所前与千重子相逢，才令她感到异常欣喜，如同神明降福一般。苗子扶着桥栏杆，久久凝望着水中倒映的华灯。

然后，苗子沿着桥边漫步，准备一直走到四条大街尽头的八坂神社。

大约走到大桥附近时，苗子发现千重子正在与两个年轻男子交谈着。

"啊！"

苗子不自觉地喊出了声，但她并没有朝那边靠近。

她默默地观察着他们三人的身影。

千重子想：苗子和秀男到底在谈些什么？秀男明显误把苗子当作自己了，那么苗子又是如何回应他的呢？想必她一定很为难。

千重子本应该走到两人的身边，然而，她没有去。非但不能去，当秀男将苗子唤作"千重子小姐"时，她还迅速地躲到人群中去了。

这是为什么呢？

是因为千重子在御旅所前与苗子相遇，内心的波动远比苗子剧烈得多。苗子说她早就知道自己有个姐姐或妹妹，所以一直在寻找着。然而，千重子连做梦也没有想到自己竟然是双胞胎之一。这件事来得太突然，虽然苗子感到欣喜若狂，但是千重子却高兴不起来。

再说，她如今才从苗子那里得知，自己的亲父亲从杉树上摔下身亡，亲母亲也早已离开人世。这深深地刺痛了她的心。

从前，千重子只是偶尔听到邻居们窃窃私语，说自己是个被遗弃的孩子。但是，亲父母究竟在哪里？究竟是谁？又是在什么地方抛弃了自己？她尽量不去想。这是一个即使百般思索，也无法得知的问题。更何况，太吉郎和阿繁对自己如此恩重如山，以至于她觉得不需要多想了。

在今晚的宵山上，听到苗子的这番话，对千重子来说并不一定是件幸福的事。但是，千重子真真切切感受到，自己萌生了对亲姐妹苗子的温暖的爱。

"她看上去比我内心纯洁，工作努力，身体也很壮实呢。"千重子小声嘀咕着，"也许有一天，她还能成为我的依靠……"

于是，千重子漫不经心地走过四条大桥。

"千重子！千重子！"真一突然叫住了她，"你怎么一个人在那儿呆呆地走着，脸色也不好呢。"

"啊，真一。"千重子像是醒过来似的，"你小时候扮成稚儿坐在花车上的样子好可爱呀！"

"当时可受罪啦。但现在想起来，还是挺怀念的。"

真一身边还有个同伴。

"这是我哥哥，在读研究生呢。"

真一的哥哥同他长得很像。他面无表情地对千重子点头打了个招呼。

"真一小时候是个胆小鬼，但是很可爱，长得像女孩子一样俊俏，还被选为花车的稚儿，真是傻瓜。"哥哥说完，大声笑了起来。

他们一直走到大桥的中央。千重子望着真一哥哥那张粗犷的脸庞。

"千重子，今晚你的脸色很苍白，是有什么让你特别难过的事情吧？"真一说。

"可能是因为桥中央的灯光吧。"千重子说着，用脚使劲踩着地面。

"而且今天来宵山的人这么多，大家都热热闹闹的，谁会注意到我一个女孩子的伤心事呢。"

"那可不行。"真一把千重子推向一侧的桥栏杆边，"你稍微靠一会儿。"

"谢谢。"

"河面上的风也不大……"

千重子用手捂住额头，微微闭上了眼睛。

"真一,你在花车上当稚儿的时候,是几岁?"

"这个嘛……记得好像是七岁,是上小学的前一年吧……"

千重子点了点头,却不说话。她想要擦去额头和脖颈的冷汗,就试着把手伸进口袋,一把摸到了苗子的手绢。

"啊!"

那块手绢被苗子的泪水沾湿了。千重子把它攥在手里,要不要把它拿出来呢?她犹豫了。她把手绢揉成一团攥在手心,拿出来拂了拂额头。眼泪几乎要夺眶而出。

真一露出了惊讶的神色。因为他明白,以千重子的性格,是绝不会把手绢揉成一团塞进口袋里的。

"千重子,你觉得热吗?还是打寒战了?如果是夏季感冒的话,很难好的,早点回家吧……哥哥,我们一起送她吧?"

真一的哥哥点了点头。他刚才一直盯着千重子看。

"我家很近,不必送了……"

"正因为近,所以更要送了。"真一的哥哥爽快地说。

三人从大桥中央往回走。

"真一,我曾经陪着你去参加过花车巡游,你真的记得吗?"千重子问。

"记得,记得。"真一答道。

"那时的你好小啊。"

"是啊,那时真的很小。扮演稚儿的时候如果左右张望是很不像样的。但我总想着,后面有个小女孩跟着花车在走着。真是了不起,被人群挤得够呛吧,一定筋疲力尽了……"

"我再也无法回到那么小的时候了。"

"瞧你说的。"真一轻轻一笑。他在想:今晚的千重子到底怎么了?

真一兄弟俩把千重子送到她家店门口,真一的哥哥向千重子的父母礼貌地寒暄了一番,真一则站在哥哥的身后。

太吉郎一个人坐在里屋,同一位客人一起喝着祭酒。其实喝得并不多,只是陪陪客人。阿繁站在边上,时不时地帮着招呼客人。

"我回来了。"千重子向客人礼貌地致意。

"回来啦，今天挺早啊。"阿繁说着偷偷瞥了一眼女儿的表情。

千重子向客人礼貌地打完招呼后，对母亲说道："妈妈，您看上去很辛苦，我来帮忙吧……"

"没事的，没事的。"阿繁用目光轻轻示意了一下千重子，然后和千重子一起前往厨房，去那里端酒坛子。

"千重子，你是不是一个人害怕，所以才让他们送你回来的？"

"是的，是真一和他哥哥……"

"怪不得。你脸色不好，走路都晃晃悠悠的。"阿繁伸手轻触了一下千重子的额头，"看样子倒没发烧，但你看起来很伤心。今晚家里还有客人，你就和妈妈一起睡吧。"

说着，阿繁温柔地搂过千重子的肩膀。

千重子忍住快要夺眶而出的眼泪。

"你先到后面二楼去休息吧。"

"好的，谢谢妈妈……"千重子感到温暖的母爱，心里暖融融的。

"你爸爸也是呢，因为客人少，也感觉孤单。晚饭的时候，倒还有五六个人呢……"

然而，千重子把酒瓶端了上来。

"已经喝了这么多了，行了，不要再倒了。"

千重子倒酒的那只手一直颤抖，便用左手扶着酒瓶。尽管如此，还是在微微颤抖。

今晚，中庭的基督像灯笼也点了火。在粗壮的枫树枝干的凹窝处，隐约可见两株紫罗兰。

花已经凋谢了，上下两株紫罗兰，会不会就象征着千重子和苗子？虽然两株紫罗兰看起来不会相遇，但今晚，她们不是已经相遇了吗？在熹微的光亮中，千重子注视着两株紫罗兰，不知不觉眼里又噙满了泪水。

太吉郎也察觉到千重子似乎有些不对劲，时不时地望向千重子。

千重子悄悄站起身，爬到后面二楼去了。她平时睡的房间里，也准备了客人的床铺。千重子从壁橱里拿出自己的枕头，然后钻进被窝。

为了不让抽抽搭搭的哭泣声被人听到，她把脸埋在枕头里，双手紧紧抓住枕头两边。

祇园祭

阿繁走上楼,看到千重子的枕头上有湿痕,说:

"给你,我待会儿再来。"说着她拿出了一只新枕头,然后立刻下楼去了。她在楼梯口稍微站定了一下,回头看了看,但什么也没有说。

地板上本可以打三个睡铺的,却只打了两个。而且,其中一个是千重子的睡铺。看样子母亲打算和千重子合睡一个睡铺了。

在铺尾摆了两条叠好的麻料夏被,是母亲和千重子的。

阿繁替女儿收拾好了睡铺,但是没有铺自己的。这本来似乎是微不足道的事情,但千重子却感受到了母亲的关爱。

于是,千重子控制住眼泪,心情也平静下来。

"我是这个家里的孩子。"

不用说,千重子是突然与苗子相遇,才引起了内心的巨大波澜,难以克制。

千重子走到梳妆台前,凝视着自己的脸。她本想着要不要化个妆掩饰一下,但后来又作罢了。她只是拿来香水瓶,轻轻在睡铺上洒了一点。然后,她又把自己的窄腰带重新系好。

当然,她没有办法立刻入眠。

"苗子这个孩子,我对她是太薄情了吗?"她一闭上眼睛,脑海中就浮现出中川村那美丽的杉山。

通过苗子的叙述,千重子基本上了解了自己的亲父母。

"要不要向家里的父母坦白呢?还是不坦白更好呢?"

恐怕这家店铺的父母不知道千重子到底出生在哪里,也不知道千重子的亲父母是谁,亲父母都已经"早就不在这个世界上了"……思虑至此,千重子不再落泪了。

从街上传来祇园庆典的奏乐声。

楼下的客人是近江长滨一带的绸缎商。因为酒喝多了,嗓门逐渐洪亮起来,就连千重子睡觉的二楼,也断断续续地听到了声响。

客人强调说,花车巡游的队伍从四条大街穿过宽阔而现代化的河原街,然后再拐向疏散道路御池大街。市政府前甚至还设置了观赏席,说是为了所谓的"观光"。

以前他们走的是那种独具京都特色的狭窄街道，有时花车还会弄坏住宅的一些部分，然而这也很有情调。据说以前还向二楼的人们派发粽子，如今则是直接撒粽子。

花车在四条大街还可以看到全貌，但是一进入狭窄的街道，花车的下半部就不太看得到了。这倒也好。

太吉郎平静地解释说，在宽阔的街道上能清楚看到花车的全貌，这样才最过瘾。

眼下，千重子躺在被窝里，仿佛还能听到花车的大木轮在十字路口拐弯时发出的声音。

今晚的客人可能会借宿在隔壁房间，但千重子打算明天把所有从苗子那里听来的事情都坦白告诉父母。

据说北山杉村每家每户都是个体经营，但并不是所有人家都拥有山地。拥有山地的人并不多。千重子猜想：自己的亲父母大概是山地主家的雇工吧。

"我现在在当雇工……"苗子曾这样说过。

那是二十年前的事了。也许她的父母认为，不仅生了双胞胎羞于见人，而且听说双胞胎难养，为了生活考虑，所以才抛弃了千重子吧。

——千重子有三个问题没有问苗子：千重子被抛弃时还是婴儿，为什么被抛弃的是千重子而不是苗子？父亲从杉树上摔下来是在什么时候？苗子虽然说自己当时是"刚出生"，可是……苗子还说，"我应该是在一个比杉村更偏远的深山出生的，那是母亲的故乡"，那个地方到底叫什么呢？

苗子认为自己和被抛弃的千重子已经"身份悬殊"，所以绝不会主动去找千重子。如果想说说话，只能是千重子去苗子干活的地方找她。

然而，千重子无法瞒着父母偷偷行动。

千重子曾多次阅读过大佛次郎的名作《京都的诱惑》。

她的脑海里浮现出书中的一段：北山的杉林层层叠翠，宛如云霞一般，静静地笼罩着苍穹。杉树的树干纤细而明亮地排列着。整个山林如同一首动人乐曲，那美妙的旋律从树林间传来……

比起庆典活动的奏乐和喧嚣，那重叠的山峦、悠扬的音乐和树林的歌声更能触动千重子的心灵。她仿佛透过北山的彩虹，聆听到了音乐和歌声……

千重子的悲伤逐渐淡去。也许那本来就不是悲伤，而是邂逅苗子的惊讶、迷惘和困惑。然而作为女孩子，或许注定了落泪的命运吧。

千重子翻了个身，闭上眼睛，静静聆听山歌声。

"苗子明明那么高兴，我却为何做不到呢？"

过了一会儿，客人和父母都爬上二楼来了。

"请您好好休息。"父亲向客人致意。

母亲叠好客人换下的衣物，走到这边的房间，正要叠父亲换下的衣物时，千重子说：

"妈妈，让我来。"

"你还没入睡啊？"母亲把衣物交给千重子，然后侧身躺下。

"一股好闻的香味，到底是年轻人。"妈妈愉悦地说。

近江的客人可能因为醉酒的缘故，轻微的鼾声透过隔扇很快传了过来。

"阿繁！"他喊了一声睡在旁边睡铺上的妻子，"有田先生难不成想把儿子送到我们家吗？"

"做店员……还是职员？"

"是养子，做千重子的……"

"说什么啊……千重子应该还没睡呢。"阿繁轻声打断了太吉郎。

"我知道。千重子应该也听到了，那也好啊。"

"……"

"是次男吧，他也来我们家好几次了。"

"我并不是很喜欢那位有田先生。"阿繁压低声音，语气却很坚定。

千重子听到的山林里的音乐声消失了。

"对吧，千重子？"母亲翻身面向女儿。千重子睁开眼睛，但没有回答。片刻的沉默后，千重子双脚的脚尖交叠摆着，一动不动。

"有田那家伙大概是想盘下我们这家店吧。"太吉郎说，"再说，他很清楚千重子是多么好的姑娘……因为我们的业务关系，他也了解我们家的生意情况。店里还有那些喜欢八卦的店员呢。"

"……"

"无论千重子多美，我从来没有考虑过让她为了我们的生意而结婚。你也知道，阿繁，我真是对不起神明。"

"当然了。"阿繁说。

"我的性格并不适合做生意。"

"爸爸，还记得那本保罗·克利的画集吗？您甚至特地带到了嵯峨的尼姑庵去，真是太对不起您了。"千重子起身向父亲道歉。

"不，没关系的，那是爸爸的乐趣，也是一种生活调剂。现在我才懂得了人生的意义。"父亲也轻轻地低下头，"即使他那幅图案也看不出有什么天赋……"

"爸爸。"

"千重子，我们干脆把这家批发店卖掉，去西阵也不错，但要不要考虑搬到安静的南禅寺或者冈崎一带的小房子里，我们一起设计和服和腰带的图案，好不好？你能做到忍受贫穷吗？"

"贫穷什么的，对我来说一点都不是问题……"

"是吗？"父亲说完后便很快进入了梦乡。而千重子却无法入眠。

第二天一早，她早早地醒来，打扫了店前的道路，擦拭了格子门和折凳。

祇园祭还在进行。

有十八日之后的进山伐木、二十三日的宵山、屏风庙会，二十四日的花车巡游，之后还有献给神明的狂言，二十八日是洗御轿，然后回到八坂神社，二十九日进行神事的奉告祭。

好几座山都是寺庙聚集区。

千重子内心无法平静地度过了将近一个月的祇园祭。

秋之色

明治时代"文明开化"的痕迹之———至今仍留存着的、穿过堀川的北野线电车,最终决定要被拆除了。这是日本最古老的电车。

众所周知,千年古都不仅是古都,也以引进西方新事物而闻名。京都或许也有这样的一面。

然而,这辆年迈的"叮咚电车"能够一直运行至今,也许其中蕴含着"古都"的风味吧。车身体积当然很小,面对面的座位几乎是膝盖碰膝盖的距离。

可是,一旦决定被拆除,或许反倒会令人怀念。于是人们将电车用人造花装饰成"花电车",还特意安排了穿着明治时代服饰的人乘坐,向市民广而告之。这也算是一种"庆典"吧。

接连几天,闲来无事的人都想挤上车参观,导致电车里经常塞满了人。有些人甚至还撑着遮阳伞,这是七月里的事情。

京都的夏天比东京更加炎热。但是在东京,现在已经很少看到撑着遮阳伞走路的人了。

太吉郎正准备从京都站前搭乘花电车的时候,注意到一个中年女人刻意躲在他的身后,好像在憋笑的样子。太吉郎也算是一个带有"明治味道"的人了。

太吉郎乘上电车时,注意到了那个女人,便有些不好意思地说:

"咦,你倒是没什么明治味道嘛。"

"算是接近明治吧。何况我家就在北野线上。"

"是吗,是这样啊。"太吉郎说。

"什么是这样啊!你可真是个薄情的人呢……你记起来了没有?"

"还带着个可爱的孩子……之前都藏到哪儿去了?"

"真是的……你明明知道这不是我的孩子。"

"我可不知道啊。女人家……"

"说什么呢,你们男人才是捉摸不透呢。"

这个女人带着的姑娘,白皙可爱,大约十四五岁的样子,穿着浴衣,系着红色细腰带。姑娘好像有些害羞,避开太吉郎,挨着中年女人坐下,双唇紧闭。

太吉郎轻轻拉了拉女人的衣袖。

"小千子,坐到中间来。"中年女人说道。

三人陷入了一阵沉默。中年女人越过姑娘头顶,低声对太吉郎说道:

"我总在想,要不要把这孩子送到祇园当舞子呢?"

"她是谁家的孩子?"

"附近茶馆家的孩子。"

"哦。"

"有些人还认为是你和我的孩子呢。"中年女人用几乎听不到的声音嘀咕着。

"你在说什么呢!"

这位中年女人是上七轩茶馆的老板娘。

"这孩子硬要拉着我到北野天满宫①去……"

太吉郎虽然明白老板娘这是在开玩笑,还是对着那姑娘问道:

"你多大啦?"

"初中一年级。"

"嗯,"太吉郎望着姑娘说,"那等你下辈子的时候请你多多关照。"

到底是烟花巷里长大的孩子,太吉郎刚才这番意味深长的话语,她似乎听懂了。

"这孩子干吗非要拉着你去拜天神?莫非她就是天神的化身?"太吉郎故

---

① 北野天满宫(或称北野神社),位于日本京都市上京区,供奉着天神大明神,是京都最古老、最重要的神社之一。

意跟老板娘开了个玩笑。

"是啊，是啊。"

"天神可是男的啊……"

"他转世投胎成为女的啦。"老板娘一本正经地说，"要是个男人的话，怕是又要遭遇流放之苦了。"

太吉郎差点笑出声来："是个女的啊？"

"是女的嘛，是啊，就是女的，女的才会得到如意郎君的宠爱呀。"

"唔。"

姑娘的美是百里挑一、无法比拟的。她的刘海闪着光泽，那双迷人的双眼皮简直美极了。

"她是独生女吗？"太吉郎问。

"不，还有两个姐姐。大姐明年春天就念完初中了，可能会出来做舞女呢。"

"像这个孩子一样好看吗？"

"像是像，但是不如这孩子俊俏。"

"……"

眼下上七轩一个舞女也没有。即使要成为舞女，也必须等念完初中以后。太吉郎也不知从哪儿听说，之所以叫"上七轩"，是因为原本只有七间茶室。如今已经增加到二十间左右了。

以前，虽然也不是那么久远的以前，太吉郎曾经经常和西阵的织匠，还有当地的老主顾们去上七轩寻花问柳。那时遇到的一些女子，仿佛又不由自主地浮现在他的脑海中。当时，太吉郎店里的生意也很红火。

"老板娘，你也是个好奇心旺盛的人啊，竟然还来搭这种电车……"太吉郎说。

"人总是念旧的，这是人之常情嘛。"老板娘说，"我们家的生意做到今天，不能忘了曾经的老主顾啊……"

"……"

"再说，今天我是送一位客人来车站。这辆电车是返程车……倒是佐田先生，你才奇怪呢，难道你是一个人来乘电车的？……"

"这个……怎么说呢，我本来是想来见识见识花电车这个东西的……"太吉郎歪着头说，"我也不知是因为念旧呢？还是因为孤独呢？"

"孤独？您这个年纪可不该孤独呀。难得您来一趟，我们一起走吧，去看看年轻姑娘也好嘛……"

太吉郎眼看就被带到了上七轩。

老板娘径直走到北野天满宫的神像前面，太吉郎也紧随其后。老板娘虔诚地祈祷了许久，姑娘也低着头。

老板娘走回太吉郎身边说：

"就让小千子回去吧。"

"哦。"

"小千子，回去吧。"

"谢谢你们。"姑娘向两人打过招呼后就离开了。她渐行渐远，步履显出初中生的样子。

"看样子，你好像很喜欢那个孩子呢。"老板娘说，"再过两三年就可以出道了吧，敬请期待吧……从现在开始就耐心等着，她一定会出落成一个美丽的大姑娘的。"

太吉郎没有回应。他想：既然已经到了这里，怎么能不去好好逛逛神社的大院呢？可是天气实在炎热。

"到你那儿稍微休息一下好吗？实在累得不行了。"

"好的，好的。我本来也有这个打算，你已经很久没来了。"老板娘说。

来到那间古旧的茶室，老板娘郑重其事地说：

"欢迎光临！许久未见，您一切都好吗？我们都念叨着您呢。"接着又说，"躺下歇息歇息吧，我给您拿枕头来。对了，您刚才不是说孤独吗？我给您喊个老实的姑娘来……"

"原来见过的艺伎，就不要喊了。"

太吉郎正准备打个盹儿的时候，一位年轻的艺伎走了进来，静静地坐了一会儿。客人一张陌生面孔，似乎有些难应付吧。太吉郎绷着脸，提不起说话的兴致来。艺伎或许想故意引起太吉郎的兴趣，说自己出道两年以来喜欢过四十七位男子。

"这不就像赤穗义士①一样了嘛。四五十个人，现在回想起来实在太可笑了……大家都笑我，说害得那些人要得相思病了。"

太吉郎这才清醒过来，问道：

"那现在呢？"

"现在只有一个人。"

话音刚落，老板娘已经走进房间了。

艺伎看起来约莫二十岁，与这些男人估计没有太深的交往，她真的能清楚地记得"四十七"这个数字吗？太吉郎心里疑惑着。

艺伎还说，她出道的第三天，领着一位客人去洗手间，突然被那位客人吻了一下，于是就咬了他的舌头。

"出血了吗？"

"嗯，当然，出血了。那位客人气坏了，要我赔医药费。我都吓哭了，事情闹了一会儿，引起一阵骚动。但是谁让他先惹我的。就连这个人的名字我都早就忘记了。"

"嗯。"太吉郎注视着这位艺伎的脸，心想：这样一个纤细娇小、温柔可人的京都美人儿，那时只有十八九岁，怎么会突然咬起人来呢？

"让我看看你的牙齿。"太吉郎对年轻艺伎说。

"牙齿？你不是已经看到了吗？我说话的时候，不都看见了啊。"

"还想再近一点，好好瞧瞧。"

"哎呀，真难为情。"艺伎紧紧闭上嘴巴，过了一会儿又说，"这样也不行啊，先生。我总得开口说话呀。"

艺伎那可爱的嘴角露出了洁白的牙齿。太吉郎逗趣儿地说：

"是牙齿咬断了，装的假牙吧？"

"舌头可是软的呀。"艺伎无意中脱口而出，"哎呀，真讨厌……"

艺伎说完，把脸藏在老板娘背后。

过了一会儿，太吉郎对老板娘说：

"既然到这里了，我们顺便去中里那儿看看吧。"

---

① 赤穗义士，指的是日本江户时代中期四十七位忠诚勇敢的赤穗藩家臣。在元禄十四年（1701年）发生的赤穗事件中，他们为了替主君报仇尽忠组成义士团，史称赤穗义士。

"嗯……中里也一定会高兴的。我陪您一起去，好吗？"老板娘说着站起身来。她走到梳妆台前，可能要整理一下妆容。

中里家的门面依然如故，客厅却装饰一新。

又走进来一位艺伎，太吉郎在中里家待到吃完晚餐。

——秀男来到太吉郎的店里，正好他外出不在。因为秀男说是来见小姐的，千重子便来到了店里。

"祇园祭的时候答应给小姐画的腰带图案，我已经画好了，特意带来让小姐看看。"秀男说。

"千重子。"母亲忍不住喊了一声，"快请他到里厅来吧！"

"好的。"

在面向中庭的一间房间里，秀男把图案展开给千重子看。一共有两幅，一幅是菊花，以叶子作为衬托。叶子的处理巧妙，几乎看不出是菊花叶了，为了新颖看来是下了一番功夫的。另一幅则是枫叶。

"真好看。"千重子看得入了神。

"能让千重子小姐喜欢，我真是荣幸……"秀男说，"小姐，你看织哪一幅好呢？"

"如果是菊花，那全年都可以佩戴。"

"那就织菊花的那一款，可以吗？"

"……"

千重子低着头，脸上露出了一丝愁容。

"两幅都好……"她迟疑地说道，"杉树山和红松山的图案，你能画得出来吗？"

"杉树山和红松山？感觉挺难的，让我考虑一下。"秀男有些困惑，直直地看着千重子的脸。

"秀男先生，请原谅。"

"原谅？也没什么可……"

"那个……"千重子犹豫着该说不该说，可还是开了口，"祇园祭典礼的那晚，在四条大桥上，秀男先生答应织腰带的那个姑娘，其实并不是我，你认错了人。"

秀男简直无法相信，他一句话都说不出来，脸上变得苍白无力。他之所以对图案如此用心，都是为了千重子。而千重子打算就此拒绝他了吗？

但是，就算如此，千重子的言谈还是令秀男无法理解。他稍微收敛了一下激动的情绪。

"难道我见到的是小姐的幻影？我是在同千重子小姐的幻影说话吗？在祇园祭上会出现幻影吗？"然而，秀男却未提及"意中人"的幻影。

千重子神情凝重地说：

"秀男先生，那时和您说话的其实是我的姐妹。"

"……"

"是我的姐妹。"

"……"

"那天晚上，我也是第一次见到我的姐妹。"

"……"

"关于我这个姐妹的事，我还没有告诉过我父母。"

"什么？"秀男十分诧异，他一时无法理解。

"北山做杉树圆木的村子，您知道吧？这位姑娘就在那儿工作。"

"什么？"

秀男已经惊讶到无法用语言表达了。

"中川村，您也知道的吧。"千重子说。

"知道，有一次我坐公共汽车经过了那里……"

"请秀男先生为我的姐妹织一条腰带好吗？"

"好的。"

"您答应了？"

"嗯。"秀男还有些怀疑不解，但是点了点头说，"所以小姐才让我画杉树山和红松山的图案，对吗？"

千重子点了点头。

"好吧。不过，这个图案和她的生活有一些不协调啊。"

"那就要拜托秀男先生设计构思了，好吗？"

"……"

"她会一直好好珍惜的。她叫苗子，虽说家里没有山林产业，但工作刻苦努力，比我能干、坚强得多……"

秀男还是有些疑惑，但还是说：

"既然小姐吩咐了，我一定把它认真地织出来。"

"我再说一遍，她叫苗子。"

"我明白了。可是，千重子小姐，为什么你们会长得那么像呢？"

"因为我们是姐妹啊。"

"就算是姐妹……"

千重子没有向秀男透露她们是一对孪生姐妹。

那天晚上，姑娘们大多是夏季节日的轻便装扮，秀男在夜间的灯光下误将苗子认作千重子，看来这也不全是眼花的错觉吧。

雅致的格子门外面又叠加了一层格子门，那里摆放着一张折叠椅，而且铺面很深。——

现如今看来，或许已经过时了。但这位有着京都味道的、穿着华丽和服的批发商的女儿，怎么会与北山杉村圆木工厂里当雇工的女孩是姐妹呢？秀男感到十分困惑。但是这种事情旁人也不便指指点点或刨根问底。

"腰带织好后送到这里来，可以吗？"秀男问。

"这个嘛……"千重子稍微考虑了一下，"可以直接送到苗子那里去吗？"

"当然可以。"

"那就这样吧。"千重子真心诚意地拜托着秀男，"虽然路有点远……"

"我知道，远一点也没事。"

"苗子一定会很高兴的。"

"她会接受吗？"秀男的怀疑是有道理的。或许苗子会感到突然吧。

"我会跟苗子好好解释一下。"

"嗯，那就这样……我一定送过去。她家住在哪里呢？"

关于这个，千重子也不知道："是苗子的家吗？"

"嗯。"

"我打电话或写信告诉你。"

"好的。"秀男说，"我不去考虑有两位千重子小姐，就是单为小姐你一个人织的。我一定认真仔细地织好，然后亲自送去。"

"非常感谢。"千重子低头说道，"拜托了。你还觉得奇怪吗？"

"……"

"秀男先生，这腰带不是给我织的，是给苗子小姐织的。"

"嗯，我明白了。"

不一会儿，秀男离开了店铺，他的心中仍然充满着疑问，可他得马上将思绪转向腰带的设计。如果选择红松山和杉树山作为图案，必须非常大胆地构图，否则千重子的腰带可能会显得过于朴素。秀男依旧认为这是给千重子织的腰带。不，如果说给那位苗子姑娘织腰带的话，就要设计与她的工作内容相匹配的图案了，正如他曾对千重子说的那样。

秀男曾经见到的，究竟是化身为千重子的苗子？还是化身为苗子的千重子？于是他调转脚步，决定去四条大桥看看。然而，阳光炙热，桥上人流拥挤。他闭上眼睛，凭栏静听，试图聆听那微弱的潺潺河水声，而不是人潮和电车的喧嚣声。

今年千重子没去看"大文字"①。母亲阿繁倒是难得跟着父亲去了一次。千重子留下来看家。

父亲他们和附近两三家相熟的批发商一起，把木屋町二条下茶馆的纳凉床都租了下来。

八月十六日的"大文字"，是盂兰盆节送别祖先灵魂的篝火。传说夜里人们将火把扔向天空，送别游荡的灵魂返回冥府，后来逐渐演变成在山上点燃篝火的形式。

东山如意岳的"大文字"只是其中的代表，实际上有五座山都点燃了篝火：金阁寺附近的大北山是"左大文字"，松崎西山、东山是"妙""法"，西贺茂的船山是"船形"，嵯峨曼陀罗山是"鸟居形"。这五座山相继点燃起来，大约持续四十分钟。在这段时间里，市区的霓虹灯和广告灯都要熄灭。

千重子看着篝火映照的山色和夜色，感受到了初秋的气息。

---

① 大文字，京都特有的传统文化活动，每年8月16日在京都盆地的群山举行，是祈福丰收、驱逐厄运的重要仪式。五座山头点燃篝火，形成一个巨大的"大"字形状，称为"大文字"。

在立秋前夜，比"大文字"早半个月左右，下鸭神社①还会举行越夏祭神的活动。

从前，为了去看"左大文字"，千重子经常和几个朋友一起登上加茂川的堤岸。

"大文字"这种仪式，千重子从小就司空见惯了。但是随着年龄的增长，"今年又到'大文字'的时节了……"，这份情怀又逐渐涌上了她的心头。

千重子走出店门，在折凳周围和附近的孩子们一起玩耍。小孩子似乎对"大文字"并不感兴趣。对他们来说，烟花才更好玩。

然而，今夏的盂兰盆节，给千重子的内心增添了新的伤感。因为在祇园祭上与苗子相遇，从苗子那儿得知了亲父母早已驾鹤西去这件事。

"对了，明天去见苗子吧。"千重子心想，"也该告诉她秀男织腰带的事情了……"

第二天下午，千重子穿着低调的衣服出门了。——她还不曾在白天里见过苗子呢。

千重子在菩提瀑布站下了车。

北山杉村准是到了繁忙的季节。那里的男人们正在忙着剥去杉圆木的外皮。杉树皮堆得高高的，周围散落下来的树皮一圈圈地扩展开。

千重子迟疑地走着，刚走几步，苗子就一溜烟地跑了过来。

"小姐，您来啦。太好了，太好了……"

千重子看到苗子一身工服的样子，问道：

"现在走开没事吧？"

"嗯，我今天请假啦，我看到您的身影……"苗子一边喘着粗气，一边拉着千重子的衣袖，"我们就到杉树林里去谈吧，那里不会被人看到。"

苗子急忙解下围裙，在地上铺开。丹波棉布的围裙很大，一直绕到她的背后，铺开后，两人并排坐在了上面。

---

① 下鸭神社，又称贺茂御祖神社，建于公元8世纪，是京都历史最古老的神社之一。每年5月15日在下鸭神社举行的"葵祭"，与"祇园祭""时代祭"并称京都三大祭。在立秋前夜，下鸭神社会举办越夏祭神活动，人们在神社内点燃篝火，烧毁夏季的木质物品和各种符咒，象征着驱除不幸和疾病，祈求平安和幸福。

秋之色

"请坐吧。"苗子说。

"谢谢。"

苗子取下头巾，用手指将头发拢了上去。

"您来得正好。我太高兴啦，太高兴啦……"苗子目光熠熠地凝视着千重子。

泥土的清新芬芳，木头的馥郁凝重，杉山独特的清冽气息扑面而来。

"坐在这儿，从下面是看不到的。"苗子说。

"我喜欢美丽的杉树林，偶尔会来这里，但是进入杉山里头，这还是第一次呢。"千重子环顾四周说道。杉树几乎是一样粗细，挺拔地矗立着，将千重子和苗子包围了起来。

"这些杉树都是人工种植的。"苗子说。

"是吗？"

"这些树木大约已有四十年树龄了，已经可以砍下来做柱子或用于其他方面了。要是不砍伐，让它们一直生长下去的话，在千年以后一定能长得粗壮高大。偶尔我也会这样想。比起人工林，我还是更喜欢原始森林。这个村子嘛，可以说就像是在制作插花材料一样啊……"

"……"

"如果这个世界上没有人类，京都这样的城市也不会存在，这片土地就可能变成自然森林，或者杂草荒地，说不定还是野鹿和野猪等动物出没的领域。为什么人类会出现在这个世界上呢？真是可怕啊，人类……"

"苗子，你常常在考虑这样的问题吗？"千重子感到惊讶万分。

"嗯，偶尔吧……"

"苗子，你讨厌人类吗？"

"我喜欢人类，不过……"苗子回答道，"没有比人更可爱的了。如果这个世上没有人类，会变成怎样呢？有时候，在山里小憩之后，我突然会这样想……"

"那是你心里隐藏着的厌世情绪吧？"

"什么呀，我可是反对这种厌世情绪的。我每天都开开心心地工作……但是，人类……"

"……"

187

两个姑娘周围的杉树林一瞬间变得昏暗起来。

"要下暴雨了。"苗子说。雨点在杉树末梢的叶子上聚积，变成大颗的水滴掉落下来。

接着传来一阵震耳欲聋的雷声。

"好可怕，好可怕！"千重子脸色煞白，紧紧攥住了苗子的手。

"千重子，把身体蜷起来，尽量缩成一团。"苗子说着，趴在千重子身上，几乎完全把她的身体抱住了。

雷声越来越大，闪电和雷声之间的间隙越来越小。那声响犹如山崩地裂一般。

雷电交加，那轰鸣声仿佛从两位姑娘的头顶上方直接压下来。

雨点敲打在杉树的树梢上，沙沙作响。每一道闪电，都直接打在姑娘的周围，把那些杉树树干都照亮了。那些美丽而挺拔的树干瞬间变得诡异可怖。还没回过神，顷刻间又是一阵雷鸣。

"苗子，雷好像会劈下来！"千重子的身子蜷得更紧了。

"也许会劈下来，但不会劈在我们头上。"苗子坚定地说，"绝不会劈在我们头上！"

于是，苗子紧紧地用身子护着千重子，包裹得更严实了。

"小姐，您的头发有点打湿了。"苗子用手巾擦拭着千重子脑后的发丝，然后将手巾对折，盖在千重子的头上。

"雨滴可能会渗下去，但是，雷绝对不会在小姐身上或周围劈下来的。"

性格坚韧的千重子听到苗子坚定的声音，内心稍许平静了下来。

"谢谢……真的谢谢你。"千重子说，"为了保护我，你自己全身都湿透了。"

"因为我有工作服嘛，所以没关系的。"苗子说，"我很高兴。"

"你腰上闪闪发光的是什么？"千重子问。

"噢，我差点忘了，是镰刀。刚才我在路边剥杉树皮的时候，看见您就飞奔过来了，所以还带着镰刀。"苗子这才突然意识到，自己还带着镰刀。

"多危险啊。"苗子说着，把镰刀扔到了远处。那是一把没有柄的小镰刀。

"等回去的时候再捡回来吧。不过真不想回去呀……"

雷声在两人的头顶上方滚过。

千重子清楚地感受到，苗子用自己的身体将她紧紧包裹住。

尽管是夏天，山中暴雨令人的指尖都感觉到了凉意。但千重子从头到脚都被苗子的身体包裹着，那身体的温暖覆盖着千重子，弥漫至她的全身，渗透进她的内心。这是一种难以言说的至亲的温暖。千重子幸福地闭上双眼，静静地感受着。

"苗子，真的谢谢你。"千重子又说道，"在妈妈的肚子里，你也是这样保护着我的吧？"

"那时候，恐怕是互相推挤，互相踢来踢去吧。"

"或许是吧。"千重子笑了，笑声里充满着骨肉亲情。

暴雨伴着雷鸣电闪一起过去了。

"苗子，真是谢谢你了……已经没事了。"千重子挪了挪身子，想从苗子身下站起来。

"哦，但还是再等一会儿吧，杉树叶上的雨滴还在滴下来呢……"苗子又用自己的身体掩护着千重子。千重子伸出手摸了摸苗子的后背。

"你全湿透了。不觉得冷吗？"

"我已经习惯了，没关系。"苗子说，"小姐来了，我很高兴，心里热乎乎的。小姐也有点淋湿了呢。"

"苗子，爸爸从杉树上掉下来，就是在这附近吧？"千重子问。

"我也不知道。我当时也很小。"

"妈妈的老家呢？……外公外婆还健在吗？"

"这我也不知道。"苗子回答道。

"你不是在妈妈老家长大的吗？"

"小姐，为什么要问这些呢？"苗子严肃地说。千重子便不敢继续问下去了。

"小姐，您是不会有这样的家人的。"苗子说。

"……"

"只要您把我当成亲姐妹，我就很感谢了。在祇园祭时，我讲了一些多余的话。"

"没有，我很高兴。"

"我也是……但是，您家的店铺，我是不会去的。"

"来吧，我会好好招待你，也会告诉父母的……"

"算了。"苗子强调说，"如果小姐像今天这样遇到困难，我就算死也会保护您的……您能理解我的心情吗？"

"……"千重子的眼眶有些发热，"那个，苗子，在祇园祭的那天晚上，人家把你误认为是我，让你感到困扰了吧？"

"嗯，就是跟我谈腰带的那个人吗？"

"那个小伙子是西阵的织匠，他为人很实在……他说他会为你织一条腰带的……"

"因为他把我当成了您。"

"前些天，他来给我看那条腰带的图案，我就告诉他：那不是给我的，是给我的姐妹的。"

"什么？"

"我拜托他，为我的姐妹苗子织一条。"

"为我……"

"已经约定好了，你忘了吗？"

"可那是因为认错了人啊。"

"我也请他织了一条，另外也给你织一条，作为我们姐妹的纪念……"

"我……"苗子感到很意外。

"这不是祇园祭的时候约定好的嘛。"千重子温柔地说。

苗子保护着千重子的身体有些僵直了，她一动也不动。

"小姐，在您有困难的时候，我非常乐意帮助您，无论是什么困难。可要我替您接受别人的礼物，这样的事情我可不愿意。"苗子断然地说道。

"那样太不好意思了。"

"你不是替我。"

"就是替您。"

千重子不知道怎样才能说服苗子，于是说：

"就算是我送给你的，你也不愿意接受吗？"

"……"

"我拜托他织，就是要送给你呀。"

"这事儿有些误会吧。祇园祭那天晚上，他认错了人，说是要送给千重子小姐一条腰带。"苗子顿了顿又说，"那位腰带店老板，哦不，是织匠，看来好像很倾慕小姐呢。我毕竟也是女孩子，能看得明白。"

千重子含羞地掩住嘴角。

"那样的话，你就不愿意接受吗？"

"……"

"我请他织，是要送给我的姐妹。可是……"

"那我就接受啦，小姐。"苗子乖乖地接受了好意，"我刚才净是说了多余的话，请您原谅。"

"他会把腰带送到你家里，你家住在哪儿呢？"

"一户姓村濑的人家。"苗子回答道，"一定是很高级的腰带吧。我这样的人，会有机会系它吗？"

"苗子，人的未来是无法预知的啊！"

"是啊，是啊。"苗子点点头，"虽然我也没有想出人头地，但是……即使没机会系，我也会将它视若珍宝的。"

"我们店很少做腰带生意，但是我会为你挑选一件和服，搭配秀男先生织的腰带。"

"……"

"我父亲有点古怪，最近渐渐对生意失去了兴趣。像我们这样的杂货批发商，也不能只卖上好的料子。再说，现在化纤和毛织品也越来越多……"

苗子抬头望着杉树树梢，从千重子的脊背上挪起身子，站了起来。

"还有些雨滴……小姐，让您受委屈了。"

"不，多亏你……"

"小姐，您可以帮家里打理打理店铺啊。您觉得呢？"

"我……"千重子像是受了打击一样，站起身来。

苗子身上的衣服已经湿透了，紧贴在皮肤上。

苗子没有送千重子到车站。与其说是因为浑身湿漉漉的，其实是怕引人注目。

千重子回到店里，母亲阿繁正在泥地走道的最里头给店员们准备点心。

"回来啦。"

"妈，我回来了。回来晚了……爸爸呢？"

"他在手制幕布后面呢，好像在想什么事情。"母亲直直地望着千重子，"你去哪儿了啊？衣服又湿又皱，快去换一下。"

"好的。"千重子到后面上了二楼，慢悠悠地换好衣服，坐了好一会儿，然后再下楼来。这时，母亲已经把三点钟的工间点心给员工分发好了。

"妈妈。"千重子用微颤的声音说，"我有件事只想和妈妈说说……"

阿繁点点头："我们上二楼去吧。"

于是，千重子有些拘谨地问道：

"这里也下了暴雨吧？"

"暴雨？这里没有下暴雨啊，你想说的不是暴雨的事儿吧。"

"妈妈，我去了北山杉村。我在那里遇到了我的姐妹……不知是姐姐还是妹妹，总之我们是双胞胎。今年的祇园祭我们第一次见面。听说我的生父生母早已不在人世了。"

对于阿繁来说，这些话当然是个突然的打击。她只是呆呆地盯着千重子的脸："北山杉村……是吗？"

"我不能对妈妈隐瞒。我们只见过两次，就是祇园祭那天和今天……"

"是个姑娘吧，她现在过得怎么样？"

"在杉村一户人家当雇工。她是个好姑娘。她不愿意到我们家里来。"

"嗯。"阿繁沉默了片刻，"既然你都知道了，那也好。千重子，那你想怎么做呢……"

"妈妈，我是您的孩子。请您还像原来一样，把我当成您的孩子，好吗？"千重子满脸认真地说。

"那当然，二十年前你就是我的孩子了啊。"

"妈妈……"千重子把脸趴在阿繁的膝盖上。

"其实啊，从祇园祭开始，妈妈就发现，你会偶尔一个人发愣。妈妈还以为你是有了喜欢的人呢，一直想问问你来着……"

"……"

"要不把那个姑娘带到我们家，让妈妈看看好吗？等员工回去后也行，晚上也行。"

千重子趴在母亲膝上,轻轻摇了摇头。

"她不会来的,她还唤我小姐呢……"

"是吗?"阿繁抚摸着千重子的头发,"千重子,谢谢你对妈妈说了这些。那姑娘和你长得像吗?"

丹波壶里的金钟儿,又开始鸣叫了起来。

松林青青 ///——

听说南禅寺附近有一家价格合适的房子出售,太吉郎决定趁秋高气爽,领着妻子和女儿去看看,顺便散散步。

"你打算买吗?"阿繁问。

"先看看再说吧。"太吉郎有些不耐烦地说。

"听说价格很便宜,就是房子太小了。"

"……"

"就算不买,只是去散散步也好。"

"说是这么说……"

阿繁内心有些不安。他是准备买下那处房子,然后每天继续到现在的店里来上班吗?——就像东京的银座、日本桥一样,中京的批发商街有许多老板在别处购置住宅,然后到店铺上班。如果只是这样,或许还好,说明丸太的生意虽已日趋萧条,但家里尚且还有能力另外购置一套小型房产。

然而,太吉郎是否考虑着要卖掉店铺,然后住进那个小房子里"隐居"呢?或者他在考虑趁手头还算宽裕,早点下决心呢?但如果真的如此,丈夫在南禅寺附近的小房子里,打算做些什么?打算如何生活呢?太吉郎已经年过半百,她也想让他顺从自己的内心,自由自在地过日子。虽然卖掉店铺能得到一笔可观的存款,但单靠利息生活总是会让人心里不踏实。如果有谁能帮忙将这笔钱妥善理财,那就可以轻松自在地生活了。可是阿繁一时间想不起身边哪里有这样的人选。

虽然母亲没有把心里的不安说出来,但是女儿千重子似乎已经很清楚了。千重子还很年轻,眼睛里透露出安慰的神色。

然而,太吉郎却显得开朗而愉快。

"爸爸,我们要是去散步,可以顺便经过青莲院那里看一看,好吗?"千重子在车里请求道,"就在入口前面稍微停一下……"

"是樟树吧,你想看樟树吗?"

"是啊,"千重子惊讶地说,"是想看看樟树呢。"父亲猜中了千重子的心思。

"走吧,走吧。"太吉郎说,"爸爸年轻时曾在那棵大樟树的树荫下,与朋友谈天说地。——虽然那些朋友现在已经不在京都了。"

"……"

"那一带每个地方都令人怀念啊。"

千重子让父亲勾起了青年时代的往事,沉浸在回忆中。

"我自从离开学校以后,还没有在白天里去看过那些樟树呢。"千重子说。

"爸爸,您知道夜间观光巴士的路线吗?参观寺庙的行程中有青莲院,开到那里时,会有几个僧侣拎着提灯出来迎接。"

游客会在僧侣们的提灯照明下,一直被领到大门口,这段路程相当长。不过,来这儿游览的情趣也就在于此了。

根据观光巴士的导览说明,青莲院的尼僧们会以薄茶招待游客。谁知,当他们被带进大厅时,情况却变了。

"招待倒是招待了,但是那么多人,他们只端上来一个堆满简陋茶碗的椭圆形大木盘,然后就匆匆忙忙离开了。"千重子笑了起来。

"尼姑们或许也参与其中,她们动作迅速到让人眼花缭乱……真是太令人失望了,这茶都是半温不烫的。"

"嗯,那也没办法。如果做得太细致,不是会花费很多时间吗?"父亲说道。

"哦,那还可以。那宽阔的庭院,被四面八方的灯光照射着。僧侣站在庭院中央发表着演说,虽然是对青莲院的介绍,但听着真像一场激烈的辩论。"

"……"

"进入寺庙后,不知从哪儿传来了琴声。我问朋友,不知是真琴演奏还是放的唱片呢?"

"嗯。"

"然后就去看祇园的舞子,在歌舞排练场上看了两三支舞。哎呀,不知道那个叫什么舞子呢?"

"怎么说呢?"

"虽说系着宽松的腰带,衣装却看起来可怜兮兮的。"

"我也不清楚啊。"

"后来又从祇园到岛原的角屋看了高级艺伎。她们的衣装应该是十分讲究的。还有侍女也是……在蜡烛的光亮下,举行什么'酒盃'① 仪式。然后在门口的土间,还向我们展示了高级艺伎盛装游行的装束。"

"噢,如果能看到这么多,已经很好了。"太吉郎说。

"是啊。青莲院的僧侣提着灯接待和岛原角屋的高级艺伎等,这些确实是很好的。"千重子回答道,"这些事,我记得之前好像也讲过……"

"什么时候也带妈妈一起去看看吧。我还没看过岛原角屋,还有高级艺伎这些呢。"母亲正说着,车子已经到了青莲院的门前。

千重子为什么突然想去看樟树呢?是因为她曾经在植物园的樟树林荫散过步?还是因为北山杉说到底是人工培植的,她更喜欢樟树这样自然长成的大树呢?

然而,青莲院入口处的石墙边,只有四株樟树成排伫立着。其中,靠近眼前的那株是最老的。

千重子一行三人站在樟树前,静静地望着,没有说任何话。定睛凝视,只见樟树粗壮的枝干以奇特的姿态伸展开来,交错的姿态中,似乎蕴藏着一种不可思议的力量。

"行了,我们走吧。"太吉郎说着,朝南禅寺的方向迈开步伐。

太吉郎从口袋里掏出一张纸,那是通往出售房子的路线图。他边看边说:"你知道吗,千重子,虽然爸爸也不太了解樟树,但应该是生长在温暖的地方对吧?比如热海或九州这样的地方,应该很常见的。虽然这棵樟树是老树了,但感觉像是一个巨大盆景呢。"

"这正是京都,不是吗?无论是山川河流,还是人……"千重子说。

---

① 酒盃,指的是高级艺伎在表演中使用的酒杯,形状通常是宽口杯,用来装饮料。在"酒盃"仪式时,她们通常会手持酒盃,向观众展示优雅和技艺。

"噢，是吗？"父亲点了点头，"当然，并不是每个人都是如此的。"

"……"

"无论是现在的人，还是古代的历史人物……"

"是的，没错。"

"如果按照千重子的说法，那么整个日本不也是这样吗？"

"……"

千重子觉得，父亲的话虽然有些扯远了，但也不无道理。她说："是的，爸爸，细看那棵樟树的树干，还有那以奇特姿态伸展着的枝丫，都有一种令人敬畏的感觉，好像有某种巨大的力量蕴含其中，不是吗？"

"是啊，年轻的女孩子也会这样想吗？"父亲转过身来看着樟树，然后目不转睛地盯着女儿，"没错，你说得对。就像你的满头乌黑亮丽的头发，长得越来越长……爸爸老啦，反应迟钝啦。你真是让我听到了一席精彩的发言。"

"爸爸！"千重子带着万千心绪，呼唤着父亲。

从南禅寺山门望向里面，宁静而广阔。和素日里一样，人迹罕至。

父亲一边看着路线图，一边向左拐。那家的房子看起来很小，但围墙很高，纵深很广。从狭窄的门口到玄关的两侧，白色胡枝子花成排绽放着。

"哇，好漂亮啊！"太吉郎望着门前盛开的白色胡枝子花，站在那儿望出了神。但是，他原本想要购买这座房子的兴趣已经消失了。因为他发现隔壁那座稍大一些的房子，已经变成了一家饭馆兼旅馆。

然而，这些胡枝子花绽放得那么美丽，令人难以离去。

太吉郎刚刚惊讶地发现，南禅寺前这一带的大街上的房屋很多都变成了饭馆兼旅馆。有些甚至被重新改造成了接待大型旅行团的旅馆，从地方上来的学生们进进出出，熙熙攘攘。

"这个房子看起来还不错，但不能买。"太吉郎在种着胡枝子花的门口喃喃自语。

"看来整个京都迟早都会像高台寺附近一样，要变成饭店旅馆了……大阪和京都之间已经变成了工业区。而西京一带，虽说还有一些空地，就算交通略有不便，但附近将来可能会建造一些奇形怪状的新房子的……"父亲说着，脸上露出了失落的神色。

太吉郎或许还留恋着那一排白色胡枝子花，走了七八步之后，他又一个人折回去，好好观赏了一番。

阿繁和千重子就在路边等待着父亲。

"花盛开得这么好看。是不是有什么秘诀呢？"太吉郎回到两人身边。

"要是能用竹子支撑起来就好了……如果下雨的话，胡枝子叶子湿漉漉的，行人就不能走在石板路上了。"父亲说道，"这家房主，如果想到今年胡枝子花还会盛放，开得如此美丽，大概就不会舍得卖掉这套房子了吧。但如果非卖不可了，那无论胡枝子花枯萎还是凋谢都顾不上了。"

阿繁和千重子沉默不语。

"人啊，恐怕就是这样的。"父亲脸上的神色黯淡。

"爸爸，你喜欢胡枝子花吗？"千重子爽朗地说，"虽然今年来不及了，但明年我会为爸爸设计一张胡枝子花纹的画稿。"

"胡枝子是适合女性的花纹，对哦，可以做成夏季的浴衣。"

"那我就让它既不是女式花纹，也不是夏季的浴衣。"

"哦，小花纹什么的，那只能做内衣啊。"父亲看着女儿，笑着说，"作为回礼，爸爸给你画一幅樟树的图案，做成和服或者外褂，这样诡异的图案你穿起来……"

"……"

"男人和女人的样式好像颠倒了啊。"

"并没有颠倒啊。"

"不信你穿着像鬼一样的樟树图案的和服，上街走走看？"

"好，我就穿上出去，上哪儿都行……"

"嗯。"

父亲低下头，陷入了沉思。

"千重子，其实我不只是喜欢白色胡枝子花，不同的花在不同的时间和地点，都能在心里留下不同的感触。"

"是啊。"千重子回答道，"爸爸，既然到这里来了，能不能顺便去龙村看一看……"

"哦，那是为外国人服务的店铺……阿繁，你看怎么办好呢？"

"如果千重子想去的话，我觉得没问题。"阿繁爽快地回答。

"好啊，那就去吧，但是龙村那边可没什么腰带卖……"

这一带是下河原町的高级住宅区。

千重子走进店里，专心地看着右边摆放的一堆叠起来的女装绸缎面料。这些并不是龙村生产的，而是"钟纺"① 的织品。

阿繁走过来问："千重子，你也打算穿西装吗？"

"不，不是的，妈妈，我只是好奇，外国人喜欢什么样的丝绸。"

母亲点了点头，站在女儿身后，偶尔伸出手指触摸着那些绸缎面料。

主要以正仓院切片为主的仿古代纺织物的切片，挂满了中间的房间和走廊。

这就是龙村的织品。太吉郎之前来看过几次龙村的展览，也看过古代纺织品的切片和目录，这些都在他的脑海里印象深刻，名字什么的早已了然于胸，但他还是忍不住一再仔细地欣赏。

"这是为了让西方人知道，日本也能制作出这样的商品。"一位见过太吉郎的店员说。

太吉郎之前来时也听过这些话，但是现在他听了还是点头赞同。即使是模仿中国唐代的复制品，他也说："真是了不起啊……恐怕是千年前的东西了吧。"

陈列在这里的仿古代大书画断片是非卖品。——也有一些是用来织妇女腰带的，太吉郎很中意，买了几条给阿繁和千重子。但这家店显然主要是面向洋人的，没有腰带出售。最大件的商品，也只有桌布而已。

另外，在橱窗里还摆放着小袋子、钱包、卷烟盒、手绢等小物件。

太吉郎买了几条不太像龙村风格的领带，还买了几个"揉菊"钱包。所谓"揉菊"，就是将光悦②在鹰峰制作的名为"大揉菊"的纸质工艺品纹样应用到织物上，这种制作手法新颖独特。

"在东北的某些地方，现在还有这种用坚固的和纸制作的类似钱包的东西。"太吉郎说。

"嗯，嗯。"店员附和道，"虽然我们也不太清楚它和光悦之间有什么关

---

① 钟纺，日本的纺织企业，1920 年成立，位于大阪府。
② 光悦，本阿弥光悦（1558—1637），日本江户时代著名的工艺家、艺术家，主要活跃于京都地区。他以卓越的技艺和创作才能享有盛誉，擅长织物纹饰和纸艺品，尤其以创作的菊纹工艺而著名，对日本传统工艺和文化的发展有着重要影响。

系……"

里面的展示柜上，摆放着索尼牌的小型收音机，太吉郎他们甚感惊讶。这些为了赚取"外汇收入"的寄卖商品未免也太……

他们三人被请到了里面的接待室喝茶。店员告诉他们，这些椅子曾被外国贵宾们坐过。

窗外有一片面积不大，却十分罕见的杉树林。

"这是什么杉树？"太吉郎问。

"我也不太清楚……好像叫作广叶杉。"

"是哪几个字呢？"

"花匠有些字不认识，他们也不一定拿得准，好像是广大的广，叶子的叶，写作'广叶杉'。据说在本州岛以南才有这种树。"

"树干是什么颜色？"

"那是苔藓。"

小型收音机响了，太吉郎转过头，看到有个年轻男子正在向三四位西洋妇女解释如何使用。

"呀，那是真一的哥哥。"千重子站了起来。

真一的哥哥龙助也向千重子这边走来。他向坐在接待室椅子上的千重子的父母鞠了个躬。

"是您在接待那些女士？"千重子问。双方一接触，千重子就感觉到，真一的哥哥与随和的真一不同，他身上有一种咄咄逼人的感觉，似乎让人很难接近。

"也不能叫接待，我只是给那些人当翻译跑跑腿。本来一直都是我朋友做的，他妹妹前几天去世了，所以我暂时代他干三四天。"

"呀，他的妹妹……"

"是啊，比真一大概小两岁，是个可爱的女孩子……"

"……"

"真一的英语不太好，人又腼腆，所以，嗯，只好我来……这家店本来不需要翻译……而且来这家店的这些客人只是来购买小型收音机之类的东西。她们都是住在都酒店的美国太太。"

"是吗?"

"都酒店离这儿很近,所以顺便过来看看。要是她们能仔细看看龙村织品就好了,可惜只对小型收音机感兴趣。"龙助小声笑道,"不过也无所谓啦。"

"我也是第一次发现这里还卖收音机。"

"小型收音机和丝绸,都一样收美元,没什么区别。"

"嗯。"

"刚才在庭院里,看到池塘里有各种颜色的锦鲤,我在想:如果她们详细问起来,我该怎么解释呢?没想到她们只是夸锦鲤漂亮就完了,可算得救了。关于锦鲤,我实在不懂。锦鲤的各种颜色,用英语我不知道该怎么说才确切,还有带斑点的锦鲤的颜色……"

"……"

"千重子小姐,要不要出去看看锦鲤?"

"那些太太们呢?"

"让店员去招待吧,大概也快到喝茶的时间了。据说她们要和丈夫们会合,一起去奈良。"

"我去跟父母打声招呼。"

"啊,我也要去跟客人打个招呼。"龙助说完,走向那些太太身边,他低声说了些什么。太太们齐刷刷地望向千重子。千重子的脸红了。

龙助立刻回来,邀请千重子走出院子。

他们坐在池塘的岸边,静静地看着漂亮的彩色锦鲤游动,沉默了一会儿。

"千重子小姐,您家里店铺的掌柜——现在说起来算是公司专务或常务,请您给他点儿脸色瞧瞧。您能做到吗?如果有需要的话,我也可以帮您撑腰壮胆……"

千重子感到十分意外,她的内心突然一阵惶恐。

从龙村回去后的那个晚上,千重子做了一个梦——自己正蹲在池塘边,色彩斑斓的锦鲤成群游到脚下,互相挤攘,有的一跃而起,有的把头伸出水面。

只是这样一个梦,而且都是白天发生的事情。千重子将手伸入池水,稍微搅动起了一些波纹,锦鲤们就立即聚拢过来了。千重子感到诧异,对锦鲤群产生了难以言喻的情感。

站在她身旁的龙助似乎比千重子还要诧异。

"千重子小姐的手到底有着怎样的芳香——怎样的灵气呢？"龙助说。

千重子害羞地站起身来说："或许是锦鲤习惯了与人类接触吧。"

然而，龙助却目不转睛地凝视着千重子的侧脸。

"东山就在不远处了。"千重子避开龙助的目光。

"嗯，您不觉得山色稍许有些变化吗？已经像秋天了……"龙助回答道。

千重子醒来后已经记不清了，在关于锦鲤的梦境中，龙助是否在她身边。她久久无法入睡。

第二天，千重子从龙助那里得知，他建议她向店铺掌柜提出"给点儿脸色瞧瞧"的请求。千重子对此犹豫不决。

快到店铺打烊的时候，千重子坐在账房前。账房是用低矮的格子围起来的，有点复古的味道。掌柜植村察觉到了千重子不同寻常的举止，问道：

"小姐，有什么事？"

"请让我看看衣服面料。"

"是小姐穿吗？"植村松了口气，"是要穿我们自家的面料吗？现在打算做过年的和服吗？还是外出拜访的衣服？或者长袖和服呢？哦，小姐过去不都是从冈崎染坊和雕万的店铺里买的吗？"

"我想看看自家的友禅。不是过年穿的。"

"哦，那当然，我们把所有料子拿出来，让您任意挑选，不知道有没有您中意的。"植村站起身，叫来了两名店员，低声交谈后，三人拿出十几匹布料，熟练地铺放在店铺的正中央让千重子看。

"这个不错。"千重子果断决定了下来，"请在五天或一周内为我定制好，还有夹袍下摆里子什么的，都交给你们了。"

植村有些犹豫地说道："时间有点紧，我们是批发店，很少接定制的活儿。不过应该没问题的。"

两名店员熟练地将布料卷好。

"这是尺寸。"千重子把清单放在植村的桌子上。但是她并没有离开。

"植村先生，我也想开始学着了解我们家的生意，请您多多指导。"千重子一边轻声说，一边点头致意。

"哪里的话。"植村的表情有些僵硬。

千重子平静地说道:"明天也可以,请给我看看账簿。"

"账簿?"植村苦笑着说道,"小姐想查账簿吗?"

"倒没有'查'那么夸张,只是我在想,不看看账簿,怎么了解我们家的生意情况呢?"

"哦。账簿有好几种呢,另外还有专门应付税务署的账簿。"

"我们有双重账簿?"

"小姐,看您说的。即使我们要做假账,肯定也要请您来帮忙才敢的。我们是光明正大的。"

"明天给我看一下吧,植村先生。"千重子干脆地说完,转身从植村面前走开。

"小姐,从您出生前,这家店铺就一直是我在打理呢……"植村说。但千重子连头也没回。植村又用小到几乎听不到的声音咕哝着:"这是什么意思?"然后他轻轻咂了咂舌头,"真是腰疼啊。"

千重子走到母亲面前。母亲正准备着晚餐,被吓了一大跳。

"千重子,你说的话可真厉害啊。"

"嗯,吓到你了吧,妈妈。"

"年轻人啊,表面看起来温和,但厉害起来也真可怕呀,妈妈都吓得发抖了。"

"也是人家给我出的主意呢。"

"嗯?是谁呢?"

"是真一的哥哥,在龙村的时候……他告诉我真一家里的情况,他父亲的生意还算红火,有两个很好的伙计。他说如果植村不干的话,可以调一个人给我们,接手我们家的事情。甚至他自己来帮忙也可以。"

"是龙助这样说的吗?"

"是的,他说反正要做生意,所以研究生随时辍学都一样……"

"哦?"阿繁望着千重子那张美丽耀眼的脸庞。

"不过,植村先生倒也没有辞职的意思……"

"他还说,如果白色胡枝子花的那家附近有合适的房子,他也想让父亲买下来。"

"嗯。"母亲一时说不出话来,"你爸爸好像有点厌世啊。"

"爸爸就是那样的,好像也挺好。"

"这也是龙助说的?"

"是啊。"

"……"

"妈妈,刚才您可能也看到了,我们送一块店里的和服面料给那位杉村女孩好吗?算我求您啦……"

"好啊,好啊,顺便再做件外褂怎么样?"

千重子避开母亲的视线,眼中噙满了泪水。

为什么会叫高织机呢?当然,就是高架手织机的意思了。也有的说是由于手织机放在挖得相对浅的地面上,土地中的湿气对丝线有好处。原本这台高织机上有人坐在上面工作。现如今,人们把很重的石头放在篮子里,吊在高织机旁边。

还有些纺织作坊同时使用手工织机和机械织机。

秀男家只有三台手织机,兄弟三人各用一台,父亲宗助有时也会用一下。在到处遍布着小纺织作坊的西阵,他们的家境也算说得过去。

受千重子之托织造的腰带正在一天天接近完工,秀男的喜悦也与日俱增。这当然是因为自己付出的劳动就要看到成果了。但更重要的是,在来回穿梭的织线以及织机的运转声中,仿佛看到了千重子期待的笑脸。

不,不是千重子,是苗子。不是千重子的腰带,而是苗子的腰带。然而,在秀男纺织的过程中,千重子和苗子融为一体。

父亲宗助站在秀男旁边,静静地看了许久。

"呀,好漂亮的腰带。纹样很少见呢。"他歪着头问道,"是给谁织的?"

"佐田先生的千金,千重子小姐。"

"纹样是谁设计的?"

"是千重子小姐设计的。"

"噢,是千重子……真的吗?嗯……"父亲倒抽了一口气,仔细观察着织机上的腰带,用手轻轻摸过,"秀男,织得很紧凑硬实,这样就很好了。"

"……"

"秀男，我之前也跟你说过，佐田先生对我有恩。"

"是的，爸爸，听您说过了。"

"嗯，我是说过吧。"宗助重复了一遍，"我从一个普通的织工白手起家，好不容易买了一台高织机，有一半是贷款。所以每次织腰带，我都会拿给佐田先生。只送一条腰带很不好意思，所以总在半夜偷偷送过去……"

"……"

"佐田先生从没露出过不悦的表情。现在已经有三台织机了，勉强算是……"

"……"

"不过，秀男，人家和咱们的身份还是有差异啊……"

"我知道，但是为什么要说这些啊？"

"秀男，你好像挺喜欢佐田先生家的千重子……"

"你说这个呀……"秀男原本停下的手脚又开始动起来。

腰带织完了，秀男赶紧前往杉村，给苗子送去。

那是一个下午，北山方向的天空中出现了几道彩虹。

秀男带着给苗子织的腰带，一上路就正好看到了彩虹。彩虹很宽，但颜色很淡，上面弧形的圆顶还没有合拢起来。秀男站在原地，凝视着，彩虹的颜色逐渐变淡，眼看就要消失了。

然而，在汽车上山的途中，秀男又两次看到了类似的彩虹。一共三次看见彩虹，每一次都不是完美的弧形，总是有模糊的地方。明明是常见的彩虹，但是今天秀男总在想："彩虹是吉兆呢，还是凶兆呢？"秀男感到有些不安。

天空并不阴沉。一进入峡谷，还能看到类似的淡淡彩虹吗？这个嘛，因为靠近清泷川岸边，被那边的山挡住，看不到了。

秀男在北山杉村下车后，只见苗子穿着工作服，擦着潮湿的手，马上走了过来。

她正细心地用菩提沙（实际更接近咖啡色的黏土）清洗杉圆木。

虽然才十月，但山水应该很凉。在人工挖掘的沟槽里，杉圆木漂浮其中，一端安着简陋的锅灶，从里面流出的热水上冒着蒸汽。

"呀，您居然到这样的深山老林里来了。"苗子弯了弯腰。

"苗子小姐，这是上回答应你的腰带，织好了，现在我给你送过来。"

"这是代替千重子小姐接受的腰带，我已经厌倦当她的替身了，只见见面就挺好的。"苗子说。

"这条腰带是我答应给你织的，而且是千重子小姐设计的。"

苗子低下头说："其实啊，秀男先生，不瞒您说，前天千重子小姐店里的人来过，把我的和服、草鞋甚至整套配饰都给我送来了。可是这些行头，我不知道什么时候才有机会穿上呢。"

"二十二日的时代祭如何？你不能参加吗？"

"不，他们会允许我出去。"苗子毫不犹豫地说，"现在，在这儿太引人注目了。"她好像思考着什么事情，然后说："要不到河边的小石滩去走走吧？"

这次怎么能像上次一样，和千重子两个人一起躲进杉山里呢？

"秀男先生织的腰带，我会当成宝贝一辈子珍藏的。"

"哪里的话，我还会再织给你的。"

苗子一句话也说不出来。

千重子给苗子送和服这件事已经众所周知，苗子寄养的人家自然也已经全都知道了。因此，即使把秀男带到那家去也没什么不妥。然而，苗子已经大致了解千重子现在的身份，以及她家里店铺的情况，她童年时代起一直怀抱的心愿终于实现了。另外，她也不想因为一点琐碎的小事就麻烦千重子。

当然，苗子寄养的人家——村濑家有着杉林产业，在这里相当有地位，而且苗子工作勤奋，所以即使千重子一家知道了，也不至于有什么困扰。相比于一般的纺织物批发商，或许拥有杉林产业的人更有实力。

然而，苗子打算今后与千重子更加慎重地接触和交往，因为对千重子的爱已经深深地埋藏在了她的心底。

所以她才带着秀男来到清泷川旁边的小石滩。在清泷川的小石滩上，凡是能种植的地方都尽可能地种上了北山杉。

"真是失礼了，为难您了，请您原谅。"苗子说道。到底是女孩子，她还是想尽快看到腰带。

"杉山真美啊！"秀男一边抬头望着山，一边解开棉布包袱皮，松开纸绳。

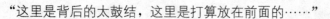

"这里是背后的太鼓结,这里是打算放在前面的……"

"哇。"苗子一边整理着腰带,一边说道,"对我来说实在太过珍贵了,我哪里配得上啊。"苗子的眼里闪现着光芒。

"毛头小子织的带子,有什么配不上的?因为离新年也不远了,所以我画了应时的红松和杉树。我一直考虑把红松放在背后作为太鼓结,可是千重子小姐觉得应该把杉树放在后面。来到这儿我才真正明白了。一听到杉树,就会马上想到一棵棵高大的、古老的树木,嗯……我画得柔和一点,或许是作品的特色吧。红松树干的用色也有些巧思,增添了作品的色彩……"

当然,杉木树干并不是直接用原色画的,在形状和色调上都经过了精心的设计。

"嗯,这条腰带真是太美了。真的太感谢了……可惜像我这样的人,恐怕不适合系这么华丽的腰带。"

"千重子小姐送来的和服还合身吗?"

"应该合身的。"

"千重子小姐从小就熟悉京都特色的和服……这条腰带还没给她看过呢。不知为何,总觉得有点不好意思。"

"这是千重子小姐的设计啊……那我也想让千重子小姐看看。"

"那时代祭的时候,就请你穿上吧"秀男说着,将腰带叠放好,装进纸袋。

秀男把纸绳系好,然后对苗子说道:"请你愉快地接受吧,我只是完成千重子小姐拜托我的任务。你就把我当成一个普通的纺织工就是了。"然后他继续说,"不过我是诚心诚意为你织的。"

苗子接过秀男递给她的那包腰带,默默地将它放在膝上,一言不发。

"就像我刚才说的,千重子小姐从小就熟悉和服,她特地为你挑选的和服,一定和这条腰带很协调……"

两人面前的清泷川,隐约传来潺潺的流水声。秀男环视着两岸的杉山说:"杉树的树干就像精心雕刻的工艺品一样笔直耸立着,这我想象到了。可是没想到杉树上面的枝叶像是朴素淡雅的花呢。"

苗子的脸上浮现出了一丝忧郁。或许父亲在修建树枝时,想起了被抛弃的千重子，因而心痛难过，才从一处树枝荡到另一处树枝时不慎摔落下来。那时候的苗子和千重子还是襁褓中的婴儿，自然什么也不知道。直到长大一些了，才听村子里的人提起此事。

因此，苗子只知道千重子是自己的孪生姐妹——实际并不知道千重子的名字，当然连她是死是活、是姐姐还是妹妹，都一概不知。苗子只是企盼能够见见她，一次，哪怕一次也好，就算只是远远地看上一眼。

苗子那间破旧的小屋，至今依然荒废在杉村里。因为一个女孩无法独自居住，所以长期以来，这里居住的是一对一起工作的中年夫妇以及他们上小学的女儿。当然，这里也没有收房租，的确也不是一个能收房租的像样的地方。

只是那个上小学的小姑娘特别喜爱花草，这个房子旁边正好有一株美丽的金桂。"苗子姐姐！"有时小姑娘会跑到苗子这儿来打听养护金桂的方法。

"不用管它就好。"苗子回答道。然而，当经过那间小房子时，苗子总觉得从老远的地方就比别人先闻到了金桂的香气。这对苗子来说，反倒增添了一丝感伤。

苗子把秀男织的腰带放在膝盖上，沉甸甸的，万般滋味涌上心头……

"秀男先生，既然我已经知道千重子小姐的下落，以后自然不会与她任何来往。这套和服和腰带我会穿一次的……还请您理解我，好吗？"苗子真诚地说。

"是的，我能理解。"秀男回答道，"时代祭你会来的吧。请苗子小姐亲手系上这条腰带，让我看看。但我不会邀请千重子小姐来的。节日的游行队伍是从御所出发的。我在西边的蛤御门等你。就这样，好吗？"

苗子的脸颊泛起一阵淡淡的红晕，然后深深地点了点头。

在对岸水边，有一棵小树的叶子泛出红色，映入水中的倒影轻轻摇曳。秀男抬起头问："那鲜艳的红叶挂满枝头的是什么树？"

"是漆树。"苗子抬头回答道。她伸出颤抖的手整理头发，却一不小心让黑发散落下来，一直垂落到肩膀和后背上。

苗子倏地涨红了脸，她将头发拢起来，并用衔在嘴里的发簪绾住，但有些发簪掉落在地上，不够用了。

秀男看着，觉得她的姿态和动作实在是美极了。

"你打算留长发吗?"他问道。

"是的,千重子小姐也没有剪掉呢。她很擅长梳理头发,所以男性几乎看不出来……"苗子慌忙把手巾盖在头上,并说了声,"对不起。"

"……"

"在这儿,我不需要打扮自己,只要把杉树打理好。"

虽说如此,她的嘴唇上似乎也涂了一层淡淡的口红。秀男多么希望苗子再次把头巾摘下来,看她乌黑长发垂下来的样子。但他无法开口。秀男看到苗子匆忙戴上手巾,就有了这种想法。

狭窄的山谷西边的山峦已经开始变得暗淡。

"苗子小姐,我想你该回去了。"秀男站了起来。

"今天的工作差不多也结束了……日头变短啦。"

秀男望着山谷东边的山巅上挺拔耸立的杉树,树枝的缝隙中透出金色的晚霞。

"秀男先生,谢谢您,真的非常感谢。"苗子轻轻接过腰带,也起身站了起来。

"如果要感谢的话,就感谢千重子小姐好了。"秀男虽然这么说,但是为这位杉村姑娘织腰带,还是让他的内心充满了喜悦。那种喜悦就像暖流,在心里流淌着。

"可能我有点唠叨,但时代祭那天,请你一定参加。请记住,我在御所西门,蛤御门等你!"

"好的。"苗子深深地点了点头,"穿着从未穿过的和服和腰带,肯定会感到难为情……"

在节庆典礼甚多的京都,十月二十二日的时代祭,同上贺茂神社、下鸭神社的葵祭和祇园祭一起被誉为三大盛事。虽然是平安神宫的庆典活动,但巡游队伍是从京都御所出发的。

苗子从早上开始就心神不定,比约定的时间早了半个小时,到达御所西边的蛤御门的阴凉处等待秀男。这是她平生第一次等待一位男子。

所幸天气晴朗,万里无云。

平安神宫建于明治二十八年，为纪念迁都京都一千一百年而建，在三大盛事中无疑是最新的一个。然而，由于它是庆祝定都京都的祭典，所以巡游队伍展示了千百年来京都风俗文化的变迁。而且为了展现各个时代的服饰，还要推出人们所熟知的各朝代的人物。

例如，和宫①、莲月尼②、吉野太夫③、出云阿国④、淀君⑤、常盘御前⑥、横笛⑦、巴御前⑧、静御前⑨、小野小町⑩、紫式部⑪和清少纳言⑫等。

还有大原女、桂女⑬。

此外，艺伎、女演员、女贩也混杂其中。以上所列皆为女性。当然还有

---

① 和宫，即和宫亲子内亲王（1846—1877），生于京都，仁孝天皇第八个女儿，桂宫淑子内亲王和孝明天皇的异母妹，明治天皇的姑姑。1861年（文久元年）获内亲王宣下，隔年下嫁德川家茂将军，史称和宫降嫁。

② 莲月尼，即大田垣莲月（1791—1875），名诚，号莲月。江户末期的歌人、陶艺家，生于京都。学习歌道千种有功，擅长武艺，与丈夫死别后成为尼姑，故称"莲月尼"。

③ 吉野太夫，京都奈良地区高级艺伎的统称，一般通晓琴棋书画，在艺伎中才艺和教养出众，地位最高。

④ 出云阿国（生卒年不详），是安土桃山时代至江户时代前期的女性艺术家、舞蹈家，将传统的矢箭舞融入表演中，后演变为日本传统戏剧形式之一的歌舞伎。

⑤ 淀君，即淀殿（1569—1615），本名浅井茶茶或浅井菊子，生于近江国小谷（现为滋贺县长滨市），战国时代至江户时代初期的人物。丰臣秀吉的侧室，对丈夫的政治决策和家族的命运发挥着重要影响。

⑥ 常盘御前（生卒年不详），平安时代末期的皇室女官，源义朝的侧室，源义经的生母。源义经之兄源赖朝起兵后，常盘御前在去寻找源义经的途中被杀害。

⑦ 横笛，《平家物语》中的重要角色，与重盛殿的侍从斋藤泷口时赖相恋，历经悲恋后削发为尼，在寺院中度过余生。

⑧ 巴御前（生卒年不详），《平家物语》和《源平盛衰记》中的重要角色，日本源平时代的女将，木曾义仲的妾室，以美貌著称。关于其故事流传着多个版本，有说她在最后的战斗中随丈夫木曾义仲共赴地狱，也有说她再嫁了源赖朝部将和田义盛，还有说她出家为尼，一直守护着木曾义仲的陵墓。

⑨ 静御前（生卒年不详），平安时代末期至镰仓初期的人物，源义经的爱妾，擅长舞蹈，为日本古代三大美女之一。源义经死后为悼念丈夫，在高柳寺削发为尼，过着凄凉的生活。

⑩ 小野小町（生卒年不详），平安时代的女歌人，才华出众，和歌创作主题以恋爱情感和人生体悟为主，风格哀婉而细腻。

⑪ 紫式部（生卒年不详），平安时代中期的作家、歌人、女官，中古三十六歌仙之一，著有《源氏物语》，和歌收录于《小仓百人一首》等，是日本文学史上的代表人物之一。

⑫ 清少纳言（生卒年不详），平安时代的歌人、作家，中古三十六歌仙之一，与紫式部、和泉式部并称为平安时代的三大才女，曾任一条天皇皇后藤原定子身边的女官，著有随笔集《枕草子》。

⑬ 桂女，居住在山城国葛野郡桂（现为京都府京都市西京区桂地区）的女性，因为头上戴着藤蔓的编织物而得名，职业涉及巫女、商人、艺伎、助产婆等。与上文的"大原女""白川女"一起，是具有京都特色的女性形象。

男性，比如楠正成①、织田信长②、丰臣秀吉③等王朝公卿和武将。

巡游队伍很长，长得像京都风俗画卷一样。

据说女性参与巡游是从昭和二十五年开始的，从此节庆典礼更增添了艳丽缤纷的色彩。

巡游队伍的前面是明治维新时期的勤王队，以及丹波北桑田的山国队，队伍的末尾是延历时代的文官上朝的队伍。回到平安神宫后，巡游队伍在凤轿④前面朗诵祝词。

巡游队伍是从御所出发的，所以在御所前的广场上观看最好。秀男邀苗子到御所的目的正在于此。

苗子站在御所门口的阴凉处等待秀男，但因为人来人往，没有人注意到她。然而，却有一位看起来像商店老板娘模样的中年女子径直走向她，说："小姐，您的腰带好漂亮，在哪儿买的？和您的衣服很配呢……让我看看。"女子边说边想伸手去摸，"能让我看看后面的腰带吗？"

苗子转过身去。

"哇！"中年女子一声赞叹。苗子被打量了一番，反而心里踏实了一些，因为以前从未穿过这样的和服，也从未系过这样的腰带。

"久等了吧？"秀男走了过来。

御所附近的座位几乎全被佛教团体和观光协会占去了。秀男和苗子只好站在观礼席的后方。

苗子第一次位于这样上好的席位，只顾着全神贯注地看着巡游队伍，连秀男的存在和自己身上的新衣裳都差点忘记了。

然而，她很快回过神来："秀男先生，您在看什么呢？"

"我在看青翠的松树啊。你看，那巡游队伍在松树的绿色背景下被映衬得

---

① 楠正成，即楠木正成（1294—1336），镰仓时代末期至南北朝时代的武将，自称为橘氏后裔。

② 织田信长（1534—1582），战国时代的重要统治者和军事家。他推行了一系列军制改革，继承了织田家族的领地，在中部地区展开了一系列的征战和扩张行动，成功地统一了美浓、尾张、三河等地，并建立了自己的势力基础。

③ 丰臣秀吉（1537—1598），战国时代和安土桃山时代的重要统治者和军事家。他实施了一系列重要的政治、经济和社会改革，在织田信长的麾下崛起，并在信长逝世后继续扩张势力，通过一系列的战争和外交手段，成功统一了日本。

④ 凤轿，节庆典礼时皇室用的轿辇，装饰华丽而精美。

越发醒目了。这宽敞的御所庭院里长满了黑松树,我太喜欢了。"

"……"

"我也在偷偷看着你呢,感觉到了吗?"

"哎呀,真讨厌!"苗子说完,低下了头。

深秋的姐妹 /// ——

在节庆典礼甚多的京都，千重子尤其喜欢鞍马寺的火祭，远远超越了"大文字"祭。因为离得不远，苗子也曾去那里看过火祭。但是，在以往的火祭现场，或许她们并没有注意到彼此的存在。

从鞍马道至参道，家家户户用松枝搭起屏障，向屋顶洒上水。然后从午夜开始，人们点燃大小不一的火把，嘴里一边喊着"哼呀嗨呀"的呼号，一边登上鞍马寺。火焰熊熊燃烧。随后两座神轿被抬出，村庄（现在是城镇）的女人们全体上阵，拉着神轿的绳索，最后献上巨大的火把。祭典一直持续到将近天亮。

不过，今年这个著名的火祭被取消了，据说是出于节约的考虑。尽管伐竹祭还是照常进行，火祭却不举行了。

北野天神的"芋茎祭"今年也没有举行，据说是因为芋头收成不好，无法制作芋茎轿的装饰。

京都的其他活动也不少，比如，鹿谷安乐寺的"南瓜供养"和莲花寺的"黄瓜封印"等。这些活动展示了古都的历史风貌，也展示了京都人的生活方式。

近年来，恢复的活动包括，在岚山的河流上泛龙舟的迦陵频伽①，以及上贺茂神社庭院的曲水宴灯。这两个活动都属于王朝贵族的风雅游乐。

曲水宴，就是身着古老服装的人们坐在岸边，或是写诗，或是绘画，当酒杯随着流水漂到眼前，拿起酒杯，一饮而尽，然后再传给下一个人。这些都有书童伺候在侧。

---

① 迦陵频伽，佛教中想象出来的生物，上半身为人形，下半身为鸟形。因其鸣声婉转动听，也称"妙音鸟"。根据《阿弥陀经》记载，它居住在极乐净土中，象征着吉祥和美好。

千重子去年也参加过这个活动，在王朝贵族前面的是歌人吉井勇（如今已不在人世）。

恢复活动可能是最近的事儿，人们可能还不太适应。

千重子今年没去参观岚山的迦陵频伽，她觉得这些活动缺乏风雅的趣味。京都有太多古色古香的活动，实在是看不过来。

——千重子是被勤劳的阿繁抚养长大的，或许受到了母亲的熏陶，又或者，千重子本身就是这样的性格，早早起床仔细打扫格子窗等。

"千重子，时代祭的时候，你们两个看起来非常开心呢。"早饭刚收拾完，真一就打来电话。看来真一把千重子和苗子搞混了。

"你也去了吗？要是事先喊我一声就好了……"千重子耸了耸肩膀。

"我本来是这么打算的，但是被哥哥阻止了。"真一毫不掩饰地说。

千重子有些迟疑了，没有告诉真一他把人搞混了。然而，从真一的电话中，她可以想象苗子已经穿上她送的和服，系上秀男织的腰带去参加时代祭了。

苗子的同伴毫无疑问肯定是秀男。这让千重子一时之间感到意外，但她的心头很快涌起一阵暖流，脸上也浮现出了笑容。

"千重子，千重子！"真一在电话里喊道，"你怎么一声不吭呀？"

"你不是真一吗？"

"是啊，是啊。"真一笑了起来，"现在掌柜在吗？"

"不，还没来……"

"千重子，你是不是有点感冒？"

"我听起来像感冒了吗？我在外面擦格子窗门呢。"

"这样啊。"真一好像在电话那头晃了一下听筒。

这次，千重子爽朗地笑了起来。

真一压低声音说道："这个电话是哥哥叫我打的。现在，换成哥哥来跟你说……"

面对真一的哥哥，千重子无法像对真一那般轻松地交谈。

"千重子小姐，你有没有给掌柜一点儿厉害瞧瞧啊？"龙助突然问道。

"给了啊。"

"嗯，那可真了不起！"龙助又大声反复强调了几遍，"可真了不起！"

"妈妈也在旁边偷偷听着，好像替我捏把汗呢。"

"是吗？"

"我说了，我想稍微学一下我们家的生意，所以请把所有账簿都让我看看。"

"哦，这样啊，那挺好的，说与不说差别可大了。"

"然后，我还让他把保险柜里的存折、股票、债券之类的东西都拿出来了。"

"哇，真厉害啊。千重子小姐，你真是了不起。"龙助不禁说道，"千重子小姐，没想到你这么一位温柔的姑娘竟……"

"多亏了龙助先生出的主意啊。"

"这可不是我的主意，是因为附近的批发商传出了奇怪的传闻。如果千重子小姐不便说，由家父或我去说好了。但小姐说是最上策。掌柜的态度也有变化了吧？"

"是的，多少有点。"

"应该是这样吧。"龙助在电话里沉默了很久，然后说道，"真不好意思。"

龙助在电话那头似乎还有些犹豫，千重子感觉到了。

"千重子，今天下午我想到你店里去一趟，不会给你添麻烦吧？"龙助说，"真一也一起……"

"怎么会添麻烦呢，这点小事，没关系的。"千重子回答道。

"因为你是千金小姐嘛。"

"瞧你说的。"

"怎么样？"龙助笑着说，"我想趁掌柜还在店里的时候去。我要仔细打探一下。千重子小姐不必有任何压力，我会看掌柜的脸色，见机行事。"

"啊？"千重子不知如何接话。

龙助家的店铺是室町一带的大批发商，在各种社会关系中不乏有实力的人士。龙助虽然还在读研究生，但店铺的重担还是自然而然地落在了他的肩膀上。

"到了吃甲鱼的季节啦。我已经在北野大市场预订了座位，期待你们光临。令尊令堂我就暂不邀请了，以我的身份出面不太合适，所以就只请你……我会带着'稚儿'一起去的。"

千重子感到诧异，"哦。"她只能这样应了一声。

真一曾经扮演"稚儿"，坐在祇园祭的长刀彩车上，已是十多年前的事了。但哥哥龙助现在偶尔会半开玩笑地称他为"稚儿"。这或许是因为真一身上仍然保留着稚气未脱的孩童般的温柔可爱吧……

千重子对母亲说："龙助来电话了，说他和真一下午要上我们家来。"

"哦？"母亲阿繁感到有些意外。

下午，千重子到后面二楼化妆，虽然不想太引人注目，但还是下了一番功夫。她仔细地梳理着长发，却没能梳理出称心的发型。衣服也是挑来挑去，不知道穿哪件好。

终于，千重子下楼了，父亲却已经出门，不在家了。

千重子来到内客厅，拨了拨炭火，向四周环顾了一圈。她望着狭小的庭院，苔藓仍然翠绿欲滴，但枫树树干旁的两片紫罗兰叶子却开始微微泛出枯黄的颜色。

在雕着基督像的灯笼脚下，一棵小小的山茶树上开着红色的花。那红色看起来异常娇艳，比起红玫瑰，更能触动千重子的心。

龙助和真一来了。他们向千重子的母亲郑重而礼貌地问候，而龙助则独自来到账房，端正地坐在掌柜面前。

植村掌柜匆匆走出账房，向龙助正式地致以问候。他们寒暄了很久，龙助虽然也回答了一些问题，但他的脸色阴沉，态度冷漠。从这种冷漠的态度，植村当然明白其中的深意。

植村暗自琢磨着：一个毛头学生在干什么呢？然而他被龙助的态度镇住了，一时毫无办法。

龙助等植村结束话题后，沉着地说："贵店生意兴隆，真是太好了。"

"嗯，谢谢，托您的福，多亏您了。"

"我父亲常说，多亏了植村先生，您多年的经验起了大作用了……"

"您太客气了。我们这样的小店，哪里能与水木先生那样的大店相提并论呢。"

"哪里哪里，像我们这样的小铺子就是什么都沾一点，又是和服料子批发商，又是其他的，简直是杂货铺！我并不是很喜欢。要是少了植村先生那样做事稳妥的人，店铺真的就……"

植村正准备回应，这时，龙助突然站了起来，朝千重子和真一所在的内客厅走去。植村看着龙助远去的背影，脸上露出了一丝苦涩的表情。他明白，之前想看账簿的千重子与龙助之间，一定暗地里有着某种千丝万缕的联系。

龙助走到内客厅，千重子抬头看着他的脸，仿佛用眼光向他询问情况。

"千重子小姐，我已经给了掌柜一些警告。因为之前我给你出过点子，所以我有责任这么做。"

"……"

千重子低下头，为龙助沏了一杯薄茶。

"哥哥，你看那棵枫树树干旁的紫罗兰。"真一用手指着说，"不是有两株紫罗兰吗？千重子小姐从几年前开始，就一直将它们看作可爱的恋人……虽然近在眼前，却无法成为真正的一对……"

"嗯。"

"女孩子啊，总是想得很天真呢。"

"讨厌，真一，这样说多难为情啊。"千重子将沏好的茶端到龙助面前，手微微颤抖着。

三人乘上龙助的车，去了北野六番町的甲鱼店大市。大市是一家风格古老的老铺子，连游客也耳熟能详。房子显得十分古旧，天花板看起来也很低矮。

这里主要卖炖甲鱼，也就是甲鱼火锅，还有杂烩粥。

千重子感觉浑身暖融融的，一阵醉意涌上来。

千重子的脸颊到脖颈都变成了淡桃色。她的脖颈白皙细腻，光滑柔润，散发着青春的气息。眼里折射出柔美的光芒，她不时用手抚摸着脸颊。

千重子从未喝过一滴酒。然而，甲鱼火锅的汤汁中一大半都是酒。

尽管外面有车在等着，千重子还是担心自己脚步踉跄。然而，她的心情却很愉快，话也似乎变多了。

"真一，"千重子对喜欢侃侃而谈的弟弟说道，"在时代祭那天的御所庭院里，你看到的那对情侣，不是我，你可能搞错了人。你是从远处看到的吧？"

"用不着隐瞒啦。"真一笑了。

"我没有隐瞒什么啊。"千重子不知该如何说，"其实那个女孩是我妹妹。"

"什么？"真一有些错愕。

千重子曾经在花开时节的清水寺，告诉过真一自己是弃儿的事情。当然，这也会传到真一的哥哥龙助的耳朵里。即使真一没有亲口告诉哥哥，但由于两家店铺离得很近，消息自然会传过去。或许可以这样想吧。

"真一，你在御所庭院看到的那对是……"千重子稍稍迟疑了一下，"是我的双胞胎姐妹。"

这对真一来说是第一次听说。

"……"

三人陷入了一阵沉默。

"我才是被遗弃的啊。"

"……"

"如果是真的，那扔在我们店门前就好了……真的，扔在我们店门前就好了。"龙助反复说了两遍，语气中充满着真诚。

"哥哥，"真一笑了，"现在的千重子小姐可不一样。那时是刚出生的婴儿呢。"

"就算是婴儿，不也很好吗？"龙助说道。

"是啊哥哥，你是见到了现在的千重子小姐才这么说的吧。"

"不是的。"

"现在的千重子小姐，是佐田先生精心呵护长大的掌上明珠啊。"真一说道，"那时候，哥哥你自己也还是个小孩子，小孩子能照顾婴儿吗？"

"可以照顾。"龙助坚定地回答。

"嗯，哥哥总是这样自信，不服输。"

"或许是吧，我本来的确想抚养还是婴儿的千重子，我母亲一定也会帮我的。"

千重子的酒劲过了，额头变得苍白。

北野秋季舞蹈会将持续半个月。在结束的前一天，佐田太吉郎一个人出门了。虽然茶馆送来的入场券不止一张,但太吉郎不想邀请任何人。在看完舞蹈后与几个朋友一起去茶屋玩,他也感到了厌烦。

在舞蹈会开始之前,太吉郎闷闷不乐地坐到茶席上。今天担任点茶的艺伎,没有太吉郎熟识的。

在一旁站着七八个少女,大概是帮忙端茶的吧。她们都穿着全套粉红色长袖和服。

唯独中间那个少女,穿着一袭蓝色的长袖和服。

"哎呀!"太吉郎差点喊出声来。那姑娘化着精致的妆容,她不就是那天被这烟花巷的老板娘带去看"叮叮电车",并同太吉郎一道乘过车的那个姑娘吗……只有她一个人穿蓝色和服,或许也是在值班吧?

那个蓝衣少女把茶杯端到太吉郎面前,为他奉上薄茶。当然,她一如既往面无表情,不苟言笑,一举一动完全遵守茶道礼仪。

然而,太吉郎的心情轻松多了。

这是一场以"虞美人草图绘"为主题的八景舞剧,讲述了一个著名的中国历史故事——项羽和虞姬的悲剧。然而,在虞姬用剑刺破胸膛,被项羽抱在怀中,听着乡愁的楚歌而死后,剧情就转移到了日本熊谷直实、平敦盛和玉织姬的故事。故事讲述了熊谷杀死敦盛后,感到人生无常而落发出家,随后在古战场徘徊时,发现敦盛的坟墓周围繁花遍地,开满了虞美人草,周围回荡着笛声。这时,敦盛的鬼魂出现,他请求将青叶笛献给黑谷寺,而玉织姬的鬼魂则请求将坟墓周围遍开的虞美人草的红色花朵供奉给佛祖。

这出舞剧之后,还演了一个热闹的新舞蹈节目《北野风流》。

上七轩的舞蹈属于花柳流,与祇园的井上流分属不同的舞蹈流派。

太吉郎离开北野会馆后,顺道去了一家古色古香的茶馆。他默默地一个人呆坐着。茶馆的老板娘见状,便问道:"叫个姑娘来吗?"

"嗯,去叫那个咬人舌头的艺伎吧。——还有那个穿蓝色和服的端茶的姑娘呢?"

"就是坐'叮叮电车'的……好,就喊她过来打个招呼吧,好吗?"

直到艺伎来之前,太吉郎都在一个劲儿喝酒。艺伎一来,他故意站起身走了出去。艺伎跟在他后面,他便问:"现在还咬人吗?"

"你到现在还记得呐。不咬了,要不你把舌头伸出来试一试?"

"好可怕。"

"真的，不咬啦。"

太吉郎把舌头伸出来，立即被另一个温暖柔软的舌头吸住了。

太吉郎轻轻拍了拍艺伎的后背说：

"你堕落啦。"

"这也算堕落？"

太吉郎想漱漱口，但艺伎站在身边，也不好这样做。

艺伎的恶作剧，真是壮了很大胆，才敢这么做的。对艺伎来说，这是一瞬间的事，也许没什么特别的深意吧。太吉郎并不讨厌这位年轻的艺伎，所以并不觉得这是什么肮脏的行为。

太吉郎正准备回到内客厅，艺伎一把抓住他说：

"等一下！"

然后她拿出手绢，替太吉郎擦了一下嘴唇。手绢沾上了口红。艺伎把脸凑近太吉郎面前，凝视着他的脸说：

"好了，这样应该没问题了。"

"谢谢……"太吉郎轻轻地把手放在艺伎的肩上。

艺伎走到了盥洗室的镜子前，补了补唇妆。

太吉郎回到客厅时，里面已经空无一人了。他喝了两三杯微凉的酒，就当漱口一样。

尽管如此，太吉郎身上似乎还残留着艺伎的气息，或者是艺伎的香水味。太吉郎感觉自己仿佛也变得年轻了。

就算艺伎的恶作剧是出其不意，太吉郎还是觉得自己太过冷漠了。他想，这大概是长期没有和年轻女子玩乐的缘故。

这位二十岁左右的艺伎，可能是一个非常有趣的女人。

老板娘带着一个少女进来。少女依然穿着那身蓝色的长袖和服。

"按照您的要求，我把她带来了。刚才说了，只是打个招呼，她到底年纪还小。"老板娘说道。

太吉郎看了看少女，说："你是刚才端茶来的……"

"是的。"毕竟是茶馆的孩子，她一点也不怯场，"我知道您是那位叔叔，

所以才给您端茶来的。"

"哦，原来如此，那就谢谢你啦。你还记得我吗？"

"记得呢。"

艺伎也回来了。老板娘对艺伎说：

"佐田先生非常喜欢小千子呢。"

"真的吗？"艺伎望着太吉郎的脸说，"您真有眼力，但还得再等三年呢。而且，小千子从明年春天开始就要去先斗町了。"

"先斗町？为什么？"

"她想成为舞子。据说她很羡慕舞子的身姿。"

"哦？如果是舞子的话，祇园不是挺好吗？"

"因为小千子有个阿姨在先斗町，大概是这个原因吧。"

太吉郎注视着这个少女，暗自想：她无论走到哪里，都一定会成为一流的舞子。

西阵纺织业工会决定，在十一月十二日至十九日的八天时间内停机，这是一个非常大胆且前所未有的果断措施。十二日和十九日是星期天，实际只停工六天。

停工的原因很多，但总的来说，当然是出于经济考虑。简而言之，生产过剩，导致库存达到三十万匹之多。临时停工，就是为了处理这批商品，争取改善交易。近来，资金周转越来越困难，也是重要原因之一。

从去年秋天到今年春天，收购西阵纺织品的批发公司接连倒闭。

据说八天的停工导致减产了八九万匹。不过，结果还是很好的，总算取得了成功。

尽管如此，在西阵的纺织作坊街，尤其是在小巷子里，一眼就能看出来，这些所谓的作坊是以零星的家庭小作坊为主。它们严格遵守了这次的统一措施。

古旧的瓦屋顶，深深的屋檐，一座座小房子排满了老街陋巷。虽然有两层楼，但是也很低矮。街道像露天市场一样凌乱拥挤，从黑暗中甚至能听到织机的声音。这里的织机不仅有自家用的，也有租赁来的。

不过，据说申请"免除停机"的只有三十多家。

秀男家不是织和服料子，而是织腰带的。他们家有三台高织机，当然白天也用电灯，放织机的车间相对明亮，后面还有一片空地。不过，不知道家里简陋的厨房用具应该摆放在哪里？家人休息或睡觉的地方又在哪里呢？

秀男身强体壮，工作上才华横溢，而且富有热情。然而，他一直坐在高织机的窄板上不停地织着布，恐怕屁股上都要生老茧了。

秀男邀请苗子一起观赏时代祭时，比起各种时代服装的游行队伍，他更被那广阔的御所青松吸引。或许因为这能让他从日常琐事中解脱出来吧。然而，这一点对于在狭小山谷中劳作的苗子来说，是难以体会的……

当然，自从苗子系着他织的腰带参加时代祭，秀男干起活儿来更有动力了。

千重子自打和龙助、真一两兄弟一起上过大市之后，虽然还不算极度的痛苦，但她的心却迷失了方向，有时就像丢了魂儿似的。这还是因为那些烦恼所致吧。

十二月十三日的"年事起始"已经过去了。京都进入了真正的冬天，天气开始变幻莫测起来。有时阳光明媚，却夹杂着细雨，甚至冰雹。有时刚一晴朗，转瞬间又变得阴云密布。

从这一天开始，京都的风俗习惯是，要开始筹备过年，互送新年礼物。

严格遵守这些传统礼仪的，还得数祇园等花街柳巷。

艺伎、舞子等要到平日里承蒙关照的茶馆、歌舞乐师家、艺伎前辈家等去分送镜饼①。

之后，舞子们开始挨家挨户拜访，对主人道一声"恭贺新禧"，对平安度过的这一年表示感恩，也恳请来年继续多多关照。

这一天，艺伎和舞子们的穿戴比平时更为华丽，稍稍提前的年末氛围，给祇园一带增添了绚丽的色彩。

千重子家的店铺却并不那么华丽。

千重子吃完早饭后，一个人爬上后面二楼，画了简单的早妆。然而，她

---

① 镜饼，日本新年期间的一种圆形糕点，由糯米制成，上面镶嵌着金银箔和红白丝线，通常在正月初一或初二的日本传统庆祝活动中食用，或将其供奉在神龛上，在家人团聚时共同品尝。镜饼是好运和吉祥的象征，人们相信食用它可以祈求健康、幸福和繁荣。

的手却不经意地抖动着。

龙助在北野的甲鱼铺发表的激烈言辞，令千重子心中无比触动。龙助所说的，千重子要是婴儿的时候被扔在自家门口就好了，这句话的分量难道不是千斤之重吗？

龙助的弟弟真一与千重子是青梅竹马，是她直到高中阶段的朋友。他性格温和，尽管很喜欢千重子，可是不会像龙助那样言辞激烈。他们之间的交往更加轻松自然。

千重子把长发梳理整齐，披散在肩膀后面，然后下了楼。

在早餐快要结束的时候，北山杉村的苗子给千重子打来了电话。

"是小姐吗？"苗子再三确认，"我有件事，想与千重子小姐见面聊聊，可以吗？"

"苗子，我好想你呀……明天可以吗？"千重子回应道。

"我随时都可以……"

"到我店里来吧。"

"请原谅，我可以不去店里吗？"

"我已经和妈妈说过你的事了，我爸爸也知道的。"

"店员什么的也在吧？"

"……"

千重子沉思片刻，说："那我去你村里吧。"

"这里很冷。不过您能来，我很高兴……"

"我还想去看看杉树呢……"

"是吗？这里不但很冷，有时还会下阵雨呢。请您来之前做好准备。篝火嘛，我们可以随便烧。我在路边干活儿，您一来我马上就能看到啦。"苗子兴高采烈地回答。

冬之花

千重子穿着长裤，披着厚厚的套头毛线衫。这是从未有过的打扮。脚上厚厚的袜子也颇为惹眼。

父亲太吉郎在家，千重子坐在他面前，向他请安。太吉郎看着千重子这身不同寻常的打扮，瞪大了眼睛看着她。

"这是要去山上吗？"

"是的……因为北山杉村的那个姑娘想见我，有事情要和我谈……"

"这样啊。"太吉郎脱口而出，"千重子！"

"嗯。"

"如果那个孩子有任何困难或烦恼，你就带她来我们家……我们收养她。"

千重子低下了头。

"真好，如果有两个女儿，我和你妈都会觉得更热闹。"

"爸爸，谢谢您，真的谢谢您！"千重子鞠了个躬，热泪夺眶而出，滴落到腿上。

"千重子，你从吃奶的娃娃开始，就是我们一手养大的，我们非常疼爱你。对那位姑娘，我们也一样，尽量一视同仁。她和你长得这么像，也一定是个好孩子吧。带她过来吧。二十年前，或许还有人不喜欢双胞胎，但是现在已经无所谓了。"太吉郎说着，突然喊起妻子来，"阿繁！阿繁！"

"爸爸，我打心眼里感恩您的一片好心。可是，苗子那姑娘是绝不会来我们家的。"千重子说道。

"那又是为什么呢？"

"她可能是不愿意打扰我的幸福，哪怕一点点，也不愿意。"

"为什么会打扰呢？"

"……"

"为什么会打扰呢?"父亲歪着头,不断重复着。

"今天我也跟她说了,爸爸和妈妈已经都知道了,请你过来吧。"千重子有些哽咽,继续说,"她却对店员和左邻右舍有些顾忌……"

"店员怎么了?"太吉郎突然提高了声音。

"爸爸的心意,我已经懂了。今天嘛,反正我会去说说看。"

"好吧。"父亲点了点头,"路上小心……另外,爸爸刚才说的话,你可以转告给那位叫苗子的姑娘。"

"好的。"

千重子穿上雨衣,戴上风帽,脚上也穿上了橡胶雨鞋。

中京的天空,清晨还是晴空万里,不知何时却开始阴沉了下来,也许北山正下着阵雨吧。从城里也可望见那般天色。若不是京都周围温暖的小山峦遮挡,或许还能看见天阴欲雪的景象呢。

千重子乘上了国营公共汽车。

在中川北山村,有国营和市营两条公共汽车线路。市营公共汽车开到京都市(现已扩大)北郊的山麓,然后原路折返。而国营公共汽车则一直通往遥远的福井县小滨地区。

小滨位于小滨湾的海岸上,从若狭湾向日本海延伸。

由于正值寒冬,公共汽车上的乘客并不多。

两个结伴出行的年轻男子死死地盯着千重子。千重子感到十分不安,赶紧带上了风帽。

"小姐,拜托你了,请不要用那种东西蒙住自己啊。"其中一个男子用极不像年轻人的干哑嗓音说。

"喂,闭嘴!"另一个男子在旁边喝道。

央求千重子的那个男子戴着手铐,不知是犯下什么罪的罪犯。他旁边的男子像是刑警,大概要翻过深山老林,把罪犯押解到山的另一边去吧。

千重子不能摘下风帽,以免让人看到她的脸。

汽车驶至高雄。

"到高雄的什么地方啦?"有位乘客问。其实,倒也并非完全看不出来。

枫叶已经全部凋零，从纤细的树梢上可见寒冬的景象。

松尾树下的停车场，没有任何车辆。

苗子穿着工作服，在菩提瀑布停车场等待迎接千重子。

千重子的打扮一时间让人难以辨认，但还是很快被认出来了。

"小姐，您来啦，欢迎您。真的太好了，这样偏远的深山老林，您真的大驾光临啦。"

"也不算深山老林啦。"千重子还戴着手套，就一把握住苗子的双手，"太好了，我好开心。夏天之后就没见过面了。夏天的时候在杉山那次，多亏你了。谢谢你。"

"那种小事，不值得一提呀。"苗子说，"不过，如果那时候雷真的劈到我们身上，真不知道会怎样呢。尽管这样，我还是很开心……"

"苗子，"千重子一边走一边说，"你给我打电话，一定有非常紧急的事情吧。你先告诉我发生了什么，我定心了，再听你讲其他的。"

"……"苗子穿着工作服，头上包着头巾。

"到底发生了什么？"千重子再次问道。

"其实是秀男说，他希望和我结婚，所以……"苗子一个踉跄，随即一把抓住了千重子。

千重子紧紧抱住摇摇晃晃的苗子。

千重子感觉到，苗子那每日劳作的身体，结实而健壮。——在那个电闪雷鸣的夏日里，千重子只顾着害怕，却未曾有过这样的感觉。

苗子很快站稳了脚跟。但她似乎很乐意这样被千重子抱着，一直没有回绝，索性依偎着千重子，就这样一起走着。

千重子搂着苗子，不知不觉也更多地倚向了她。但是，两个姑娘谁都没有注意到这一点。

千重子把风帽掀起来，问："苗子，那你是怎么回答秀男的呢？"

"回答……我总不能立刻给出回答呀。"

"……"

"起初他把我认错成您了——现在已经搞清楚了，但是秀男先生的内心深处，从最初就全是您的影子。"

"哪有这种事。"

"不,我非常清楚这一点。即使秀男先生没认错人,他也是和小姐的替身结婚,不过是把我当成小姐的幻影罢了。这是第一……"苗子说。

——在春天郁金香盛开的时候,从植物园回家途中,在加茂川的堤岸上,父亲曾劝母亲把秀男招为自己女婿,与千重子成婚。千重子的脑海中回忆起了这个画面。

"第二,秀男家是织造腰带的。"苗子坚定地说,"如果因为这种事情,千重子小姐家的店铺和我产生了什么关联,给千重子小姐惹了麻烦,甚至被周围的人以奇怪的眼光看待,那我真是死也无法弥补赔罪了。我真希望能躲到深山老林里……"

"你真的这样想吗?"千重子摇晃着苗子的肩膀,"今天来找苗子,我已经跟父亲交代得很清楚了,我母亲也很理解。"

"……"

"你猜父亲说了什么?"千重子更用力地摇晃着苗子的肩膀。

"他说,如果那个叫苗子的姑娘有任何困难或苦恼的事情,就把她带回我们家来……虽然我已经作为亲生女儿入了父亲的户籍,但我会尽量对你好,不分彼此。父亲说,只有我一个女儿,太冷清了。"

"……"苗子摘下了蒙在脸上的头巾。

"谢谢您。"她捂着脸,半晌说不出话来,"我打心底里感激您。我是一个孤苦伶仃的人,没有人可以真正地依靠,为了忘记这些我只好埋头干活儿。"

千重子为了安慰苗子,说:

"最关键的是,秀男他……"

"这样的事,我不能立即回答他。"苗子带着哭腔望向千重子。

"把头巾给我。"千重子用苗子的头巾帮她擦了擦眼圈和脸颊,说,"你这样满脸泪痕,能进村吗?……"

"没关系,我性格坚强,工作也比别人卖力,一个人抵两个人,但我是个爱哭鬼。"

千重子为苗子抹去泪痕的时候,苗子情不自禁地投入千重子的怀抱,反而更加难过地抽泣起来。

"这可怎么办呢，苗子，你这样我看着心里怪难受的，快别哭了。"千重子轻轻安抚着苗子的后背，"你再这样哭的话，我可就回去啦。"

"不，不要！"苗子颤抖了一下，从千重子手里拿过自己的头巾，使劲擦了一把脸。

因为是冬天，所以并不特别引人注目，只是苗子的眼白微微发红而已。苗子将头巾拉得很低。

两人默默地走了一会儿。

北山杉的树枝的确修剪得很整齐。从千重子眼中望去，那树梢上还残留着一些叶子，就像是冬天素雅至极的淡绿色花朵。

千重子觉得时机合适，便向苗子说道："秀男先生不仅腰带图案画得出色，织法也很细致，非常认真呢。"

"是的，我知道。"苗子回答道，"秀男先生邀我去参加时代祭的时候，他好像不太关注时代祭的巡游队伍，而是特别关注巡游队伍的背景——御所的青青松林，还有东山的颜色变化。"

"可能秀男对时代祭的巡游太熟悉了……"

"不，好像不是那样的。"苗子很确定地说。

"……"

"他说巡游过后，叫我务必去他家一趟。"

"他家？是秀男的家？"

"是的。"

千重子有些惊讶。

"他的两个弟弟也在，还带我去后院的空地看了看，说我们两个如果在一起了，可以在那儿盖个小屋，只织自己喜欢的东西就好。"

"那不是挺好的嘛。"

"挺好？——秀男先生把我看作小姐的幻影，才要同我结婚的呀！我是个女孩子，这一点我很清楚。"苗子又重复了一遍。

千重子不知如何作答，犹豫着继续往前走。

狭长的山谷旁边的一个狭窄的山岙里，有几个洗涤杉树圆木的女工们围坐在一起休息，烤火取暖。篝火上飘起阵阵烟雾。

苗子来到了自己家门前。与其说是家，倒不如说是一个小棚子。屋子常年没有维护，稻草屋顶已经歪斜起来，波浪般起伏着。因为是山里人家，所以还有一个小院子。院子里有高大的南天竹，上面挂着红色的果实。这七八棵南天竹也是生得杂乱无章。

然而，这个破旧的房子，也许也是千重子原来的家。

两人经过这座房屋时，苗子脸上的泪水已经干了。究竟是否应该告诉千重子这里就是自己的家呢？还是应该保持沉默？千重子是在母亲的老家出生的，很可能从未在这个房子里待过。苗子还是婴儿的时候，母亲和父亲先后离世了。她对于在这个房子里是否待过一段时间，记忆已经十分模糊了。

所幸千重子并没有特别注意这座房子，只顾着抬头仰望杉山，欣赏排列整齐的杉圆木，然后就径直走过去了。苗子便没有触及这座房子的话题。

那些笔直的树干上还残留着几片杉叶，稍稍呈现圆形的样子，千重子将它看成"冬天的花"。的确就是冬天的花。

大多数人家的檐下和楼上，都晾晒着一排排剥去了树皮、洗刷得很干净的杉圆木。这些洁白的圆木被精心修整，整整齐齐排成一排。光是这样，已经十分美丽了。也许比任何墙壁都要美丽。

杉山也是如此，杉树根旁长着的野草已经枯萎，那挺拔而粗壮的树干也很美丽。透过斑驳的树干间隙，可以窥望天空。

"还是冬天最美啊。"千重子说。

"是吗？我已经习以为常了，所以不太能感受到。但冬天的杉叶看上去有点像淡淡的芒草色，不是吗？"

"那多像花啊。"

"花，那是花吗？"苗子意外地抬头望着杉山。

她们继续走了一段，看到一座宽敞而古雅的房子，大概是山林里有地的大户人家的住宅。它的墙壁稍矮一些，下半部分镶着木板，涂成赭红色；上半部分是白墙，顶上还带一个瓦片修葺的小屋顶。

千重子停下脚步说："这房子真不错。"

"小姐，我就是住在这个房子里的。您要进去看看吗？"

"……"

"没关系的，我已经住了将近十年了。"苗子说。

千重子已经很多次听苗子说：秀男希望与她结婚，与其说把她当成千重子的替身，倒不如说把她当成了千重子的幻影。

要说是"替身"，那当然容易明白。但是"幻影"又是什么意思呢？——特别是作为结婚对象……

"苗子，幻影，你总说幻影，究竟是什么意思呢？"千重子严厉地说。

"……"

"幻影不就是无法用手触摸的、没有形状的东西吗？"千重子继续说道，突然脸涨得通红。这个不仅是面孔而且全身上下都和自己长得一模一样的苗子，即将要属于男人所有了。

"尽管如此，很可能无形的幻影就在这里。"苗子回答道，"幻影，可能潜藏在男人的内心深处、脑海里，或者其他什么地方。"

"……"

"也许等我成为六十岁的老太婆的时候，幻影中的千重子小姐还像现在这样年轻呢。"

这是令千重子没有预料到的话语。

"你居然连这种事都想到了？"

"美丽的幻影，总是让人厌倦不起来吧。"

"也不一定。"千重子终于鼓着勇气说出了这句话。

"对着幻影，你不能踢，不能踩，不然只能绊倒自己。"

"嗯。"千重子看出来，苗子也有嫉妒之心，但她说，"真是的，说幻影什么的，在哪儿呢？"

"就在这儿……"苗子说着摇了摇千重子的身子。

"我不是幻影。我和你，我们是一对双胞胎。"

"……"

"那这么说，苗子你就是和我的幽灵也做姐妹啦？"

"瞧您说的。我当然是和千重子小姐做姐妹了。但是只有在秀男面前……"

"你太多虑了。"千重子说，然后微微低头继续走了一段路，"找个时间，我们三人一起坐下好好谈一次心好吗？"

"谈心？——有时会说真心话，可有时候未必啊……"

"苗子，你怎么疑心这么重啊？"

"倒不是什么疑心,我也有女孩子家的心思啊……"

"……"

"大概周山那边的阵雨也下到北山来了,山上的杉树也……"

千重子仰起头。

"我们赶快回去吧,看样子可能要变成雨夹雪了。"

"我也想着万一要下雨,特意穿着雨衣过来的。"

千重子脱下一只手套,把手给苗子看。"你看我这只手,不像小姐的手吧?"

苗子吓了一跳,赶忙用自己的双手握住千重子的那只手。

就在千重子还未察觉的时候,阵雨已经下了起来。恐怕就连在这个村庄长大的苗子也没有察觉到。这不是淅淅沥沥的小雨,也不是蒙蒙的细雨。

千重子经苗子一提醒,抬头扫视了一遍四周的山峦。雨雾冷冽而朦胧地弥漫在四周,山脚下的杉树林立,反而显得更加清晰了。

不一会儿,低矮的山群被薄雾吞没,渐渐失去了轮廓。就天空的模样来说,这种景象与春天的薄雾有所不同。可以说,这里反倒更具京都特色。

她低头看向脚下,地面已经有点潮湿了。

又过了一会儿,雾霭弥漫开来,群山被一层浅灰色笼罩。

浓重的雾霭沿着山谷流淌而下,还有一些白色的物体混杂其中。这就变成了雨夹雪。

"赶快回去吧!"苗子对千重子说,因为她注意到了那些白色的东西。这不能算是雪,只能说是雨夹雪。但是这白色的东西时而消失,时而加深。

山谷随着时间的推移慢慢变得昏暗,骤然冷起来。

千重子也是京都姑娘,对于北山的阵雨并不陌生。

"趁您还没有变成冰冷的幻影……"苗子说。

"又是幻影……"千重子笑了,"我穿戴着雨具来的……京都的冬天,天气变化无常,没准会突然停下来呢。"

苗子仰望着天空:"今天还是请回吧。"说罢,她紧紧攥着千重子脱下手套的那只手。

"苗子,你真的没考虑过结婚的事儿吗?"千重子问。

"偶尔考虑过一点……"苗子答道。然后她深情满满地为千重子戴上手套。

这时，千重子说："请到我们店里来一趟好吗？"

"……"

"来吧！"

"……"

"等店员全部下班以后吧。"

"晚上吗？"苗子惊讶地问道。

"就在我家留宿吧。反正我父母对你的事非常了解。"

苗子眼中闪过一丝喜悦，但马上又犹豫起来。

"就算一个晚上也好，我想与你一起入眠。"

苗子为了不让千重子察觉，把脸转向路对面，默默地流下了眼泪。然而，千重子怎么可能不知道呢。

千重子回到室町的店铺。这一带也是阴沉沉的，但没有下雨。

"千重子，你回来得正好，赶在了下雨前。"母亲阿繁说。

"爸爸也在里屋等你呢。"

父亲太吉郎还没好好听完千重子打招呼，就急忙问："千重子，那个姑娘的事情怎么样了？"

"这个……"千重子有些为难，三言两语实在太难说清楚情况了。

"怎么了？"父亲追问道。

"这个……"千重子承认，对于苗子的话，她自己也是似懂非懂。——秀男其实是想和千重子结婚的。然而，由于无法如愿，只好作罢，于是转念想跟千重子一模一样的苗子结婚。苗子也是姑娘家，敏锐地察觉到了这一点，于是她只好向千重子谈起了莫名其妙的"幻影论"。难道说秀男最想获得千重子的芳心，求而不得，于是退而求其次选择苗子来糊弄一下吗？千重子觉得，这种想法绝不是自我陶醉。

然而，事情可能并非如此。

千重子不敢正视父亲，甚至羞得连脖子都涨红了。

"那位苗子姑娘，不是一心想见你吗？"父亲说。

"是啊。"千重子坚定地抬起头,"大友先生家的秀男,向苗子求婚了。"千重子声音微微颤抖着。

"哦?"

父亲看了一眼千重子,陷入了静默。他似乎看透了什么,却没有说出口。

"原来如此,秀男和……要是大友家的秀男的话,倒是挺合适的。真的,缘分这东西真是不可思议。不过,这和你也有关系吧?"

"爸爸。可是我觉得苗子并不想和秀男结婚。"

"哦?为什么?"

"……"

"这是为什么呢?我倒觉得他们两人挺般配的……"

"这可不是般配不般配的问题。爸爸,您还记得吗,在植物园里您问过我,让秀男入赘到咱们家,做我的丈夫如何?这些事儿,那位姑娘全都知道了。"

"哦?她怎么会知道的?"

"还有,她觉得那个秀男家里是织腰带的,和咱们家多少有点生意上的往来。"

父亲感慨万分,陷入沉思。

"爸爸,哪怕只要一晚,拜托您,让她来咱们家住一晚吧。算我求您了。"

"当然可以,这有什么大不了的呢……我不是还说要收养她吗?"

"那她是绝不会同意的。她只住一个晚上……"

父亲用怜爱的目光望着千重子。

外面传来了母亲拉上挡雨板的声音。

"爸爸,我去搭把手。"千重子说完站起身。

阵雨敲打在瓦屋顶上,声响若有若无。父亲依旧坐在那儿,一动不动。

水木龙助、真一两兄弟的父亲邀请太吉郎前往圆山公园的左阿弥共进晚餐。冬季日短,从高处的饭馆包间俯瞰街市,已是灯火通明了。天空灰蒙蒙的,没有晚霞。街上除了点点灯火,也显得阴沉沉的。那是京都冬日的色彩。

龙助的父亲是室町的一家大型批发商行的老板,他生意经营得红红火火。但今天似乎有些难言之隐,总是吞吞吐吐,总扯些无聊的市井杂谈来打发时间。

"其实……"他借着酒劲儿，开始进入正题了。反倒是平日里优柔寡断，经常流露出厌世情绪的太吉郎，对水木的话猜得八九不离十了。

"其实……"水木又开始支支吾吾起来了，"关于龙助这小子做出来的鲁莽之事，您已从令爱那里听说了吧？"

"嗯，我虽然不才，但能理解龙助的一番好意。"

"是吗？"水木松了一口气，"那小子和我年轻的时候很像，一旦有了想法，不管谁阻拦都听不进去。真叫人头疼……"

"我倒是非常感谢他。"

"是吗？您这么说，我就放心了。"水木的确松了一口气，"请您原谅。"说完，他客客气气地鞠了一躬。

虽然太吉郎的店铺生意萧条，但同行业的年轻人前来帮忙，实在是汗颜。若是要去实习，从两家店铺的规模来看，应该也是倒过来的。

"我倒是很感激他……"太吉郎说，"贵店若是没有龙助，恐怕也很难办吧……"

"哪里，龙助对于商业还知之甚少。虽然我这个做父亲的，说这个话未免有点不合适，但他做事还是很踏实的……"

"是啊，他突然来到敝店，往掌柜面前一坐，神情严肃，真能把人唬住。"

"他就是那个脾气。"水木说着，又闷头喝起酒来。

"佐田先生。"

"嗯？"

"如果能让龙助到店里打个下手，哪怕不是每天，就能让他弟弟真一慢慢变得更加稳重，有所担当，那对我来说也是一种帮助。真一是个性格温顺善良的孩子，龙助至今还动不动就调侃他，喊他'稚儿'什么的，这似乎是他最讨厌的事情……因为小时候他曾经坐过祇园祭的长刀彩车。"

"他生得真俊呢，和我女儿千重子是青梅竹马……"

水木再次语塞。

"那个，说起千重子小姐……"水木又重复了一遍，然后用一种生气的口吻说，"怎么就被你生出一个这么漂亮的好姑娘呢？"

"这不是父母的本事。那孩子，自己就出落成这样了。"太吉郎坦言。

"我想你应该已经明白了，我们两家店铺的经营范围相近，龙助要求来帮忙，说实在的，是因为他想与千重子小姐待在一起，哪怕只有半个小时、一个小时。"

太吉郎点了点头。水木擦拭着与龙助相似的额头，继续说："尽管我儿子有点没出息，但他确实是个勤奋的孩子。我绝不会强求他，但有朝一日或许得到千重子小姐的垂爱，我只是说万一，那么恕我觍颜拜托您，可否将龙助收为女婿。我愿意把他过继……"水木说完，低头行了个礼。

"过继……"太吉郎简直大吃一惊，"一个大批发商的继承人……"

"那也并非就是一个人的幸福啊。我也是了解了龙助的近况，才这样想的。"

"感谢您的好意，但这种事情应该根据两个年轻人的意愿去决定。"太吉郎逃避了水木尖锐的话锋，"千重子是被遗弃的孩子。"

"被遗弃的孩子又怎么了？"水木说，"好吧，我说的话是想让您心里有个底。那么龙助去您店里帮忙的事儿，就这么说定啦？"

"好的。"

"感谢，非常感谢！"水木看起来舒畅了许多，喝酒的姿态也和刚才不同了。

第二天一大早，龙助匆忙来到太吉郎的店里，立即召集了掌柜和店员，开始清点货物——香云绸、白绸、刺绣绉绸、京都绉绸、绫子、特等绉绸、捻线绸、结婚礼服、长袖和服、中袖和服、窄袖和服、锦子、缎子、高级印染绸子、出客礼服、腰带、黑绢、和服小配饰……

龙助只是默默地看着，什么话也没说。掌柜因为之前吃了龙助的下马威，最近面对龙助有些拘谨，连头也抬不起来。

大家挽留龙助，可龙助还是在晚饭前就回去了。

入夜，有人"砰砰砰"地敲了几下格子门，是苗子。这声音只有千重子听得出来。

"哎呀，苗子，从傍晚天就变凉了，你可来得太好了。"

"……"

"星星都出来了。"

"千重子小姐,我该怎样向令尊、令堂问好呢?"

"我早就跟他们说明白了,只要说你是苗子就可以了。"千重子搂着苗子的肩膀,一起往里屋走去,边走边问,"晚饭吃过了吗?"

"我在外面吃过寿司来的,不用麻烦了。"

虽然苗子很拘谨,可千重子父母看到世界上竟有和自己女儿一模一样的姑娘,不禁目瞪口呆。

"千重子,你们去后面二楼慢慢聊吧。"母亲阿繁体贴地说道。

千重子拉着苗子的手,走过狭窄的走廊,来到里屋后面的二楼,点起了暖炉。

"苗子,等等。"千重子把苗子喊到大穿衣镜前,仔细凝视着两人的脸。

"多像呢。"一股暖流传遍了千重子的全身,随后她们又左右对调了位置,"简直一模一样呀!"

"因为是双胞胎呀!"苗子说道。

"如果人人都生双胞胎,那不知会怎么样呢。"

"那肯定总是认错人,多出许多麻烦来吧。"苗子后退了一步,眼睛湿润了,"人的命运,可真是难以预料啊。"

千重子也退到苗子身边,用力摇晃着苗子的双肩,说:

"苗子啊,你就这样一直在我们家住下去,不行吗?我父亲母亲都希望你在……只有我一个人,感觉太孤单了……虽然你住在杉山也很轻松愉快……"

此时,苗子感觉站也站不稳,身体摇晃了一下,膝盖着地了。她摇了摇头。而在摇头的时候,泪水像雨点一样滴落在膝盖上。

"小姐,我与您的生活方式不同,教养之类的也有差异。我过不惯大城市的生活,我只想到您店里来一次,一次就够了。其实我是想把您送给我的和服穿给您看看……而且,您不是到杉山去看过我两次了吗?"

"……"

"小姐,您还是婴儿的时候就被我们的父母抛弃了啊。虽然我那会儿还什么也不知道。"

"这些事儿,我早忘得一干二净了。"千重子漫不经心地答道,"事到如今,我根本想象不出自己有这样的父母。"

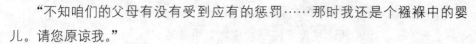

"不知咱们的父母有没有受到应有的惩罚……那时我还是个襁褓中的婴儿。请您原谅我。"

"苗子,这事儿你又有什么责任和罪过呢?"

"虽然没有,但我之前也说过,我不想打扰小姐的幸福,哪怕是一点点。"苗子压低了声音,"所以,我还是干脆消失了好。"

"胡说,你怎么会这样想……"千重子急切地说,"我总觉得很不公平……苗子,你会不会觉得不幸福?"

"不,我只觉得有点孤单。"

"也许幸福是短暂的,孤单才是长久的,对吧?"千重子说,"我们躺下去吧,再好好聊聊。"说着,她从壁橱里拿出被褥。

苗子一边打着下手,一边说:"幸福,原来就是这样的感觉啊。"随即,她静静聆听着屋顶上的声音。

千重子看到苗子凝神静听着,便问:

"是雷阵雨、雨夹雪,还是夹杂着雨雪的阵雨呀?"说话间,她自己也停下了手里的动作。

"谁知道呢,或许是小雪吧?"

"雪?"

"听,多么安静啊。像下雪一样,又不像真的雪,是很小很小的细雪呢。"

"嗯。"

"山里经常会下这样的细雪。我们干活时,不知不觉间杉树的叶子就发白了,像开了白色的花朵似的。就连寒冬里那些枯萎的树,纤细的树枝上也会泛出银白色,好看极了。"苗子说。

"……"

"雪有时会很快停下来,有时会变成雨夹雪,也有时会变成细雨……"

"打开挡雨窗看看如何?这样就看得清楚了。"千重子站起来准备去打开挡雨窗,却被苗子一把抱住。"还是算了吧,太冷了,要幻灭的啊。"

"幻、幻灭?苗子,你总是爱说这个'幻'字啊。"

"幻……"

苗子美丽的脸庞露出了微笑,也夹杂着些许忧伤。

千重子铺好被褥后，苗子着急地说道：

"千重子小姐，请让我为您铺一次床吧，就一次。"

然而，两床被褥铺好后，千重子却默默钻进了并排铺着的苗子的被窝里。

"啊，苗子，好温和呀！"

"毕竟干的活儿不一样嘛，住的地方也……"苗子紧紧搂住千重子。

"这样的夜晚，总是很冷呢。"苗子似乎一点也不觉得冷，"雪花飘啊飘，一会儿停了，一会儿又下起来……今天夜里……"

"……"

父亲太吉郎和母亲阿繁上楼进了隔壁房间。因为都上了年纪，他们用电热毯来暖被窝。

苗子把嘴凑近千重子耳边，轻声说道：

"小姐的床铺已经暖和了，我去旁边的被窝睡了。"

母亲把隔扇拉开一条细缝，偷偷窥视了一下女儿的寝室，然后再次合上门。

第二天早上，苗子醒得非常早。她轻轻摇醒千重子，说道：

"小姐，这是我人生中最幸福的夜晚了。趁没人注意我，我就该走了。"

正如苗子所说，昨夜的细雪，时而飘舞，时而停歇，下了一整晚。如今雪还在纷纷扬扬地下着。真是一个寒气袭人的早晨。

千重子坐起来："苗子，你没带雨具吧？你等等。"说着，千重子把自己最好的天鹅绒大衣、折叠伞和高齿木屐一并送给了苗子。

"这些是我送你的。一定要再来啊。"

苗子摇了摇头。千重子抓住红格子门，久久地目送苗子远去。苗子始终没有回头。几片细雪飘落在千重子的刘海上，很快又消融了。城市依旧在沉睡着。

（全文终）